Impiedosas
PRETTY LITTLE LIARS

Pretty Little Liars

Maldosas
Impecáveis
Perfeitas
Inacreditáveis
Perversas
Destruidoras
Impiedosas
Perigosas

Impiedosas

PRETTY LITTLE LIARS

DE

SARA SHEPARD

Tradução
FAL AZEVEDO

ROCCO
JOVENS LEITORES

Para Gloria Shepard e Tommy Shepard

Título original
HEARTLESS
A PRETTY LITTLE LIARS NOVEL

Copyright © 2010 by Alloy Entertainment e Sara Shepard

Todos os direitos reservados. Nenhuma parte desta obra pode ser reproduzida ou transmitida por qualquer forma ou meio eletrônico ou mecânico, inclusive fotocópia, gravação ou sistema de armazenagem e recuperação de informação, sem a permissão escrita do editor.

"If I Only Had a Heart" de Harold Arlen e E.Y. Harburg
(EMI Feist Catalog, Inc., EMI April Music, Inc.).
Todos os direitos reservados.

Edição brasileira publicada mediante acordo
com a Rights People, Londres.

Direitos para a língua portuguesa reservados
com exclusividade para o Brasil à
EDITORA ROCCO LTDA.
Av. Presidente Wilson, 231 – 8º andar
20030-021 – Centro – Rio de Janeiro – RJ
Tel.: (21) 3525-2000 – Fax: (21) 3525-2001
rocco@rocco.com.br
www.rocco.com.br

Printed in Brazil/Impresso no Brasil

preparação de originais
MÔNICA MARTINS FIGUEIREDO

CIP-Brasil. Catalogação na fonte.
Sindicato Nacional dos Editores de Livros, RJ

S553i Shepard, Sara, 1977-
Impiedosas / Sara Shepard; tradução de Fal Azevedo.
– Rio de Janeiro: Rocco Jovens Leitores, 2012.
(Pretty Little Liars; v. 7)
Tradução de: Heartless
ISBN 978-85-7980-096-2

1. Amizade – Literatura infantojuvenil. 2. Ficção policial americana.
3. Literatura infantojuvenill americana. I. Azevedo, Fal, 1971- . II. Título. III. Série.
11-8230 CDD – 028.5 CDU – 087.5

O texto deste livro obedece às normas do
Acordo Ortográfico da Língua Portuguesa.

Se ao menos eu tivesse um coração.

– HOMEM DE LATA, *O MÁGICO DE OZ*

ACHADOS E PERDIDOS

Já aconteceu com você de alguma coisa muito importante simplesmente desaparecer sem deixar rastros? Como o que aconteceu com aquela echarpe *vintage* da Pucci que você decidiu usar no baile da escola. Estava em torno do seu pescoço a noite inteira, mas na hora de ir para casa, *puf*! Sumiu. Ou com aquele lindo pingente de ouro que você ganhou da sua avó. De alguma forma, a joia criou pernas e desapareceu. Mas coisas perdidas não se desfazem no ar. Elas têm de estar *em algum lugar*.

Quatro lindas garotas de Rosewood também perderam coisas muito importantes. Coisas muito mais importantes do que uma echarpe ou um colar. Como a confiança de seus pais. Um futuro na Ivy League. Pureza. E elas pensavam ter perdido sua melhor amiga de infância, também... ou talvez não. Talvez o universo a devolvesse, sã e salva. Mas, lembre-se, o mundo tem seu jeito de equilibrar as coisas: quando algo é devolvido, algo deve ser tirado.

E em Rosewood, isso pode ser qualquer coisa. Credibilidade. Sanidade. *Vidas*.

Aria Montgomery foi a primeira a chegar. Ela parou a bicicleta na entrada de cascalho, jogou-se debaixo de um salgueiro cor de lavanda e correu os dedos pela grama macia recém-cortada. Ainda no dia anterior, aquela mesma grama cheirava a verão e a liberdade, mas depois de tudo o que acontecera aquele perfume não mais deixava Aria tonta, sentindo-se feliz e livre.

Emily Fields apareceu em seguida. Ela usava o mesmo jeans velho e desbotado e a mesma camiseta amarelo-limão da Old Navy da noite anterior. As roupas estavam amassadas, como se tivesse dormido com elas.

– Oi – disse ela, e, sem falar mais nada, deitou-se ao lado de Aria. Naquele exato momento, Spencer Hastings saiu pela porta da frente, com uma expressão solene no rosto, e Hanna Marin bateu a porta do Mercedes de sua mãe.

– Então... – Emily finalmente quebrou o silêncio, quando estavam todas juntas.

– Então... – ecoou Aria.

Elas se viraram e olharam ao mesmo tempo para o celeiro no quintal da casa de Spencer. Na noite anterior, Spencer, Aria, Emily, Hanna e Alison DiLaurentis, a melhor amiga delas e líder do grupo, deveriam ter tido sua tão esperada festa do pijama, para comemorar o final do sétimo ano. Mas, em vez de a festa durar até de manhã, terminara abruptamente antes da meia-noite. Longe de ser o perfeito começo para o verão, fora um desastre embaraçoso.

Nenhuma das meninas conseguia olhar as outras nos olhos, e nenhuma delas conseguia encarar a grande casa vitoriana que pertencia à família de Alison. Elas estavam sendo esperadas a qualquer minuto, mas não fora Alison quem as convidara naquele dia, e sim a mãe dela, Jessica. Ela havia ligado para cada uma no meio da manhã, dizendo que Alison não havia aparecido em casa. Estaria na casa de alguma delas? A mãe de Ali não parecera muito alarmada quando as amigas da filha lhe disseram que não, mas, quando ligou algumas horas depois, dizendo que Ali *ainda* não havia chegado, sua voz estava estridente e carregada de tensão.

Aria ajeitou o rabo de cavalo.

– Nenhuma de nós viu para onde Ali foi, não é?

Elas balançaram a cabeça. Spencer examinou um hematoma roxo que havia aparecido em seu pulso naquela manhã. Ela não fazia ideia de como se machucara. Havia alguns arranhões em seus braços, também, como se tivesse ficado presa em um arbusto.

– E ela não disse a ninguém para onde estava indo? – perguntou Hanna.

As outras garotas deram de ombros.

– Provavelmente está se divertindo em algum lugar por aí – concluiu Emily, com a voz desanimada, baixando a cabeça. As meninas haviam apelidado Emily de "matadora"; como se ela fosse o cão de guarda pessoal de Ali. A ideia de Ali se divertir mais com outras pessoas lhe partia o coração.

– Foi muita consideração dela nos incluir – disse Aria com certa amargura, chutando um monte de grama com suas botas de motociclista.

O sol quente de junho ardia sem compaixão na pele ainda pálida de inverno das meninas. Elas ouviram o barulho de água espirrando em alguma piscina e o som do motor de um cortador de grama sendo usado a distância. Era um típico dia de verão em Rosewood, Pensilvânia, um luxuoso e impecável subúrbio a cerca de trinta quilômetros da Filadélfia. Naquele momento, as meninas deveriam estar à beira da piscina no Country Clube de Rosewood, observando os garotos bonitos de Rosewood Day, a escola particular de elite que frequentavam. Elas *ainda podiam* fazer todas aquelas coisas, mas seria estranho irem se divertir sem Ali. Sentiam-se perdidas sem ela, como atrizes sem um diretor ou marionetes sem um titereiro.

Na noite anterior, Ali parecera mais impaciente com elas do que o normal. Estava distraída, também - quisera hipnotizá-las, mas, quando Spencer insistira para Ali deixar as cortinas abertas, ela argumentara que precisavam ficar fechadas. E então saíra abruptamente, sem se despedir. As quatro meninas tiveram a desoladora sensação de que sabiam por que ela havia ido embora; Ali encontrara algo melhor para fazer, com amigos mais velhos e mais populares do que elas.

Ainda que nenhuma das meninas quisesse admitir, sentiam que isso acabaria acontecendo. Ali era quem ditava a moda em Rosewood Day, estava no topo da lista das Garotas Mais Bonitas de todos os meninos, e era ela que decidia quem era popular e quem era companhia indesejável. Ela conseguia encantar *qualquer um*, desde seu calado irmão mais velho, Jason, até o severo professor de história da escola. No ano anterior, ela elegera Spencer, Hanna, Aria e Emily suas amigas mais próximas. Os primeiros meses foram perfeitos, com as cinco garotas dominando os corredores de Rosewood Day, reinando nas festas do sexto ano e conseguindo sempre a melhor mesa do restaurante Rive Gauche, no Shopping King James, expulsando meninas menos populares que estivessem sentadas lá primeiro. Mas, perto do final do sétimo ano, Ali começou a se distanciar mais e mais. Ela não telefonava imediatamente para as outras quando chegava da escola. Não lhes enviava mensagens de texto discretamente durante as aulas. Quando as meninas falavam com ela, seus olhos frequentemente pareciam opacos, como se seus pensamentos estivessem longe. As únicas coisas que interessavam a Ali eram os segredos mais profundos e obscuros das outras garotas.

Aria olhou para Spencer.

— Você saiu correndo do celeiro atrás de Ali na noite passada. Não viu mesmo para que lado ela foi? — Ela precisava gritar para ser ouvida, por causa do som do cortador de grama de algum vizinho.

— Não — respondeu Spencer rapidamente, com os olhos fixos em suas rasteirinhas J. Crew.

— Você saiu correndo do celeiro? — Emily torceu uma de suas marias-chiquinhas louro-avermelhadas. — Eu não me lembro disso.

— Foi logo depois que Spencer mandou Ali ir embora — informou Aria, com um tom de irritação na voz.

— Eu não imaginei que ela fosse *de verdade* — resmungou Spencer, arrancando um dente-de-leão que havia nascido sob a árvore.

Hanna e Emily examinavam as próprias unhas com atenção. O vento mudou de direção, e o cheiro doce de lilases e madressilvas encheu o ar. A última coisa de que elas se lembravam era a estranha hipnose de Ali: ela contara de cem até zero, tocara suas testas com o polegar e anunciara que elas estavam sob seu poder. Elas despertaram de um sono profundo e desorientador, aparentemente horas mais tarde, e Ali havia desaparecido.

Emily puxou a gola da camiseta sobre o nariz, como sempre fazia quando estava preocupada. Sua camiseta tinha um cheiro suave de sabão em pó e desodorante.

— E aí, o que vamos dizer para a mãe de Ali?

— Vamos enrolá-la — propôs Hanna, como se o assunto não fosse importante. — Diremos que Ali está com as amigas do time de hóquei.

Aria ergueu a cabeça, seguindo distraída a rota de um avião que voava alto no céu azul.

— Tudo bem. — Mas, bem lá no fundo, ela não queria proteger Ali. Na noite anterior, Ali dera óbvias pistas sobre o terrível segredo do pai de Aria. Será que realmente merecia a ajuda de Aria agora?

Os olhos de Emily seguiram uma abelha que ia de flor em flor no jardim de Spencer. Ela também não queria proteger Ali. Era mais do que provável que Ali estivesse com as meninas mais velhas da equipe de hóquei, garotas experientes e intimidantes que fumavam cigarros Marlboro nas janelas de suas Range Rovers e iam a festas levando barris de cerveja. Será que alguém consideraria Emily uma pessoa assim tão terrível por desejar que Ali se metesse em encrenca por sair com elas? Seria ela uma má amiga por querer Ali só para si?

Spencer deu uma risada irônica. Não era justo que Ali simplesmente imaginasse que elas mentiriam por ela. Na noite anterior, antes de Ali tocar a cabeça de Spencer e hipnotizá-la, Spencer esboçara um protesto. Ela já estava cansada de Ali passar o tempo todo controlando a turma. Estava farta das coisas serem sempre exatamente como Ali queria.

— Vamos, meninas — disse Hanna, sentindo a relutância de todas. — Precisamos protegê-la. — A última coisa que Hanna queria era dar a Ali um motivo para abandoná-las. Se aquilo acontecesse, Hanna voltaria a ser uma perdedora feia e gorducha. E essa nem era a pior coisa que poderia acontecer... — Se

nós não a protegermos, ela pode contar a todo mundo sobre...
– Hanna se interrompeu, olhando para o outro lado da rua, para a casa onde Toby e Jenna Cavanaugh moravam. Durante o último ano a casa se deteriorara bastante. O gramado precisava desesperadamente ser cortado, e as portas da garagem estavam cobertas de um mofo verde.

Na primavera anterior, elas haviam acidentalmente cegado Jenna Cavanaugh, quando ela e o irmão estavam na casa da árvore. Ninguém sabia que foram elas que dispararam os fogos de artifício, e Ali as fizera prometer que nunca contariam a ninguém o que realmente aconteceu, dizendo que aquele segredo selaria a amizade delas para sempre. Mas e se elas *não fossem* mais amigas? Ali podia ser extremamente cruel com pessoas de quem não gostava. Depois que descartara Naomi Zeigler e Riley Wolfe sem motivo aparente no início do sexto ano, Ali as banira das festas, convencera os meninos a passar trotes para suas casas e até mesmo invadira suas páginas no MySpace, escrevendo mensagens meio maliciosas, meio engraçadas, sobre seus embaraçosos segredos. Se Ali abandonasse suas quatro novas amigas, quais promessas ela quebraria? Quais segredos revelaria?

A porta da frente da casa dos DiLaurentis se abriu, e a mãe de Ali colocou a cabeça para fora. Embora fosse normalmente elegante e educada, a sra. DiLaurentis havia prendido os cabelos em um rabo de cavalo desleixado. Usava um short desbotado, de cintura baixa, e sua camiseta velha mal lhe cobria a barriga.

As meninas se levantaram e seguiram pela trilha de pedra que levava à porta da casa de Ali. Como de costume, o vestíbulo cheirava a amaciante de roupas, e as paredes estavam cheias de fotografias de Alison e de seu irmão, Jason. O olhar de Aria foi imediatamente atraído para a fotografia da formatura de Jason. Ele tinha cabelos louros compridos afastados do rosto e os cantos dos lábios erguidos em um meio sorriso. Antes que as garotas pudessem repetir seu ritual costumeiro de tocar o canto inferior direito da foto favorita delas – a da viagem que tinham feito juntas a Poconos no último mês de julho –, a sra. DiLaurentis as conduziu para a cozinha e fez um gesto para que se sentassem à grande mesa de madeira. Era estranho ir à casa de Ali sem ela por ali; era quase como se espionassem a vida da amiga. Sua presença estava por toda parte: um par de sandálias de plataforma azul-turquesa Tory Burch jogado perto da porta da lavanderia, um frasco de seu creme de baunilha para mãos favorito e o boletim da escola, apenas com notas dez, é claro, preso na geladeira com um ímã em formato de pizza.

A sra. DiLaurentis se sentou ao lado delas e limpou a garganta.

— Eu sei que vocês estavam com Alison na noite passada, meninas, e preciso que pensem muito bem. Têm certeza de que ela não lhes disse nada sobre para onde ia?

As meninas balançaram a cabeça, olhando fixamente para o jogo americano de juta trançada.

— Acho que ela está com as amigas do time de hóquei — deixou escapar Hanna, quando pareceu que ninguém mais iria falar.

A sra. DiLaurentis estava picando uma lista de compras em pequenos quadradinhos de papel.

— Já telefonei para todas as meninas da equipe de hóquei e para todas as amigas dela do acampamento. Ninguém a viu.

As meninas trocaram olhares alarmados. O nervosismo lhes apertou o peito, e seus corações começaram a bater mais rápido. Se Ali não estava com nenhuma das outras amigas, onde estaria?

A sra. DiLaurentis tamborilava os dedos na mesa. Suas unhas pareciam descuidadas, como se ela as tivesse roído.

– Ela disse alguma coisa sobre vir para casa, ontem à noite? Pensei tê-la visto na porta da cozinha, quando estava falando com... – Ela se interrompeu por um momento, olhando para a porta dos fundos. – Ela parecia chateada.

– Nós não sabíamos que Ali tinha voltado para casa – balbuciou Aria.

– Oh. – As mãos da sra. DiLaurentis tremiam quando ela pegou a xícara de café. – Ali disse alguma coisa sobre alguém a estar importunando?

– Ninguém faria isso – disse Emily depressa. – Todos amam a Ali.

A sra. DiLaurentis abriu a boca para protestar, mas mudou de ideia.

– Tenho certeza de que você tem razão. E ela nunca disse nada sobre fugir de casa?

Spencer deu uma risada irônica.

– De jeito nenhum.

Apenas Emily abaixou a cabeça. Ela e Ali falavam sobre fugirem juntas, às vezes. Uma de suas fantasias, sobre voar para Paris e adotar novas identidades, andara ocupando o tempo das duas recentemente. Mas Emily tinha certeza de que Ali nunca falara a sério.

– Alguma vez Ali pareceu... triste? – perguntou a sra. DiLaurentis.

As meninas ficavam mais e mais alarmadas.

— Triste? — reagiu finalmente Hanna. — A senhora quer dizer... deprimida?

— Absolutamente não — declarou Emily, lembrando-se de como Ali dera piruetas pela grama no dia anterior, feliz, celebrando o fim do sétimo ano.

— Ela nos diria se estivesse chateada com alguma coisa — completou Aria, embora não tivesse cem por cento de certeza de que fosse verdade. Desde que Ali e Aria haviam descoberto um segredo devastador sobre o pai de Aria, algumas semanas atrás, ela andava evitando a companhia de Ali. Esperara que as duas pudessem conversar sobre o assunto e esclarecer tudo na noite passada.

A máquina de lavar dos DiLaurentis fez um barulho, começando o ciclo seguinte. O sr. DiLaurentis entrou na cozinha, parecendo perdido e com os olhos vermelhos. Quando olhou para a esposa, uma expressão desconfortável lhe passou pelo rosto, e ele girou nos calcanhares rapidamente, saindo da cozinha, enquanto coçava vigorosamente o nariz enorme e adunco.

— Vocês têm certeza de que não sabem de nada? — insistiu a sra. DiLaurentis. Rugas de preocupação vincavam sua testa. — Procurei pelo diário dela, pensando que ela talvez tivesse escrito algo sobre seu paradeiro, mas não consigo encontrá-lo em lugar algum.

Hanna se animou.

— Eu sei como é o diário dela. A senhora quer que a gente vá lá em cima procurar? — Elas tinham visto Ali escrevendo no diário alguns dias antes, quando a sra. DiLaurentis as mandara subir ao quarto de Ali sem avisá-la primeiro. Na ocasião, Ali estava tão concentrada no diário que pareceu se assustar com a chegada das amigas, como se tivesse momentaneamente esquecido que as tinha convidado. Segundos mais tarde, a sra. DiLaurentis mandara as meninas descerem, porque queria dar uma bronca em Ali por alguma coisa, e quando Ali descera, parecia irritada por elas estarem ali, como se tivessem feito algo errado ao ficar na casa enquanto a mãe gritava com ela.

– Não, não, está tudo bem – respondeu a sra. DiLaurentis, colocando sua xícara de café sobre a mesa.

– Não seria problema algum. – Hanna afastou a cadeira para trás e se dirigiu ao corredor. – Sério mesmo.

– Hanna! – gritou a mãe de Ali, sua voz subitamente aguda. – Eu disse não!

Hanna parou de repente bem debaixo do lustre da cozinha. Havia algo impossível de decifrar sob a expressão da sra. DiLaurentis.

– Tudo bem – disse Hanna baixinho, voltando para a mesa. – Desculpe.

Depois disso, a sra. DiLaurentis agradeceu às meninas por terem ido até lá. Elas saíram, uma a uma, piscando ao sol incrivelmente brilhante. No fim da rua, Mona Vanderwaal, uma das garotas excluídas da turma e que era da classe delas na escola, estava fazendo oitos em sua *scooter* Razor. Quando viu as meninas, acenou. Nenhuma delas acenou de volta.

Emily chutou um tijolo solto na calçada.

– A sra. D está exagerando. Ali está bem.

– Ela não está *deprimida* – insistiu Hanna. – Que coisa mais idiota de se dizer.

Aria colocou as mãos nos bolsos de trás da minissaia.

— E se Ali tiver mesmo fugido? Talvez não por estar infeliz, mas por ter encontrado algo melhor para fazer. Ela provavelmente nem sentiria a nossa falta.

— Claro que sentiria! — explodiu Emily. Em seguida, começou a chorar.

Spencer olhou para ela, revirando os olhos.

— Por *Deus*, Emily. Você tem que fazer isso agora?

— Deixe-a em paz — devolveu Aria.

Spencer se virou para Aria, examinando-a da cabeça aos pés.

— Seu piercing do nariz está torto — observou ela, com mais do que uma ponta de maldade na voz.

Aria levou a mão ao aro de metal em sua narina esquerda. De alguma forma, havia se soltado e quase lhe tocava a bochecha. Ela o colocou de volta no lugar, mas, sentindo-se constrangida, tirou-o de uma vez.

Ouviu-se o barulho de alguém amassando papel, e logo depois um *crunch* alto. Elas se viraram e viram Hanna tirando um punhado de salgadinhos de queijo da bolsa. Quando Hanna percebeu que as outras a olhavam severamente, parou.

— O que foi? — disse ela, cheia de farelo laranja ao redor da boca.

As meninas ficaram paradas em silêncio por alguns momentos. Emily enxugou as lágrimas. Hanna comeu outro punhado de salgadinhos. Aria mexia nos fechos de suas botas de motociclista. E Spencer cruzou os braços, parecendo entediada com a atitude delas. Sem Ali por perto, as meninas pareciam, de repente, tão incompletas... até mesmo chatas.

De repente, um barulho ensurdecedor veio do quintal da casa de Ali. As garotas se viraram e viram um caminhão vermelho carregado de cimento posicionado junto a um grande buraco. Os DiLaurentis estavam construindo um gazebo para vinte pessoas. Um pedreiro desleixado e magricela, usando um rabo de cavalo louro, ergueu seus óculos de sol espelhados para olhar as meninas. Ele lhes dirigiu um sorriso lascivo, revelando um dente de ouro na frente. Outro pedreiro, gorducho, careca e todo tatuado, vestindo jeans rasgados e uma camiseta regata, assobiou. As meninas estremeceram, sentindo-se desconfortáveis. Ali havia lhes contado que os pedreiros sempre faziam comentários maldosos quando ela passava.

Um dos pedreiros fez um sinal para o motorista da betoneira, e o caminhão começou lentamente a dar a ré. Uma torrente de cimento cinzento começou a escorrer por um grande cano, em direção ao buraco.

Ali vinha falando sobre o projeto daquele gazebo havia semanas. A construção teria uma banheira de hidromassagem de um lado e uma churrasqueira do outro. Grandes vasos de plantas, árvores e arbustos seriam colocados em volta de todo o gazebo, para dar ao local uma atmosfera tropical e serena.

– Ali vai adorar esse gazebo – disse Emily, confiante. – Ela vai organizar festas maravilhosas lá.

As outras concordaram com cautela. Elas esperavam ser convidadas. Esperavam que aquele não fosse o fim de uma era.

Em seguida, tomaram caminhos diferentes, indo para suas respectivas casas. Spencer entrou pela cozinha e espiou pelas janelas que davam para os fundos, para o celeiro onde a fatídica festa do pijama acontecera. E se Ali as tivesse abandonado para sempre? Elas ficariam arrasadas, mas talvez não fosse tão ruim assim. Spencer já estava farta de Ali lhe dizer o que fazer.

Quando ouviu um soluço, ela deu um pulo. Sua mãe estava sentada perto do balcão da cozinha, olhando para o nada, os olhos enevoados.

– Mãe? – arriscou Spencer, mas não houve resposta.

Aria caminhou pela calçada da casa dos DiLaurentis. As latas de lixo da família estavam na esquina, esperando pela coleta de sábado. Uma das tampas tinha caído, e Aria viu um frasco vazio de remédio tarja preta sobre um pedaço de plástico da mesma cor. O rótulo fora quase totalmente arrancado, mas era possível ver o nome de Ali escrito em letras de forma. Aria se perguntou se seriam antibióticos ou remédios para alergia. A quantidade de pólen no ar de Rosewood estava brutal naquele ano.

Hanna esperava, sentada em uma das grandes pedras no jardim de Spencer, que sua mãe viesse buscá-la. Mona Vanderwaal ainda estava andando de *scooter* no fim da rua sem saída. Será que a sra. DiLaurentis estava certa? Será que alguém tivera a coragem de importunar Ali, como Ali e as outras importunavam com Mona?

Emily apanhou sua bicicleta e caminhou até a floresta atrás da casa de Ali, para pegar o atalho que levava à sua casa. Os pedreiros que trabalhavam no gazebo estavam no intervalo. O cara magricela com o dente de ouro conversava com outro pedreiro de bigode fino, sem prestar a menor atenção ao concreto que fluía da betoneira para o buraco. Seus carros, um Honda amassado, duas caminhonetes e um jipe Cherokee cheio de adesivos, estavam estacionados junto à calçada. No fim da fila, estava um sedã preto *vintage*, vagamente familiar. O carro era bem melhor do que os outros, e Emily pôde ver seu reflexo nas portas brilhantes quando passou pedalando por ele. Seu rosto parecia pensativo. O que ela faria se Ali não quisesse mais ser sua amiga?

Enquanto o sol se erguia mais alto no céu, cada uma das meninas se perguntou o que aconteceria se Ali as abandonasse sem mais nem menos, como fizera com Naomi e Riley. Mas nenhuma delas prestou a menor atenção às perguntas frenéticas da sra. DiLaurentis. Ela era a mãe de Ali; preocupar-se com a filha era seu *dever*.

Nenhuma delas poderia imaginar que no dia seguinte o gramado da frente da casa dos DiLaurentis estaria cheio de jornalistas e carros de polícia. E tampouco poderiam adivinhar onde Ali realmente estava ou com quem planejara se encontrar, quando saíra correndo do celeiro naquela noite. Não, naquele lindo dia de junho, o primeiro dia das férias de verão, elas ignoraram as preocupações da sra. DiLaurentis. Coisas ruins não aconteciam em lugares como Rosewood. E certamente não ocorriam com garotas como Ali. *Ela está bem*, pensaram elas. *Ela vai voltar.*

E, três anos mais tarde, talvez elas estivessem finalmente certas.

1

NÃO RESPIRE FUNDO

Emily Fields abriu os olhos e olhou ao redor. Estava deitada no centro do quintal de Spencer Hastings, cercada por uma parede de fumaça e chamas. Galhos de árvores retorcidos se quebravam e caíam no chão, fazendo um ruído ensurdecedor. O calor irradiava do bosque, fazendo parecer que estavam no meio de julho e não no fim de janeiro.

Duas de suas melhores amigas, Aria Montgomery e Hanna Marin, estavam ali perto, com seus vestidos de festa de seda e lantejoulas destruídos, tossindo feito loucas. As sirenes tocavam ao longe. As luzes dos caminhões dos bombeiros piscavam a distância. Quatro ambulâncias entraram em disparada no gramado dos Hastings, sem se importarem com os arbustos e canteiros de flores impecáveis.

Um paramédico de uniforme branco saiu correndo em direção à fumaça espessa.

—Você está bem? — perguntou ele aos gritos, ajoelhando-se ao lado de Emily. Ela se sentia como se tivesse despertado de um sono que durara um ano. Algo muito importante havia acontecido... Mas o *quê*?

O paramédico agarrou-lhe o braço antes que ela perdesse a consciência mais uma vez.

–Você inalou muita fumaça – gritou ele. – Seu cérebro não está recebendo oxigênio suficiente. Você está perdendo a consciência. – Ele colocou uma máscara de oxigênio no rosto dela.

Uma segunda pessoa apareceu. Era um policial de Rosewood que Emily não reconhecia, um homem com cabelos grisalhos e olhos verdes bondosos.

– Há mais alguém na floresta, além de vocês quatro? – gritou ele acima de todo aquele barulho.

Emily abriu a boca, procurando por uma resposta que parecia fora de seu alcance. Em seguida, como uma luz que se acende, tudo o que havia acontecido durante as últimas horas voltou à memória da garota.

Todas aquelas mensagens de A, aquelas apavorantes mensagens de texto insistindo que Ian Thomas não matara Alison DiLaurentis. O livro de registros que Emily havia encontrado na festa do hotel Radley, com o nome de Jason DiLaurentis escrito por toda parte, indicando que ele podia ter sido um paciente quando naquele lugar funcionava um hospital psiquiátrico. Ian confirmando por MSN que Jason e Darren Wilden, o policial que investigava o assassinato de Ali, eram seus verdadeiros assassinos, e avisando as meninas que Jason e Wilden não mediriam esforços para silenciá-las.

E em seguida, o clarão. Aquele cheiro horrível de enxofre. E vários hectares de matas em chamas.

Elas haviam corrido para o quintal de Spencer sem conseguir enxergar direito, alcançando Aria, que tomara um atalho pela floresta vindo de sua nova casa, uma rua atrás. Ela estava acompanhada de uma garota, alguém que fora encurralada pelas chamas. Alguém que Emily pensara jamais ver de novo.

Emily tirou a máscara de oxigênio do rosto.

— *Alison!* — gritou ela. — Não se esqueçam de Alison!

O policial inclinou a cabeça. O paramédico aproximou a mão do ouvido.

— Quem?

Emily se virou e fez um gesto indicando o local onde vira Ali deitada na grama. Ela deu um passo para trás. Ali havia desaparecido.

— *Não!* — sussurrou Emily. Ela girou nos calcanhares. Os paramédicos estavam ajudando suas amigas a entrar nas ambulâncias.

— Aria! — gritou Emily. — Spencer! Hanna!

Suas amigas se viraram.

— Ali! — berrou Emily, acenando em direção ao local, agora vazio, onde Ali estivera. — Vocês viram para onde Ali foi?

Aria balançou a cabeça. Hanna segurava sua máscara de oxigênio junto ao rosto, olhando de um lado para outro. Spencer estava pálida de terror, e um grupo de enfermeiros a cercou, ajudando-a a entrar na ambulância.

Desesperada, Emily se virou para o paramédico. O rosto dele estava iluminado pelas chamas que atingiam o moinho no quintal dos Hastings.

— Alison está *aqui*. Nós acabamos de vê-la!

O paramédico olhou para ela, confuso.

— Você quer dizer Alison DiLaurentis, a menina que... morreu?

— Ela não está morta! — gemeu Emily, quase tropeçando em uma raiz de árvore ao recuar. Ela fez um gesto indicando as chamas. — Está ferida! Ela disse que alguém estava tentando matá-la!

— Senhorita. — O policial colocou uma das mãos no ombro dela. — Você precisa se acalmar.

Ouviu-se um barulho a alguns metros de distância, e Emily se virou. Quatro repórteres estavam de pé ao lado do deque da casa dos Hastings, de queixo caído.

— Srta. Fields? — chamou um dos jornalistas, correndo em direção a Emily e colocando um microfone à sua frente.

Um homem segurando uma câmera e outro trazendo um spot de iluminação correram para ela, também.

— O que você disse? *Quem* você acabou de ver?

O coração de Emily martelava.

— Precisamos ajudar a Alison! — Ela olhou em volta, mais uma vez. O quintal da casa de Spencer estava lotado de policiais e paramédicos. Em contraste, o jardim da casa de Ali estava escuro e vazio. Quando Emily viu uma sombra correr por detrás da cerca de ferro que separava os quintais dos Hastings e dos DiLaurentis, seu coração deu um pulo. *Ali?* Mas era apenas uma sombra, causada pelas luzes que piscavam nos carros de polícia.

Mais jornalistas chegaram, correndo pelo quintal e pelo jardim dos Hastings. Um caminhão de bombeiros também se aproximou, e os homens saltaram do veículo, apontando uma enorme mangueira na direção da floresta. Um repórter careca, de meia-idade, tocou o braço de Emily.

— Como estava Alison? — quis saber ele. — Onde ela estava?

— Já chega. — O policial começou a afastar todos. — Vamos dar um espaço a ela.

O repórter apontou o microfone para ele.

—Você vai investigar essa história? Vai procurar por Alison?

— Quem provocou o incêndio? Você viu alguma coisa? — gritou outra voz, por sobre o barulho das mangueiras.

O paramédico afastou Emily de toda a confusão.

— Precisamos tirar você daqui.

Emily soltou um gemido febril, olhando desesperadamente para o gramado vazio. A mesmíssima coisa havia acontecido quando elas viram o corpo de Ian na floresta na semana anterior - num minuto, ele estava deitado ali, inchado e pálido na grama, e no minuto seguinte... *desaparecera*. Aquilo não podia estar acontecendo de novo. *Não podia*. Emily passara anos sofrendo por Ali, obcecada com cada linha do rosto dela, memorizando cada fio de cabelo da amiga. E aquela menina na floresta era *exatamente* como Ali. Tinha a mesma voz rouca e sexy de Ali, e quando limpou a fuligem do rosto, aquelas eram as mãos pequenas e delicadas de Ali.

Dentro da ambulância, outro paramédico recolocou a máscara de oxigênio sobre o nariz e a boca de Emily e a ajudou a subir em uma pequena maca. Os paramédicos apertaram os cintos de segurança e se acomodaram ao seu lado. As sirenes começaram a soar, e o veículo se afastou lentamente do gramado. Enquanto ganhavam a rua, Emily viu um carro de polícia pela janela traseira da ambulância com as sirenes desligadas e os faróis apagados. Porém, o carro não estava indo na direção da casa dos Hastings.

Ela voltou sua atenção novamente para a casa de Spencer, procurando por Ali, mas tudo o que viu foi a multidão de curiosos. Lá estava a sra. McClellan, uma vizinha que morava no fim da rua. Perto da caixa do correio, estavam o sr. e a sra. Vanderwaal, cuja filha, Mona, fora a A original. Emily não os via desde o funeral de Mona, alguns meses antes. Até os Cavanaugh estavam lá, olhando para as chamas, horrorizados. A sra. Cavanaugh colocara a mão de forma protetora no ombro da filha, Jenna. E, embora os olhos cegos de Jenna estivessem ocultos por seus óculos escuros da Gucci, parecia que ela olhava diretamente para Emily.

Mas Ali não estava em lugar nenhum naquele caos. Ela havia desaparecido... mais uma vez.

2

SUMIU NA FUMAÇA

Quase seis horas mais tarde, uma enfermeira animada, com um longo rabo de cavalo castanho, abriu a cortina do pequeno cubículo protegido por cordas da sala de emergência do Rosewood Memorial Hospital, onde Aria recebia cuidados médicos. Entregou uma prancheta ao pai de Aria, Byron, pedindo-lhe que assinasse um documento.

— Ela teve alguns hematomas nas pernas e inalou muita fumaça, mas creio que vai ficar bem — disse a enfermeira.

— Graças a Deus — suspirou Byron, assinando seu nome com um gesto exagerado. Ele e o irmão de Aria, Mike, haviam chegado ao hospital pouco depois que a ambulância a deixara lá. A mãe de Aria, Ella, estava passando a noite em Vermont com o namorado canalha, Xavier, e Byron lhe dissera que não havia motivo para se apressar em voltar para casa.

A enfermeira olhou para Aria.

— Sua amiga Spencer quer vê-la antes de você ir. Ela está no segundo andar. Quarto dois-zero-seis.

— Tudo bem — disse Aria, ainda trêmula, mexendo as pernas por baixo dos lençóis ásperos, típicos de hospitais.

Byron se levantou da cadeira de plástico branca ao lado da cama e olhou nos olhos de Aria.

— Vou esperar você no saguão. Pode levar o tempo que quiser.

Aria se levantou lentamente. Ela passou as mãos pelos cabelos negros, quase azulados, e pequenas partículas de fuligem e cinzas caíram sobre os lençóis. Quando se abaixou para vestir os jeans e calçar os sapatos, seus músculos doíam como se tivesse acabado de escalar o monte Everest. Passara a noite inteira acordada, pensando no que acontecera no bosque. Embora suas velhas amigas também tivessem sido trazidas para o hospital, foram levadas para outras partes da ala de emergência, e Aria não conseguira falar com nenhuma delas. Todas as vezes que tentara se levantar, as enfermeiras entraram no quarto para dizer que ela precisava relaxar e dormir. *Claro*. Como se isso fosse acontecer novamente.

Aria não sabia o que pensar do pesadelo que acabara de vivenciar. Em um minuto, estava correndo pelo bosque em direção ao celeiro de Spencer, com o pedaço da bandeira da Cápsula do Tempo que roubara de Ali no sexto ano enfiado no bolso traseiro. Ela não olhara para o pequeno pedaço de tecido azul por quatro longos anos, mas Hanna estava convencida de que os desenhos nele continham uma pista sobre o assassino de Ali. Em seguida, escorregou em um monte de folhas molhadas e o cheiro acre de gasolina havia lhe enchido as narinas, e então ela ouviu o som áspero de um fósforo sendo aceso. Ao seu redor, o bosque explodiu em chamas, ardendo com força e queimando sua pele. Momentos mais tarde, encontrou alguém no meio da mata, gritando desesperadamente por socorro. Alguém cujo corpo todas elas pensavam estar naquele buraco semiescavado, no velho quintal dos DiLaurentis. *Ali.*

Ou pelo menos fora o que Aria pensara na hora. Mas agora... Bem, agora ela não sabia. Olhou para o seu reflexo no espelho pendurado na parede. Sua face estava pálida, e seus olhos, muito vermelhos. O médico da emergência que tratara de Aria explicara que era comum imaginar coisas depois de inalar uma grande quantidade de fumaça tóxica. Quando privado de oxigênio, o cérebro fica atordoado. O bosque estava *mesmo* sufocante. E Ali parecera tão etérea e surreal, definitivamente como um sonho. Aria não sabia se alucinações em grupo eram possíveis, mas todas elas tinham Ali na cabeça, na noite passada. Talvez fosse óbvio o fato de Ali ser o primeiro pensamento a ocorrer a cada uma delas quando seus cérebros começaram a parar de funcionar.

Quando Aria vestiu o jeans e o suéter que Byron lhe trouxera de casa, foi ao quarto de Spencer no segundo andar. O sr. e a sra. Hastings estavam jogados em poltronas na área de espera do outro lado do corredor, checando seus BlackBerry. Hanna e Emily já estavam no quarto, vestidas, mas Spencer ainda se encontrava na cama, com a camisola do hospital. Havia tubos de soro intravenoso em seus braços, sua pele estava flácida e havia um grande hematoma no queixo quadrado.

— Você está bem? — perguntou Aria, alarmada. Ninguém lhe contara que Spencer estava ferida.

Spencer concordou parecendo debilitada, usando o pequeno controle remoto na mesa de cabeceira para erguer a cama e sentar-se direito.

— Estou bem melhor agora. Eles me disseram que, às vezes, a inalação de fumaça pode afetar as pessoas de maneiras muito diferentes.

Aria olhou ao redor. O quarto tinha cheiro de doença e água sanitária. Havia um monitor em um dos cantos, controlando os sinais vitais de Spencer, e uma pequena pia de metal com uma pilha de caixas de luvas cirúrgicas. As paredes eram de um verde vivo, e, ao lado da janela com cortinas floridas, havia um grande cartaz explicando como fazer o autoexame mensal das mamas. Como era de esperar, algum garoto havia desenhado um pênis ao lado do seio da mulher.

Emily estava sentada em uma cadeirinha de criança perto da janela, seus cabelos louro-avermelhados embaraçados, os finos lábios rachados. Ela se mexeu desconfortavelmente, seu corpo largo de nadadora grande demais para a cadeirinha. Hanna estava perto da porta, encostada em uma placa que informava que todos os funcionários do hospital deviam usar luvas. Seus olhos cor de mel estavam enevoados e sem expressão. Ela parecia ainda mais frágil do que o normal, o jeans escuro muito largo no quadril.

Sem dizer uma palavra, Aria tirou a bandeira de Ali da bolsa e a estendeu na cama de Spencer. Todas se aproximaram e olharam. Desenhos feitos com uma tinta prateada brilhante cobriam todo o tecido. Havia o logotipo da Chanel, o padrão de estampa da Louis Vuitton e o nome de Ali, em letras grandes e bem desenhadas. Um poço dos desejos de pedra, completo com o telhado em forma de A e a manivela, estava em um dos cantos. Aria acompanhou o contorno do poço com o dedo. Ela não via qualquer pista óbvia ou vital ali que pudesse ajudar a entender o que acontecera com Ali na noite em que ela morrera. Era o mesmo tipo de coisa que todo mundo desenhava em suas bandeiras da Cápsula do Tempo.

Spencer tocou um dos cantos do tecido.

– Eu tinha esquecido que a letra de Ali era tão redondinha.

Hanna estremeceu.

– Olhar para essa letra me dá a impressão de que ela está aqui conosco.

Todas levantaram as cabeças, trocando um olhar assustado. Era óbvio que elas estavam pensando a mesma coisa. *Assim como estava conosco no bosque algumas horas atrás.*

Com aquilo, todas falaram ao mesmo tempo.

– Nós temos que... – balbuciou Aria.

– O que nós... – sussurrou Hanna.

– O médico disse... – sibilou Spencer, meio segundo depois.

Todas se interromperam e olharam umas para as outras, suas faces tão pálidas quanto o travesseiro sob a cabeça de Spencer.

Foi Emily quem falou a seguir:

– Temos que fazer alguma coisa, meninas. Ali está *lá fora*. Precisamos descobrir para onde ela foi. Alguma de vocês ouviu falar de alguém procurando por ela na floresta? Eu disse aos policiais que nós a vimos, mas eles simplesmente ficaram parados!

O coração de Aria deu uma cambalhota. Spencer parecia incrédula.

– Você falou com a polícia? – repetiu, colocando uma mecha de cabelos louros para trás da orelha.

– É claro que falei! – sussurrou Emily.

– Mas... Emily...

— O quê?! — Ela olhou com um ar surpreso para Spencer, como se um chifre de unicórnio estivesse nascendo em sua testa.

— Em, foi só uma alucinação. Os médicos disseram isso. Ali está *morta*.

Os olhos de Emily se arregalaram.

— Mas *todas nós* a vimos, não foi? Então significa que todas tivemos a mesma alucinação?

Spencer olhou para Emily sem piscar. Alguns minutos tensos se passaram. Do lado de fora do quarto, um alarme disparou. Uma cama de hospital, com rodinhas enferrujadas, era empurrada pelo corredor. Emily deixou escapar um gemido. Suas faces estavam cor-de-rosa. Ela se virou para Hanna e Aria.

— Vocês duas acham que Ali era real, não acham?

— *Talvez pudesse* ter sido a Ali, eu acho — disse Aria, afundando em uma cadeira de rodas ao lado do minúsculo banheiro. — Mas, Em, o médico me disse que foi tudo culpa da fumaça que inalamos. E faz sentido. Como ela pode ter simplesmente desaparecido depois do incêndio?

— É — disse Hanna, com a voz fraca. — E onde teria se escondido por todo esse tempo?

Emily bateu os braços contra os lados do corpo violentamente. O poste de soro ao seu lado balançou.

— Hanna, você disse que viu Ali parada ao lado da sua cama na última vez que esteve aqui no hospital. Talvez realmente tivesse sido ela!

Hanna mexia no salto alto de sua bota de veludo, parecendo desconfortável.

— Hanna estava em coma quando viu Ali — interrompeu Spencer. — É claro que não passou de um sonho.

Sem se abalar, Emily apontou para Aria.

– Você tirou alguém do bosque na noite passada. Se não foi Ali, quem foi?

Aria deu de ombros, correndo as mãos pelos aros das rodas da cadeira. Através da grande janela, o sol estava começando a nascer. Havia uma fila de BMWs, Mercedes e Audis parados no estacionamento do hospital. Era impressionante como tudo podia parecer normal depois de uma noite tão louca.

– Eu não sei – admitiu ela. – Estava tão escuro por lá. E... oh, *que droga*! – Ela vasculhou o bolso interno de sua bolsa. – Encontrei isto ontem à noite.

Ela abriu a mão e lhes mostrou o familiar anel de formatura de Rosewood Day, com sua brilhante pedra azul. A inscrição dentro do anel dizia *Ian Thomas*. Quando elas viram Ian supostamente morto no bosque, na semana anterior, o anel estava no dedo dele.

– Estava lá, jogado no meio do barro – explicou. – Não sei como a polícia não o encontrou.

Emily engoliu em seco. Spencer parecia confusa. Hanna arrancou o anel da palma da mão de Aria, segurando-o contra a luz do abajur que iluminava a cama de Spencer.

– Talvez tenha caído do dedo de Ian quando ele fugiu.

– O que a gente faz com o anel? – perguntou Emily. – Vamos entregá-lo aos policiais?

– Definitivamente não! – sibilou Spencer. – Parece um pouco conveniente que tenhamos visto o corpo de Ian na floresta, convencido a polícia a dar uma busca no lugar só para eles não encontrarem nada, e aí, *voilà!*, encontramos um anel igualzinho ao dele. Isso nos faz parecer suspeitas. Você provavelmente não devia tê-lo apanhado. Esse anel é uma prova, Aria.

Aria cruzou os braços por sobre seu suéter Fair Isle.

— E como *eu* ia saber disso? O que devo fazer? Coloco-o de volta onde o encontrei?

— Não — instruiu Spencer. — Os policiais vão vasculhar a área novamente, por causa do incêndio. Podem ver você colocando o anel de volta onde achou e aí farão perguntas. Guarde-o por enquanto, acho que é melhor assim.

Impaciente, Emily se mexeu na pequena cadeira.

— Você viu Ali depois que encontrou o anel. Certo, Aria?

— Não tenho certeza — admitiu Aria. Ela tentou pensar naqueles minutos frenéticos no bosque. Tudo estava se tornando mais e mais enevoado. — Eu nunca *toquei* nela, na verdade...

Emily se levantou.

— O que há de errado com vocês? Por que de repente não acreditam mais no que vimos?

— Em... — disse Spencer gentilmente. — Você está ficando emocionada demais.

— Não estou! — gritou Emily. Suas faces se tingiram de um rosa vivo, realçando as sardas.

Elas foram interrompidas pelo som alto e estridente de um alarme no quarto ao lado. Enfermeiras gritavam, e houve um movimento de passos frenético no corredor. Uma sensação horrível se alojou no estômago de Aria. Ela se perguntou se o alarme significava que alguém estava morrendo.

Alguns momentos depois, a ala do hospital ficou em silêncio novamente. Spencer limpou a garganta.

— O mais importante a fazer é descobrirmos quem provocou o incêndio. É nisso que a polícia precisa se concentrar agora. Alguém tentou nos matar ontem à noite.

— Não alguém — sussurrou Hanna. — *Eles*.

Spencer olhou para Aria.

— Fizemos contato com Ian, no celeiro. Ele nos contou tudo. Ele tem certeza de que Jason e Wilden são os responsáveis. Tudo o que conversamos ontem à noite é verdade, e eles definitivamente querem nos silenciar.

O peito de Aria arfava, e ela se lembrou de mais uma coisa.

— Quando eu estava no bosque, vi alguém acendendo o fogo.

Spencer se sentou mais reta, os olhos arregalados.

— *O quê?*

— Você viu o rosto da pessoa?! — exclamou Hanna.

— Eu não sei. — Aria fechou os olhos, recordando aquele momento horrível. Minutos depois de ela ter encontrado o anel de Ian, Aria vira alguém se esgueirando pela floresta apenas a alguns passos de distância dela, o rosto oculto pelo capuz e pelas sombras. Instantaneamente, ela teve a sensação de que era alguém conhecido. Quando Aria percebeu o que a pessoa estava fazendo, seus membros se paralisaram. Ela se sentiu impotente para impedi-lo. Em segundos, as chamas estavam engolindo a mata, indo rapidamente na direção dos seus pés.

Aria sentiu os olhos de suas amigas sobre si, esperando por uma resposta.

— Quem quer que fosse estava de capuz — admitiu Aria. — Mas tenho quase certeza de que era...

Em seguida, ela se interrompeu ao ouvir um ruído alto e longo. Lentamente, a porta do quarto de Spencer se abriu. Uma figura apareceu na soleira, seu rosto obscurecido por causa da luz que vinha do corredor. Quando Aria viu quem era, seu coração pulou para a garganta. *Não desmaie*, ela disse a si mesma, sentindo-se imediatamente tonta. Era uma das pessoas sobre quem A as alertara. A pessoa que Aria tinha quase certeza de ter visto no bosque. Um dos assassinos de Ali.

O policial Darren Wilden.

– Olá, meninas. – Wilden entrou marchando pela porta. Seus olhos verdes brilhavam, e o rosto bonito e anguloso estava queimado de frio. O uniforme da polícia de Rosewood caía perfeitamente em seu corpo, mostrando o quanto Wilden estava em forma. Ele parou à beira da cama de Spencer, finalmente percebendo as expressões nada amistosas das meninas.

– O que foi?

Elas trocaram olhares aterrorizados.

Finalmente, Spencer limpou a garganta.

– Nós sabemos o que você fez.

Wilden se apoiou na cabeceira da cama, tomando cuidado para não esbarrar no soro de Spencer.

– Como assim?

– Eu acabei de chamar a enfermeira – disse Spencer, em voz mais alta e projetada, a que frequentemente usava quando estava no palco, no clube de teatro de Rosewood Day. – Ela vai chamar a segurança antes que você possa nos machucar. Sabemos que você provocou o incêndio. E sabemos *por quê*.

Rugas profundas vincaram a testa de Wilden. Uma veia pulsava em seu pescoço. O coração de Aria batia com tanta força que abafava todos os outros sons no quarto. Ninguém se moveu. Quanto mais tempo Wilden passava olhando para elas, mais tensa Aria ficava. Finalmente, ele mudou de posição.

– O incêndio no bosque? – Ele riu, parecendo duvidar. – Estão falando sério?

— Eu vi você comprando propano na Home Depot — disse Hanna, com a voz trêmula, os ombros rígidos. — Você estava colocando três galões no carro, o que era mais do que suficiente para queimar o bosque. E por que você não estava na cena do crime, depois do incêndio? Todos os outros policiais de Rosewood estavam lá.

— Vi o seu carro *se afastando* da casa de Spencer a toda a velocidade — interrompeu Emily, abraçando os joelhos contra o peito. — Como se você estivesse fugindo da cena do crime.

Aria arriscou um olhar para Emily, incerta. Ela não tinha percebido o carro da polícia se afastando da casa de Spencer na noite anterior. Wilden encostou-se à pequena pia de metal no canto do quarto.

— Meninas. Por que eu iria querer atear fogo ao bosque?

— Você queria apagar as pistas do que fez a Ali — disse Spencer. — Você e Jason.

Emily voltou-se para Spencer.

— Ele não fez *nada* a Ali. Ali está viva.

Wilden levantou a cabeça abruptamente e olhou para Emily por um momento. Em seguida, observou as outras meninas com uma expressão de quem se sente traído.

— Vocês realmente acreditam que *eu* tentei machucá-las? — perguntou. As meninas assentiram quase imperceptivelmente. Wilden balançou a cabeça. — Mas estou tentando *ajudá-las*! — Ao ver que elas não respondiam, ele suspirou. — Tudo bem. Eu estava com o meu tio ontem à noite quando o incêndio começou. Eu morava com ele quando estava na escola, e ele está muito doente. — Ele colocou as mãos nos bolsos da jaqueta e tirou um pedaço de papel. — Vejam.

Aria e as outras se aproximaram. Era uma receita médica.

— Eu estava na clínica, apanhando uma receita para o meu tio, às nove e quarenta e sete, e, pelo que sei, o fogo começou perto das dez. Provavelmente fui filmado pelas câmeras de segurança. Como podia estar em dois lugares ao mesmo tempo?

O quarto subitamente começou a cheirar à colônia forte de Wilden, fazendo Aria se sentir tonta. Seria possível que Wilden *não fosse* a pessoa que ela vira na mata, começando o incêndio?

— E quanto ao propano — continuou Wilden, tocando o grande buquê de flores na mesa de cabeceira de Spencer —, Jason DiLaurentis me pediu para comprá-lo para a casa do lago em Poconos. Ele tem andado ocupado, nós somos velhos amigos, e eu disse que faria isso para ele.

Aria olhou para as outras, espantada com a naturalidade de Wilden. Na noite anterior, descobrir que Jason e Wilden eram amigos lhe parecera um grande avanço, um segredo revelado. Agora, à luz do dia, com a admissão franca dele, o fato não parecia mais ter tanta importância.

— E quanto ao que Jason e eu fizemos a Alison... — Wilden se interrompeu, parando perto de uma pequena bandeja sobre um pedestal com rodas, contendo uma pequena jarra d'água e dois copos de plástico. Ele parecia incrédulo. — É loucura pensar que eu a machucaria. E Jason é o irmão dela! Vocês realmente acham que ele seria capaz disso?

Aria abriu a boca para protestar. Na noite anterior, Emily encontrara um livro de registros da época em que o Radley era um hospital psiquiátrico, e o nome de Jason DiLaurentis estava por toda parte. A nova A também dissera a Aria que Jason escondia algo, possivelmente a respeito de Ali, e dera a pista para Emily de que Jenna e Jason estavam brigando na janela da casa de Jenna. Aria não quisera acreditar que Jason fosse culpado, pois saíra com ele algumas vezes na semana anterior, realizando um antigo sonho. Mas Jason havia perdido a cabeça quando ela fora ao apartamento dele, em Yarmouth, na sexta-feira.

Wilden estava balançando a cabeça, totalmente incrédulo. Ele parecia tão atônito com tudo aquilo que Aria se perguntou se tudo o que A as levara a acreditar tinha um pingo de verdade. De repente, todas aquelas teorias bem amarradas lhe pareceram sem muito fundamento. Ela olhou para as amigas com uma expressão questionadora. Seus rostos estavam cheios de dúvida também.

Wilden fechou a porta do quarto de Spencer, virou-se para as garotas e olhou seriamente para elas.

— Deixem-me adivinhar — disse ele, em voz baixa. — Essa tal nova A colocou essas ideias nas suas cabeças?

— A é *real* — insistiu Emily. Várias vezes, Wilden insistira que a nova A não era nada mais do que uma imitadora. — E ela tirou fotos de você, também — continuou ela. Emily colocou a mão na bolsa, retirou o celular e começou a procurar pela mensagem com a foto de Wilden no confessionário. Aria conseguiu ver a mensagem de A:

Do que ele é tão culpado?

— Está vendo? — Emily segurou o celular bem na frente do nariz dele.

Wilden olhou para o visor. Sua expressão não se alterou.

— Eu não sabia que era um crime ir à igreja.

Dando uma risada irônica, Emily colocou o telefone de volta na bolsa. Uma longa pausa se seguiu. Wilden apertou a ponta de seu longo nariz. Parecia que todo o ar do quarto havia saído pela janela.

– Escutem. Eu preciso lhes dizer por que *realmente* vim até aqui. – As íris dos olhos dele estavam tão escuras que pareciam negras. – Vocês têm que parar de dizer por aí que viram Alison.

Todas trocaram olhares assustados. Spencer parecia um tanto vingada, erguendo uma sobrancelha perfeitamente arqueada como se dissesse: *Eu bem que avisei*. De forma previsível, Emily foi a primeira a falar:

– Você quer que a gente *minta*?

– Vocês *não* a viram. – A voz de Wilden estava rouca. – E se continuarem dizendo que sim, isso vai atrair um bocado de atenção indesejada. Vocês acham que as coisas foram ruins quando disseram ter visto o corpo de Ian? Isso vai ser dez vezes pior.

Aria mexeu os pés, ajeitando as mangas de seu suéter. Wilden estava falando com elas como se fosse um policial da Filadélfia e as garotas, traficantes de metadona. Mas o que elas tinham feito de tão errado?

– Isso não é justo – protestou Emily. – Ela precisa da nossa ajuda.

Wilden ergueu as mãos em direção ao teto imaculadamente branco, num sinal de derrota. Suas mangas estavam arregaçadas até os cotovelos, revelando a tatuagem de uma estrela de oito pontas. Emily estava olhando para ela. E, a julgar pelos olhos estreitados e o nariz franzido da amiga, Aria concluiu que ela não havia gostado.

— Vou lhes contar algo que devia ser confidencial — disse Wilden, abaixando a voz. — Os resultados dos exames de DNA do corpo que os trabalhadores encontraram naquela vala chegaram à delegacia. E bate com o de Ali, meninas. Ela está morta. Então façam o que eu digo, certo? Eu *realmente* estou pensando no que é melhor para vocês. — E com isso, ele apanhou o celular, saiu do quarto e bateu a porta com força. Os copos de plástico na bandeja de comida balançaram perigosamente.

Aria se virou para as amigas. Os lábios de Spencer estavam apertados, e ela parecia assustada. Hanna roía uma das unhas ansiosamente. Emily piscou os grandes olhos verdes, atônita e incapaz de falar.

— E agora? — sussurrou Aria.

Emily piscou, Spencer mexia no tubo do soro e Hanna parecia que ia desmaiar. Todas as teorias que elas desenvolveram com tanto cuidado haviam virado cinzas, literalmente. Talvez Wilden não tivesse provocado o incêndio, mas Aria tinha visto *alguém* na floresta. O que, infelizmente, só podia significar uma coisa.

Quem quer que tivesse riscado aquele fósforo ainda estava lá fora. Quem quer que tivesse tentado matá-las ainda estava à solta, talvez esperando uma chance de tentar de novo.

3

SE AO MENOS ALGUÉM TIVESSE FEITO SPENCER DE BOBA ANOS ATRÁS...

Enquanto o sol fraco do meio do inverno desaparecia no horizonte, Spencer estava no quintal da casa de sua família, observando a destruição causada pelo fogo. Sua mãe estava ao seu lado, com a maquiagem borrada, a base manchada e os cabelos desalinhados. Ela não tinha ido ao cabeleireiro de sempre, Uri, naquela manhã. O pai de Spencer se encontrava lá, também, e uma vez na vida não estava com o fone Bluetooth preso à orelha. Sua boca tremia levemente, como se tentasse reprimir um soluço.

Tudo ao redor estava arruinado. As enormes e antigas árvores encontravam-se enegrecidas e curvadas, e uma névoa malcheirosa e cinzenta pairava por sobre as copas. O moinho de vento da família não passava de uma carcaça, as pás foram consumidas pelo fogo, e o revestimento de madeira havia se partido e desabado. O gramado dos Hastings estava destruído, cheio de marcas de pneus dos veículos de emergência que haviam acorrido para controlar o incêndio. Pontas de cigarro, copos vazios do Starbucks e até mesmo uma lata vazia de cerveja estavam jogados sobre a grama, rastros dos curiosos que correram para o local e permaneceram ali muito depois de Spencer e as outras meninas terem sido levadas para o hospital.

Mas o pior resultado do fogo, o que cortava o coração, era o dano causado ao celeiro da família, de pé desde 1756. Metade da estrutura permanecia intacta, embora as paredes de madeira, outrora da cor da cerejeira rosa, estivessem agora em um cinzento tóxico. A maior parte do telhado desaparecera, todos os vidros das janelas haviam explodido, e a porta da frente era uma pilha de cinzas. Spencer podia ver, através da estrutura oca, a enorme sala em que o celeiro fora transformado. Havia uma grande poça d'água no piso de cerejeira importada do Brasil, causada pelos galões de água que os bombeiros usaram para controlar o incêndio. A cama de dossel, o sofá de couro confortável e a mesinha de centro de mogno estavam destruídos. Assim como a escrivaninha ao redor da qual Spencer, Emily e Hanna haviam se reunido na noite anterior, enviando mensagens para Ian sobre quem realmente matara Ali.

Só que agora parecia que Jason e Wilden *não eram* os assassinos de Ali. O que significava que Spencer estava de volta à estaca zero e que não sabia absolutamente nada.

Ela deu as costas para o celeiro, com os olhos cheios de lágrimas por causa da fumaça tóxica. Perto da casa estava o gramado onde ela e as amigas haviam caído depois de fugir das chamas. Como o resto do jardim, estava coberto de lixo e fuligem, pisoteado e morto. Não havia nada de especial a respeito daquele local, nenhuma indicação mágica de que Ali estivera lá. Mas Ali *não estivera lá* de verdade, o que elas tiveram foi uma alucinação. Aquilo não fora mais do que um efeito colateral da inalação de muita fumaça. Os pedreiros encontraram o corpo decomposto de Ali no velho jardim dos DiLaurentis, meses atrás.

— Eu lamento tanto — sussurrou Spencer, quando um pedaço do telhado se desprendeu do celeiro e caiu no chão com um estrondo. Lentamente, a sra. Hastings estendeu a mão, tomando a de Spencer. O sr. Hastings tocou seu ombro. Antes que Spencer se desse conta, seus pais tinham os braços ao redor dela, envolvendo-a em um abraço trêmulo e protetor.

— Não sei o que teríamos feito se algo tivesse acontecido com você — soluçou a sra. Hastings.

— Quando vimos o fogo e depois ouvimos que você poderia estar ferida... — interrompeu-se o sr. Hastings, emocionado.

— Nada disso importa — continuou a sra. Hastings, com a voz cortada pelos soluços. — Tudo isso podia ter virado cinzas. Mas pelo menos ainda temos você.

Spencer se agarrou aos pais, com a respiração presa na garganta ferida. Nas últimas vinte e quatro horas, eles foram mais do que maravilhosos com ela. Eles permaneceram sentados ao lado da cama do hospital a noite inteira, hipervigilantes, observando o peito de Spencer subir e descer com cada respiração difícil. Eles incomodaram as enfermeiras, pedindo que lhe trouxessem água sempre que ela queria, analgésicos sempre que precisava e cobertores quentes quando ela sentia frio.

Quando o médico lhe dera alta, naquela tarde, eles a levaram até a Creamery, sua sorveteria favorita em Old Hollis, e lhe compraram uma casquinha dupla de chocolate com caramelo. Era uma grande mudança. Durante anos eles a trataram como uma filha indesejada que, a contragosto, permitiam que morasse em sua casa. E quando ela havia confessado, recentemente, ter plagiado o trabalho com o qual ganhara o prêmio Orquídea Dourada, de sua irmã perfeita, Melissa, eles basicamente a excomungaram.

Só que agora eles tinham um motivo *real* para odiá-la, e no minuto em que Spencer lhes contasse, sua preocupação e aquela rara demonstração de amor desapareceriam. Spencer os abraçou com força, saboreando o que provavelmente seria o último momento em que eles lhe dirigiriam a palavra. Ela havia adiado aquela conversa tanto quanto fora possível, mas tinha que contar a eles, mais cedo ou mais tarde. Ela deu um passo para trás e endireitou os ombros.

– Há algo que vocês precisam saber – admitiu ela, a voz rouca por causa do ar enfumaçado.

– É sobre Alison? – A voz da sra. Hastings subiu de tom. – Porque, Spence...

Spencer balançou a cabeça, interrompendo a mãe:

– Não. É outra coisa.

Ela olhou para os galhos enegrecidos das árvores. Em seguida, a verdade se despejou rapidamente. Como, depois que a avó de Spencer, Nana Hastings, não lhe deixara nenhum dinheiro em seu testamento, Melissa sugerira que ela talvez tivesse sido adotada. Como Spencer se registrara em um site de adoção on-line, e poucos dias depois recebera uma mensagem dizendo-lhe que sua mãe biológica havia sido encontrada. Como sua visita a Olivia Caldwell em Nova York fora tão maravilhosa que Spencer decidira se mudar para a cidade permanentemente. Spencer continuou falando, com medo de que, se parasse, explodisse em lágrimas. Ela não se atreveu a olhar para os pais, temendo que suas expressões arrasadas lhe partissem o coração.

— Ela deixou o cartão de visitas do corretor de imóveis comigo e eu telefonei para ele, dando o número da conta da poupança para a universidade para cobrir o depósito e o aluguel do primeiro mês — continuou Spencer, encolhendo os dedos dentro das botas de veludo cinzento. Ela mal conseguia formular as palavras.

Um esquilo passou correndo pelos arbustos cobertos de fuligem. Seu pai soltou um grunhido, e sua mãe fechou os olhos com força, colocando a mão na testa. O coração de Spencer se apertou. *Lá vamos nós.* É o começo da Operação Você Não É Mais Nossa Filha.

— Vocês podem adivinhar o que aconteceu depois. — Ela suspirou, olhando para o ninho de pássaros perto da piscina. Nem um único pássaro havia se aproximado durante o tempo em que eles estavam ali. — O corretor era obviamente um cúmplice de Olivia, e eles limparam a conta e desapareceram.

Ela engoliu em seco.

O quintal estava silencioso e não havia movimento algum. Agora que a luz do sol sumira quase completamente, o celeiro parecia a relíquia de uma cidade fantasma, e as janelas escuras se assemelhavam aos buracos dos olhos de uma caveira. Spencer arriscou um olhar na direção dos pais. O pai estava pálido. A mãe chupava as bochechas, como se tivesse engolido algo azedo. Eles trocaram um olhar nervoso e examinaram o jardim da frente, talvez procurando por carros da imprensa. Os repórteres visitaram a casa o dia inteiro, perguntando a Spencer se ela *realmente* tinha visto Ali.

Seu pai respirou fundo.

— Spencer, o dinheiro não importa. — Spencer piscou, assustada. — Podemos rastrear o que aconteceu com ele — explicou o sr. Hastings, torcendo as mãos. — Talvez até possamos recuperá-lo. — Ele olhou para o cata-vento no telhado. — Mas... bem, nós devíamos ter imaginado que isso aconteceria.

Spencer franziu a testa, perguntando a si mesma se seu cérebro fora afetado pela inalação dos gases do incêndio.

— O... O quê?

Seu pai mexeu os pés e olhou para a esposa.

— Eu sabia que devíamos ter contado a ela anos atrás, Veronica — murmurou ele.

— Eu não imaginei que isso aconteceria — choramingou a mãe de Spencer, levantando as mãos. O ar estava tão frio que sua respiração era visível.

— Contar o quê? — insistiu Spencer. Seu coração começou a martelar. Quando ela respirava fundo, tudo o que conseguia sentir era o cheiro da fumaça.

— Nós devíamos entrar — disse a sra. Hastings, distraidamente. — Está frio demais aqui fora.

— Contar *o quê*? — repetiu Spencer, plantando os pés no chão. Ela não iria a lugar algum.

Sua mãe fez uma longa pausa. Um ruído de algo estalando veio de dentro do celeiro. Finalmente, a sra. Hastings sentou-se em uma das enormes pedras espalhadas pelo quintal.

— Querida, Olivia realmente concebeu você.

Os olhos de Spencer se arregalaram.

— O quê?

— De *certa forma* — corrigiu o sr. Hastings.

Spencer deu um passo para trás, e um galho se partiu sob sua bota.

— Quer dizer que eu realmente fui adotada? Olivia estava dizendo a verdade? — *É por isso que eu me sinto tão diferente de vocês? É por isso que vocês sempre preferiram Melissa, porque não sou sua filha de verdade?*

A sra. Hastings girava o anel de diamantes de três quilates no dedo. Em algum lugar da floresta, um galho de árvore caiu no chão, fazendo um barulho ensurdecedor.

— Isso certamente não é algo que pensei em discutir hoje. — Ela respirou fundo para se acalmar e ergueu a cabeça. O sr. Hastings esfregava as mãos enluvadas. De repente, ambos pareciam muito perdidos. Não lembravam nada os pais sempre equilibrados e absolutamente controlados que Spencer conhecia tão bem. — O parto de Melissa foi complicado. — A sra. Hastings tamborilava os dedos na pedra pesada. Seus olhos se voltaram para a fachada da casa deles por um momento, observando quando um velho Honda passou devagar pela entrada. Vizinhos curiosos circularam pela rua sem saída durante toda a tarde. — Os médicos me disseram que ter outro bebê poderia ser perigoso para a minha saúde. Mas nós queríamos outro filho, e acabamos optando por uma barriga de aluguel. Basicamente... nós usamos o meu óvulo e o... bem... aquilo do seu pai. Você sabe. — Ela abaixou os olhos, tímida e conservadora demais para dizer a palavra *esperma* em voz alta. — Mas precisávamos de uma mulher para carregar o bebê, você, para nós. Então encontramos Olivia.

— Nós exigimos que ela fizesse todos os exames para garantir que fosse saudável — disse o sr. Hastings, sentando-se ao lado da esposa na pedra, mal percebendo que seus sapatos A. Testoni feitos à mão afundaram na lama coberta de fuligem. — Ela parecia adequada para o que queríamos e parecia querer que nós tivéssemos você. Mas no final da gravidez ela começou a ficar...

exigente. Exigiu mais dinheiro e ameaçou fugir para o Canadá e levar você com ela.

— Então, nós demos mais dinheiro a ela — balbuciou a sra. Hastings. Ela deixou a cabeça loura cair entre as mãos. — E no final, ela entregou você, obviamente. Mas... depois de ela ter se tornado tão possessiva, nós não quisemos que você tivesse qualquer contato com ela. Decidimos que a melhor coisa que poderíamos fazer era manter segredo, porque, na verdade, você *é* nossa.

— Mas algumas pessoas não entenderam isso — disse o sr. Hastings, passando os dedos pelos cabelos grisalhos. Seu celular tocou dentro do bolso, e os primeiros acordes da Quinta Sinfonia de Beethoven foram ouvidos. Ele o ignorou. — Como a vovó. Ela achava que isso não era natural e nunca nos perdoou. Quando escreveu no testamento que só deixaria o dinheiro para os "netos naturais", devíamos ter lhe contado. Parece que Olivia esteve esperando por um momento como esse o tempo todo.

O vento diminuiu de intensidade e ficou estranhamente quieto. Os cachorros dos Hastings, Rufus e Beatrice, arranhavam a porta dos fundos, ansiosos para sair e ver o que a família estava fazendo. Spencer olhava espantada para os pais. O sr. e a sra. Hastings pareciam abatidos e exaustos, como se admitir tudo aquilo tivesse lhes arrancado todas as forças. Era óbvio que aquele era um assunto sobre o qual eles não falavam havia muito tempo. Spencer olhou de um para o outro, tentando processar tudo aquilo. Suas palavras faziam sentido individualmente, mas não como um todo.

— Quer dizer que Olivia me *carregou* — repetiu ela, lentamente. Um arrepio lhe percorreu a espinha, e não tinha nada a ver com o vento.

— Sim — disse a sra. Hastings. — Mas *nós* somos a sua família, Spencer. Você é *nossa*.

— Nós a queríamos tanto, e Olivia era nossa única opção — disse o sr. Hastings, olhando para as nuvens escuras no céu. — Ultimamente, parece que perdemos a noção de como todos somos importantes uns para os outros. E depois de tudo pelo que você passou, com Ian e Alison, e agora esse incêndio... — Ele balançou a cabeça, olhando mais uma vez para o celeiro e para a floresta arruinada atrás. Um corvo grasnou e passou voando em círculos no alto. — Nós devíamos ter ficado ao seu lado. Nunca quisemos que você pensasse que não era amada.

A mãe de Spencer segurou sua mão, hesitante, e a apertou.

— E se nós... começássemos de novo? Poderíamos tentar? Você pode nos perdoar?

O vento aumentou novamente, e o cheiro da fumaça se intensificou. Algumas folhas negras esvoaçaram pelo gramado, na direção do jardim da casa de Ali, e pararam perto do buraco onde seu corpo fora encontrado. Spencer mexeu no bracelete plástico do hospital que ainda lhe circundava o pulso, oscilando entre choque, compaixão e raiva. Nos últimos seis meses, seus pais a privaram de morar no celeiro, deixando que Melissa se instalasse lá, cortaram seus cartões de crédito, venderam seu carro e lhe disseram, mais de uma vez, que ela estava morta para eles. *Claro que eu não sentia que tinha uma família de verdade*, ela queria gritar. *Vocês não me deram nenhum apoio!* E agora queriam começar do zero?

Sua mãe estava mordendo o lábio, torcendo entre as mãos um galho que havia apanhado do chão. Seu pai parecia estar prendendo o fôlego. E aquela decisão seria de Spencer. Ela podia escolher nunca perdoar-lhes, bater os pés no chão e continuar zangada... mas ela viu a dor e o arrependimento no rosto dos pais. Eles estavam sendo mesmo sinceros. Queriam que ela lhes perdoasse, mais do que qualquer outra coisa. E não era aquilo o que ela mais queria no mundo, pais que a amassem e a quisessem?

— Sim — disse Spencer. — Eu perdoo vocês.

Seus pais soltaram um suspiro audível e a tomaram nos braços. O sr. Hastings beijou a cabeça de Spencer, e a pele dele cheirava à sua loção de barba favorita. Spencer se sentia como se flutuasse fora do corpo.

Ainda ontem, quando descobrira que o dinheiro da poupança para sua faculdade havia desaparecido, ela imaginara que sua vida tivesse acabado. Realmente pensara que A estivesse por trás de tudo e que a estivesse punindo por não se esforçar o suficiente para encontrar o verdadeiro assassino de Ali. Mas perder aquele dinheiro talvez tivesse sido a melhor coisa que já lhe acontecera.

Enquanto seus pais davam um passo para trás para admirar a filha mais nova, Spencer tentou esboçar um sorriso. Eles a queriam. Realmente a *queriam*.

Um vento vagaroso e circular atingiu o quintal, e outro perfume familiar lhe chegou ao nariz. Parecia... *sabonete de baunilha*, do tipo que Ali sempre usava. Spencer franziu o rosto e a imagem horrível de Ali coberta de fuligem, engasgando com as chamas, voltou ao seu pensamento. Ela fechou os olhos, desejando que a visão abandonasse sua mente.

Não.

Ali estava morta.

O que ela tivera não passava de uma alucinação.

Ponto final.

4

A PRADA FABRICA CAMISAS DE FORÇA?

Enquanto o aroma do café francês do Starbucks subia pelas escadas, Hanna Marin estava deitada na cama, aproveitando os últimos minutos antes de ter que se levantar para ir à escola. A televisão berrava, ligada na MTV2, seu dobermann miniatura, Dot, roncava tranquilamente, deitado de costas na caminha da Burberry, e Hanna acabara de pintar as unhas com esmalte rosa Dior. Agora, ela falava ao telefone com seu novo namorado, Mike Montgomery.

– Obrigada mais uma vez pelas coisas da Aveda.

Ela olhou novamente para os novos produtos de beleza sobre a mesa de cabeceira. No dia anterior, quando Hanna estava saindo do hospital, Mike a presenteara com uma cesta de luxo para desestressar, que incluía uma máscara gelada para os olhos, hidratante corporal de pepino e menta e um massageador para as mãos. Hanna já tinha usado todos os produtos, desesperada para encontrar um remédio para varrer o incêndio, e a bizarra visão de Ali, de sua mente. Os médicos explicaram que a visão de Ali era resultado da inalação de fumaça, mas tudo ainda parecia *tão* real...

De certa forma, Hanna estava arrasada por *não ser*. Depois de todos aqueles anos, ainda tinha um desejo ardente de que Ali visse com os próprios olhos quanto ela havia mudado. Na última vez que Hanna vira Ali, ainda era um patinho feio e gorducho, definitivamente a mais esquisita do grupo, e Ali sempre fazia incontáveis piadas sobre seu peso, seus cabelos ressecados e sua pele ruim. Ali provavelmente jamais imaginaria que Hanna se transformaria em um cisne: magra, linda e popular. Às vezes, Hanna se perguntava se o único modo de saber, realmente e com toda a certeza, se sua transformação estava completa era recebendo a bênção de Ali.

Obviamente, isso agora nunca aconteceria.

– O prazer foi meu – respondeu Mike, despertando Hanna de suas divagações. – E esteja avisada: mandei uns *tweets* bem ousados para o pessoal da imprensa que estava esperando do lado de fora da emergência. Só para ocupá-los com alguma coisa que não seja o incêndio.

– Que tipo de *tweets* ousados? – perguntou Hanna, imediatamente alerta. Mike parecia estar aprontando alguma.

– *Hanna Marin conversando com a MTV sobre um reality show* – recitou Mike. – *Um contrato de milhões de dólares.*

– Maravilha. – Hanna soltou o fôlego que estava prendendo e começou a abanar as mãos para secar as unhas.

– Eu escrevi um sobre mim mesmo, também. *Mike Montgomery recusa encontro romântico com supermodelo croata.*

– Você *recusou* um encontro? – Hanna riu de forma provocante. – Esse não parece o Mike Montgomery que eu conheço.

— Quem precisa de supermodelos croatas quando tem Hanna Marin? – disse Mike.

Hanna quase pulou de alegria. Se alguém tivesse lhe dito, algumas semanas antes, que ela estaria saindo com Mike Montgomery, ela teria engolido sua pasta de dentes com a surpresa – ela correra atrás dele apenas porque sua futura meia-irmã, Kate, o queria também. Mas de alguma forma, durante o processo, ela começara a gostar dele de verdade. Com aqueles olhos azuis, aqueles lábios cor-de-rosa tão beijáveis e um senso de humor perverso, ele estava se tornando muito mais para ela do que o irmãozinho de Aria Montgomery, obcecado por popularidade.

Ela se levantou, atravessou o quarto na direção do armário e correu os dedos pelo pedaço da bandeira da Cápsula do Tempo de Ali, que pegara no hospital quando Aria não estava olhando. Ela não se sentia culpada por ter feito aquilo, não era como se a bandeira *pertencesse* a Aria.

— Bem, ouvi falar que você e as meninas estão recebendo mensagens de uma nova A – disse Mike. Seu tom de voz ficara subitamente sério.

— Eu não recebi mensagem nenhuma de A – disse Hanna, sinceramente.

Desde que comprara seu novo iPhone e mudara o número, fora deixada em paz por A. Aquela era certamente uma grande mudança em relação à velha A, que se revelara, de uma forma horrível, ser a sua ex-melhor amiga, Mona Vanderwaal; algo em que ela tentava com muito esforço nunca pensar.

— Vamos torcer para que as coisas continuem assim.

— Bem, me avise se houver algo que eu possa fazer – disse Mike, para confortá-la. – Dar uma surra em alguém, por exemplo.

— Oh. — Hanna corou de prazer. Nenhum namorado jamais se oferecera para defender sua honra. Ela fez um som de beijinho e prometeu que encontraria Mike para tomar alguns *lattes* na Steam, a *coffee shop* mais badalada de Rosewood, naquela tarde. Em seguida, desligou o telefone.

Hanna desceu para a cozinha para tomar o café da manhã, escovando seus longos cabelos dourados. A cozinha cheirava a chá de menta e frutas frescas. Sua futura madrasta, Isabel, e sua futura meia-irmã, Kate, já estavam sentadas à mesa, comendo melão cortado em cubos com queijo cottage. Hanna não conseguia pensar em uma combinação alimentar mais inspiradora de vômitos.

Quando viram Hanna parada à porta, ambas se levantaram de um pulo.

— Como você está? — perguntaram ao mesmo tempo.

— Estou bem — respondeu Hanna, seca, passando a escova nos cabelos. De forma previsível, Isabel franziu o rosto, tinha fobia a germes e era contra pentear o cabelo perto da comida. Hanna se atirou em uma cadeira vaga e estendeu a mão para o bule de café. Isabel e Kate se sentaram novamente, e houve uma longa e desconfortável pausa, como se Hanna tivesse interrompido algo. Elas provavelmente estavam fofocando sobre ela. As duas seriam bem capazes disso.

O pai de Hanna saía com Isabel havia anos, e até mesmo Ali conhecera Isabel e Kate alguns meses antes de desaparecer. Mas elas só se mudaram para Rosewood depois que a mãe de Hanna foi transferida para Cingapura e seu pai aceitou um emprego na Filadélfia. Já era ruim o suficiente que o pai tivesse decidido se casar com uma enfermeira obcecada por bronzeamento artificial chamada Isabel, um *grande* retrocesso depois da glamorosa e bem-sucedida mãe de Hanna, mas trazer uma meia-irmã alta, magra e da mesma idade de Hanna para casa era simplesmente intolerável. Nas duas semanas que se passaram desde que Kate se mudara, Hanna tivera que aguentar a cantoria diária das músicas do *American Idol* no chuveiro, o cheiro horrível do condicionador de ovos crus que Kate preparava para manter os cabelos brilhantes e os intermináveis elogios de seu pai para qualquer coisinha minúscula que Kate fizesse bem, como se *ela* fosse realmente sua filha. Sem falar que Kate havia conquistado as novas seguidoras de Hanna, Naomi Zeigler e Riley Wolfe, e dissera a Mike que Hanna o convidara para sair por causa de uma aposta. Mas aí, durante uma festa algumas semanas antes, Hanna deixara escapar que Kate tinha herpes, e talvez as duas estivessem quites agora.

– Quer um pedaço de melão? – perguntou Kate docemente, empurrando a tigela na direção de Hanna, com seus braços irritantemente magros.

– Não, obrigada – disse Hanna no mesmo tom adocicado. Parecia que elas haviam decretado um cessar-fogo. Na festa do Radley, Kate havia até sorrido quando Hanna e Mike ficaram juntos, mas Hanna não ia forçar a barra.

Em seguida, Kate soltou uma exclamação de surpresa.

– Opa! – sussurrou ela, puxando a seção de Editoriais do jornal *Philadelphia Sentinel* para perto de seu prato. Ela tentou dobrá-la antes que Hanna visse a manchete, mas era tarde demais. Havia uma grande foto de Hanna, Spencer, Emily e Aria de pé na frente da floresta em chamas.

"Quantas mentiras ainda podemos permitir?", alardeava uma das manchetes. "Segundo suas melhores amigas, Alison DiLaurentis voltou dos mortos."

— Eu sinto muito, Hanna. — Kate cobriu a reportagem com sua tigela de queijo cottage.

— Está tudo bem — disse Hanna, tentando esconder seu constrangimento. O que havia de errado com aqueles repórteres? Eles não tinham coisas mais importantes com que se preocupar? E, oi, elas haviam inalado fumaça!

Kate deu uma mordidinha minúscula em um pedaço de melão.

— Eu quero ajudar, Han. Se você precisar que eu, tipo, defenda você das câmeras... e coisas assim... ficarei feliz em ajudar.

— Obrigada — disse Hanna sarcasticamente. Kate era louca para ser o centro das atenções.

E então ela percebeu que havia uma foto de Wilden, na parte da página de Opiniões ainda visível.

Departamento de Polícia de Rosewood, dizia a legenda sob a foto. *Eles estão mesmo fazendo tudo o que podem?*

Bem, *aquela* era uma matéria que valia a pena ler. Wilden podia não ter matado Ali, mas certamente agira de forma bizarra nas últimas semanas. Como na ocasião em que ele dera uma carona a Hanna, numa manhã em que ela saíra para correr, dirigindo em uma velocidade duas vezes acima do limite e desafiando um carro que vinha em sentido contrário. Ou quando ele exigira veementemente que elas parassem de dizer que Ali estava viva... ou algo aconteceria. Estaria Wilden realmente tentando protegê-las ou tinha os próprios motivos para querer que elas mantivessem silêncio sobre Ali? E se Wilden era inocente, quem diabos teria provocado aquele incêndio... e por quê?

— Hanna. Ótimo. Você já está de pé.

Hanna se virou. Seu pai estava parado à porta, vestindo uma camisa de botão e calça de risca de giz. Seus cabelos ainda estavam molhados do banho.

— Podemos falar com você por um minuto? – perguntou ele, servindo-se de uma xícara de café.

Hanna abaixou o jornal. *Nós?*

O sr. Marin caminhou até a mesa e puxou uma cadeira. Os pés arranharam a cerâmica com um barulho irritante.

— Há alguns dias, recebi um e-mail do dr. Atkinson. – Ele estava olhando para Hanna, como se ela devesse entender.

— Quem é esse? – perguntou ela finalmente.

— O psicólogo da escola – interferiu Isabel, com um tom de voz de quem sabe de tudo. – Ele é muito bom. Kate o encontrou quando estava conhecendo a escola. Ele insiste que os alunos o chamem de Dave.

Hanna lutou contra a tentação de soltar uma gargalhada. O quê, a perfeita srta. Kate havia puxado o saco de toda a equipe de Rosewood Day durante sua visita à escola?

— O dr. Atkinson disse que tem ficado de olho em você na escola – continuou o sr. Marin. – Ele está muito preocupado, Hanna. Acha que você pode ter transtorno de estresse pós-traumático, por causa da morte de Alison e do seu acidente de carro.

Hanna girou os restos de café em sua xícara.

— TEPT não é aquela coisa que os soldados têm depois da guerra?

O sr. Marin mexia no anel de platina que usava na mão direita. O anel fora um presente de Isabel, e quando eles se casassem ele iria mudá-lo para a mão esquerda. *Que vontade de vomitar.*

— Bem, aparentemente pode acontecer com qualquer pessoa que tenha passado por algo realmente terrível — explicou ele. — Normalmente, os sintomas são suor frio, palpitações no coração, coisas assim. Elas também revivem o que aconteceu, várias e várias vezes.

Hanna acompanhava o padrão do entalhe da mesa da cozinha. Tudo bem, ela *havia* experimentado sintomas como aqueles, normalmente revivendo o momento em que Mona a atropelara com o carro. Mas, qual é, qualquer pessoa ficaria apavorada.

— Estou me sentindo muito bem ultimamente — cantarolou ela.

— A princípio, não dei muita atenção ao e-mail — continuou o sr. Marin, ignorando-a —, mas conversei um pouco com um psiquiatra no hospital ontem, antes de você ter alta. Suores e palpitações não são os únicos sintomas do TEPT. Eles podem se manifestar de vários outros modos, também. Como transtornos alimentares autodestrutivos, por exemplo.

— Eu não tenho transtornos alimentares — explodiu Hanna, horrorizada. — Vocês me veem comendo o tempo todo!

Isabel limpou a garganta, olhando diretamente para Kate. Kate enrolava uma mecha de cabelos castanhos no dedo.

— Bem, Hanna... — Ela olhou para Hanna com seus enormes olhos azuis. — Você meio que me contou que tem, sim.

O queixo de Hanna caiu.

— Você *contou* a eles? — Algumas semanas antes, em um momento de insanidade, Hanna havia confessado a Kate que costumava ter um ligeiro hábito de comer e vomitar.

— Pensei que seria para o seu próprio bem — sussurrou Kate. — Eu juro.

— O psiquiatra disse que mentir também pode ser um sintoma — prosseguiu o sr. Marin. — Primeiro, você contou a todos que viu o cadáver de Ian Thomas na floresta, e agora você e as meninas estão dizendo que viram Alison. E isso me fez pensar sobre as mentiras que contou para *nós*, escapando do nosso jantar no último outono para ir àquela festa na escola, roubando Percocet da clínica para pessoas que tiveram queimadura, furtando na Tiffany's, batendo o carro do seu namorado e contando para toda a turma na escola que Kate tem... — Ele se interrompeu, obviamente sem querer dizer a palavra *herpes* em voz alta. — O dr. Atkinson sugeriu que talvez seja melhor você se afastar de toda essa loucura por algumas semanas e ir a algum lugar onde possa relaxar e se concentrar nos seus problemas.

Hanna se animou.

— Como o Havaí?

Seu pai mordeu o lábio.

— Não... como uma instituição.

— Uma *o quê*? — Hanna bateu a xícara com força na mesa. O café quente espirrou, queimando seu dedo indicador. O sr. Marin colocou a mão no bolso e retirou um panfleto. Duas meninas louras estavam andando por um gramado, com o sol se pondo no horizonte. Ambas tinham os cabelos mal tingidos e pernas gordas.

Clínica Preserve, em Addison-Stevens, dizia uma caligrafia rebuscada na parte inferior do panfleto.

— É a melhor do país — disse seu pai. — Trata de todos os tipos de problemas: dificuldades de aprendizado, transtornos alimentares, transtorno obsessivo-compulsivo, depressão. E não fica muito longe daqui, é pouco depois da fronteira estadual, em Delaware. Há uma ala inteira dedicada a pacientes jovens, como você.

Hanna olhava fixamente para uma guirlanda de flores secas que Isabel havia pendurado na parede quando tomara posse da casa, substituindo o preferível relógio de aço inoxidável da mãe de Hanna.

– Eu não tenho problemas – guinchou ela. – Não preciso ir para uma instituição psiquiátrica.

– Não é uma instituição psiquiátrica – intrometeu-se Isabel. – Pense nela como... um spa. As pessoas costumam chamá-la de Canyon Ranch de Delaware.

Hanna queria torcer o pescoço magricela e falsamente bronzeado de Isabel. Ela nunca tinha ouvido falar de *eufemismos*? As pessoas também chamavam o Berlitz Apartment Town, um complexo residencial abandonado e dilapidado nos subúrbios de Rosewood, de Berlitz-Carlton, mas ninguém levava aquilo *a sério*.

– Talvez seja um bom momento para sair de Rosewood – disse Kate, em um tom de voz do tipo *eu sei o que é melhor para você*. – E especialmente para se afastar dos repórteres.

O pai de Hanna assentiu.

– Eu tive que expulsar um cara da nossa casa ontem. Ele estava tentando usar uma lente telescópica para conseguir uma foto sua dentro do seu quarto, Hanna.

– E alguém telefonou para cá ontem à noite querendo saber se você podia dar uma declaração para o programa *Nancy Grace* – completou Isabel.

– As coisas só tendem a piorar – concluiu o sr. Marin.

– E não se preocupe – disse Kate, dando outra mordidinha no melão. – Naomi, Riley e eu ainda estaremos aqui quando você voltar.

– Mas... – protestou Hanna.

Como seu pai podia acreditar em todo aquele absurdo? Quer dizer, ela havia mentido algumas vezes, mas sempre tivera um bom motivo. Hanna escapulira do jantar no Le Bec Fin, no outono passado, porque A tinha lhe avisado que seu ex-namorado, Sean Ackard, estava na festa beneficente da Foxy com outra garota. E contara a todos que Kate estava com herpes porque tinha certeza de que Kate iria contar a todos sobre seus transtornos alimentares. Quem se importava? Aquilo não significava que ela tivesse estresse pós-traumático ou coisa do tipo. Era, sim, outro lembrete doloroso do quanto havia se afastado de seu pai. Quando os pais de Hanna ainda eram casados, ela e o pai eram inseparáveis, mas depois que Isabel e Kate apareceram Hanna se tornara subitamente tão obsoleta quanto ombreiras. Por que seu pai a odiava tanto agora?

E aí, sua pressão subiu como um foguete. *Mas é claro*. A a havia finalmente encontrado. Ela se levantou da mesa, fazendo o bule de cerâmica com chá de menta que estava perto do seu prato balançar.

— Aquela carta não é do dr. Atkinson. Outra pessoa a escreveu, para me prejudicar.

Isabel cruzou as mãos sobre a mesa.

— E quem faria isso?

Hanna engoliu em seco.

— A.

Kate cobriu a boca com a mão. O pai de Hanna colocou a xícara na mesa.

— Hanna — disse ele, em um tom de voz de quem fala com uma criança —, *Mona* era A. E ela está morta, lembra?

— Não — protestou Hanna. — Existe uma nova A.

Kate, Isabel e o pai de Hanna trocaram olhares nervosos, como se Hanna fosse um animal imprevisível que precisasse de um dardo tranquilizante.

– Querida... – disse o sr. Marin. – O que você diz não faz nenhum sentido.

– Mas é exatamente isso que A quer – gritou Hanna. – Por que vocês não acreditam em mim?

De repente, ela se sentiu muito, muito tonta. Suas pernas ficaram entorpecidas, e um zumbido baixo soava em seus ouvidos. As paredes pareceram se fechar, e o aroma mentolado de chá fez seu estômago se revirar. Em um piscar de olhos, Hanna estava de pé no estacionamento escuro de Rosewood Day. O veículo utilitário de Mona vinha acelerado em sua direção, seus faróis parecendo dois rastreadores furiosos. As palmas de suas mãos começaram a suar. Sua garganta queimava. Ela viu o rosto de Mona atrás do volante, seus lábios retorcidos em um sorriso diabólico. Hanna cobriu o rosto, preparando-se para o impacto. Ela ouviu alguém gritar. Depois de alguns segundos, percebeu que tinha sido ela própria.

Tudo acabou tão rápido quanto começara. Quando Hanna abriu os olhos, estava deitada no chão, apertando as mãos contra o peito. Seu rosto estava quente e úmido. Kate, Isabel e seu pai estavam próximos a ela, com as testas franzidas de preocupação. O cãozinho de Hanna, Dot, lambia seus tornozelos. Seu pai ajudou-a a se levantar e sentar-se de novo na cadeira.

– Eu realmente acho que isso é o melhor para você – disse ele gentilmente. Hanna quis protestar, mas sabia que não adiantaria.

Ela deitou a cabeça sobre a mesa, confusa e trêmula.

Os sons à sua volta aumentaram e se tornaram um barulho alto e agudo em seus ouvidos. A geladeira emitia um zumbido suave. Um caminhão de lixo passava pela rua. Em seguida, sob aquilo tudo, ela ouviu outra coisa. Os cabelos em sua nuca se arrepiaram. Talvez ela *estivesse mesmo* louca, mas podia jurar que ouvira... *uma gargalhada*. Parecia que alguém ria com gosto, feliz pelas coisas estarem acontecendo exatamente de acordo com o planejado.

5

UM DESPERTAR ESPIRITUAL

Na segunda-feira de manhã, Byron se ofereceu para levar Aria para a escola em seu velho Honda Civic, já que o Subaru de Aria ainda estava na oficina. Ela tirou uma pilha de slides, livros e papéis do banco do passageiro e colocou tudo no banco de trás. A área sob seus pés estava cheia de copos de café vazios, embalagens de barrinhas de cereal e um monte de recibos da Sunshine, a loja ecologicamente correta de artigos para bebês que Byron e sua namorada, Meredith, frequentavam.

Byron girou a chave na ignição, e o velho motor a diesel roncou. Uma de suas fitas de *acid jazz* tocava, sacudindo os alto-falantes. Aria olhou para as árvores enegrecidas e torcidas em seu quintal. Pequenas colunas de fumaça ainda subiam do bosque, e o fogo ainda queimava em alguns pontos. Um rolo inteiro de fita, com a inscrição *Não ultrapasse*, fora usado para isolar as árvores. Já que agora era muito perigoso ir até lá, a polícia interditara o acesso. Aria ouvira no noticiário da manhã que os policiais ainda estavam vasculhando a mata, procurando por uma resposta sobre quem poderia ter provocado o incêndio. Na noite anterior, ela recebera um telefonema do Departamento de Polícia de Rosewood, interrogando-a sobre a pessoa que ela vira na floresta com o galão de gasolina. Agora que sabia que aquela pessoa definitivamente *não era* Wilden, Aria não tinha muito a lhes dizer. Poderia ter sido qualquer pessoa escondida por um enorme capuz.

Aria prendeu a respiração quando eles passaram pela grande casa colonial que pertencia à família de Ian Thomas. O gramado estava coberto pela geada matinal, a bandeirinha vermelha da caixa de correio estava levantada, e alguns papéis encontravam-se espalhados pela calçada dos Thomas. Havia uma nova pichação na porta da garagem dizendo *Assassino*. A tinta era exatamente a mesma que fora usada para escrever MENTIROSA na porta da garagem de Spencer. Instintivamente, Aria remexeu sua bolsa de pele, procurando o anel de formatura de Ian dentro do bolsinho interno. Ela se sentira tentada a entregá-lo para Wilden, no dia anterior – não queria ser responsável por ele –, mas Spencer tinha razão. O Departamento de Polícia de Rosewood não havia encontrado o anel durante sua busca intensa pelo bosque e poderia presumir que Aria o tivesse colocado lá. Mas como eles *não tinham* achado o anel? Talvez não tivessem procurado de verdade.

E onde *estaria* Ian, afinal? Por que ele lhes passara informações erradas nas mensagens? E como não percebera que seu anel havia desaparecido? Aria duvidava que o anel tivesse simplesmente escorregado de seu dedo. As únicas vezes em que algo assim lhe acontecera foram quando ela lavava os pincéis depois de pintar, e ela sempre percebia imediatamente que os anéis haviam caído.

Seria possível que Ian *estivesse* mesmo morto e que o anel caíra de seu dedo enquanto alguém arrastava seu corpo, quando Aria e as outras correram para encontrar Wilden? Mas se fosse isso mesmo, quem estava conversando com elas pelo MSN?

Ela suspirou alto e Byron lhe lançou um olhar de soslaio. Ele estava especialmente desarrumado naquele dia, seus cabelos escuros arrepiados em tufos ralos. Apesar do frio, ele não usava um casaco, e havia um grande furo no cotovelo de seu suéter de lã. Aria o reconheceu como um dos agasalhos que ele comprara quando a família morou na Islândia. Ela desejava que sua família jamais tivesse deixado Reykjavík.

— E aí, como você está? — perguntou Byron gentilmente.

Aria deu de ombros.

Na esquina, passaram por um grupo de alunos da rede pública, que esperava o ônibus. Eles apontaram para Aria, reconhecendo-a imediatamente do noticiário. Aria puxou o capuz de pele falsa, escondendo o rosto. Em seguida, passaram pela rua de Spencer. Um grande veículo de remoção de árvores estava estacionado junto à calçada, e havia um carro da polícia atrás dele. Do outro lado da rua, Jenna Cavanaugh e seu cão-guia, um pastor-alemão, caminhavam cuidadosamente em direção ao Lexus da sra. Cavanaugh, evitando pisar no gelo. Aria estremeceu. Jenna sabia mais sobre Ali do que deixava transparecer. Aria chegara a se perguntar se Jenna também guardava um grande segredo, naquele dia do chá de bebê de Meredith. Jenna ficara parada no meio do jardim da casa de Aria, como se precisasse lhe contar alguma coisa. Mas quando Aria perguntou a Jenna o que havia de errado, ela se virou e fugiu. Ela também parecia conhecer Jason DiLaurentis muito bem, mas por que Jason teria invadido a casa dela na semana anterior e começado a discutir com ela? E por que A queria que elas soubessem daquilo se Jason não tinha mais nada a ver com a morte de Ali?

— O policial Wilden disse que você e as meninas estavam tentando descobrir quem realmente matou Ali — disse Byron, sua voz grave tão alta que fez Aria dar um pulo. — Mas, querida, se Ian não a matou, a polícia vai descobrir quem o fez. — Ele coçou a nuca, algo que só fazia quando estava estressado. — Estou preocupado com você. Ella também.

Aria se encolheu ao ouvir Byron mencionar sua mãe. Os pais de Aria haviam se separado naquele outono, e ambos já tinham começado novos relacionamentos. Desde que Ella começara a sair com Xavier, um artista desprezível que dera em cima de Aria, ela estava evitando a mãe. E ainda que seu pai certamente tivesse um pouco de razão, Aria já estava envolvida demais para se afastar da investigação sobre a morte de Ali.

— Falar sobre o assunto pode ajudar — insistiu Byron quando Aria continuou sem responder, desligando o som do carro. — Você pode conversar comigo, até mesmo sobre... você sabe, ter visto Alison.

Eles passaram por uma fazenda com seis alpacas brancas e depois por um supermercado Wawa.

Parem de dizer que viram Ali, reverberava a voz de Wilden na mente de Aria. Alguma coisa a respeito de Wilden continuava a incomodá-la. Ele soara tão... *agressivo*.

— Eu não sei o que nós vimos — admitiu ela, hesitante. — Quero acreditar que só inalamos muita fumaça e ponto final. Mas quais são as chances de todas termos visto Ali no mesmo instante, fazendo exatamente a mesma coisa? Não é meio estranho?

Byron ligou a seta e mudou para a faixa da direita.

– É estranho. – Ele tomou um gole de café de sua garrafa térmica com o logotipo da Universidade Hollis. – Lembra quando, há alguns meses, você me perguntou se fantasmas podiam enviar mensagens de texto?

A conversa estava enevoada na cabeça de Aria, mas ela se lembrava de ter falado com Byron depois de receber a primeira mensagem da antiga A. Antes do corpo de Ali ser encontrado no antigo quintal, Aria tinha se perguntado se o fantasma de Ali não estaria enviando aquelas mensagens, do além-túmulo.

– Algumas pessoas acreditam que os mortos não podem descansar até que transmitam uma mensagem importante. – Byron parou em um semáforo, atrás de um Toyota Prius com um adesivo idiota no para-choque.

– O que você quer dizer? – Aria se endireitou no banco.

Eles passaram pelo Clocktower, um projeto residencial de milhões de dólares que tinha o próprio clube de golfe, e depois pelo pequeno parque da cidade. Algumas almas corajosas estavam lá, vestindo casacos pesados e caminhando com seus cachorros. Byron respirou fundo e expirou pelo nariz.

– Eu só quero dizer que... a morte de Alison foi um mistério. Eles prenderam o assassino, mas ninguém sabe com certeza o que aconteceu. E você e as meninas *estavam* no local onde Alison morreu. O corpo dela ficou lá por anos.

Aria estendeu a mão para a garrafa de café do pai e deu um gole.

– Bem, o que você está dizendo é que... hã... que pode ter sido o fantasma de Ali?

Byron deu de ombros, fazendo uma curva para a direita. Eles estacionaram na entrada de Rosewood Day, atrás de uma fila de ônibus.

— Talvez.

— E você acha que ela quer nos dizer alguma coisa? — perguntou Aria, incrédula. — Quer dizer, você também não acha que Ian é culpado?

Byron balançou a cabeça veementemente.

— Não estou dizendo isso. Só estou dizendo que às vezes certas coisas não podem ser explicadas racionalmente.

Um fantasma.

O pai parecia estar incorporando Meredith, aquela esquisita.

Mas quando Aria olhou para o perfil do pai, havia rugas profundas em volta de sua boca. Suas sobrancelhas estavam quase unidas, e ele coçava o pescoço novamente. Ele falava sério.

Aria se virou para Byron, subitamente cheia de perguntas. Por que o fantasma de Ali estaria lá? Que negócios ela teria deixado inacabados? E o que Aria devia fazer, agora?

Mas, antes que ela pudesse dizer uma palavra, houve uma batida forte na porta do passageiro. Aria não percebera que eles já haviam chegado à entrada de Rosewood Day. Três repórteres cercavam o carro, tirando fotos e pressionando o rosto contra a janela.

— Srta. Montgomery? — gritou uma mulher, sua voz soando alta mesmo através do vidro.

Aria olhou assustada para eles e, em seguida, se virou desesperada para o pai.

— Ignore-os — disse Byron. — Corra.

Respirando fundo, Aria abriu a porta e saiu correndo em meio à confusão. Câmeras dispararam seus flashes. Repórteres gritaram. Por trás deles, Aria podia ver os alunos observando, espantados, perversamente fascinados pela comoção.

— Você realmente viu Alison? — gritaram os repórteres. — Sabe quem provocou o fogo? Alguém provocou o incêndio para esconder alguma pista importante?

Aria se virou ao ouvir a última pergunta, mas ficou calada.

— Foi você quem começou o fogo? — perguntou um homem de trinta e poucos anos. Os repórteres se aproximaram.

— Claro que não! — gritou Aria, alarmada. Em seguida, abriu caminho com os cotovelos, correndo pela entrada da escola e abrindo a primeira porta disponível, que levava à parte de trás do palco, no auditório.

As portas se fecharam e Aria respirou fundo, olhando em volta. O grande teatro, com seu teto alto, estava vazio. Cenários dos barcos de *Pacífico Sul*, a produção musical mais recente da escola, estavam encostados a um canto. Havia partituras espalhadas pelo chão. As poltronas de veludo vermelho do auditório encontravam-se à sua frente, os assentos dobrados e vazios. Estava silencioso demais ali. Assustadoramente silencioso.

Quando o piso de madeira rangeu, Aria ficou tensa. Uma sombra desapareceu por trás das cortinas. Ela se virou, uma possibilidade horrível lhe passando pela cabeça. *É a pessoa que provocou o incêndio. A pessoa que tentou nos matar. Ela está aqui.* Mas quando Aria chegou mais perto, não havia ninguém.

Ou talvez, apenas talvez, fosse o espírito de Ali, pairando ali por perto, desesperado. Se o que Byron dissera fosse verdade, se uma pessoa morta não conseguia descansar até que a sua mensagem fosse ouvida, talvez Aria precisasse encontrar uma forma de se comunicar com ela.

Talvez fosse a hora de ouvir o que Ali tinha a dizer.

6

DIRETO PARA A TOCA DO COELHO

Emily fechou a porta de seu armário da escola com força, na manhã de segunda-feira, segurando os livros de biologia, trigonometria e história. Um pedaço de papel escorregou de dentro de um de seus cadernos. *Viagem a Boston, Grupo de Jovens Santíssima Trindade*, dizia o folheto em letras grandes e desenhadas.

Ela deu uma risada irônica. Aquele pedaço de papel estava em seu caderno desde a semana anterior, quando fora convidada por seu então namorado, Isaac, a fazer essa viagem. Emily tinha até mesmo conseguido a permissão dos pais. Ela imaginara que aquele seria o modo perfeito de passar algum tempo a sós com Isaac. Mas tudo havia mudado.

Ela sentiu um aperto no peito. Era difícil acreditar que, apenas alguns dias antes, Emily havia realmente pensado que ela e Isaac estivessem apaixonados o suficiente, de fato, para que eles dormissem juntos pela primeira vez. Mas, aí, tudo dera terrivelmente errado. Quando Emily tentara contar a Isaac a respeito dos olhares maldosos e comentários cruéis da mãe dele, ele terminara com ela na mesma hora, praticamente dizendo a Emily que ela era uma psicótica.

Algumas meninas do segundo ano passaram atrás dela, rindo e comparando cores de gloss. Como Emily podia ter imaginado que ele a amava? Como podia ter dormido com ele? Quando Isaac a encontrara na festa do Radley na noite de sábado e se desculpara, ela não teve certeza se o queria de volta. Desde o incêndio, ele havia lhe enviado mensagens e telefonado várias vezes, querendo saber se ela estava bem, mas Emily não respondera a nenhum recado. As coisas pareciam arruinadas entre eles. Isaac nem mesmo ouvira o seu lado da história. E agora, sempre que pensava sobre o que eles haviam feito naquele dia depois da escola, no quarto de Isaac, ela desejava poder apanhar uma grande barra de sabonete e limpar aquilo tudo de sua pele.

Emily amassou o folheto, jogou-o na cesta de lixo mais próxima e continuou a andar pelo corredor. A música clássica que sempre tocava entre uma aula e a outra vinha dos alto-falantes em volume máximo. Pôsteres nas cores vermelho e rosa, anunciando que o Baile do Dia dos Namorados de Rosewood estava se aproximando, cobriam as paredes. Havia a multidão habitual nas escadas, e alguém tinha soltado um pum. Era uma manhã de segunda-feira totalmente normal na escola... exceto por uma coisa: todo mundo estava olhando para ela.

Literalmente *todo mundo*. Dois garotos do último ano, membros da equipe de beisebol, murmuraram *maluca* quando ela passou. A sra. Booth, professora de redação criativa de Emily no ano anterior, colocou a cabeça para fora da sala de aula, arregalou os olhos quando a viu e voltou para dentro da sala rapidinho, como um rato entrando em um buraco. A única pessoa que não olhou para ela foi Spencer. Em vez disso, Spencer voltou a cabeça na direção oposta, obviamente ainda aborrecida por Emily ter contado à polícia que elas viram Ali no quintal.

Dane-se. Suas amigas podiam estar convencidas de terem sofrido uma alucinação coletiva, o relatório de DNA podia dizer que o corpo naquela vala era o de Ali, e Rosewood inteira podia achar que Emily estava louca, mas ela sabia o que tinha visto. Na noite anterior, enquanto dormia, Emily sonhara várias vezes com Ali, como se a amiga estivesse implorando a seu subconsciente que a resgatasse. No primeiro sonho, Emily entrara em uma igreja e encontrara Ali e Isaac sentados juntos em um dos bancos do fundo, rindo e sussurrando. No sonho seguinte, Emily e Isaac estavam nus sob as cobertas da cama dele, como na semana anterior. Eles ouviram passos nas escadas e Emily pensou que fosse a mãe de Isaac, mas foi Ali quem entrou no quarto. Seu rosto estava coberto de fuligem, e seus olhos estavam arregalados, assustados.

— Alguém está tentando me matar — disse ela, e em seguida se desfez em uma pilha de cinzas.

Ali estava lá fora, em algum lugar. Mas... então, de quem era o corpo na vala? E por que Wilden estava insistindo que era o DNA de Ali, se de fato não era? Alguém havia, obviamente, provocado aquele incêndio para encobrir alguma coisa. Claro que Wilden teria um álibi para quando o incêndio começasse, mas quem poderia saber se a receita da clínica era mesmo dele? E não era um pouco conveniente que ele estivesse com a receita naquele exato momento? Emily pensou no carro de polícia solitário que vira se afastando da casa dos Hastings na noite do incêndio, quase como se a pessoa ao volante não quisesse ser notada. Wilden não estava no local do incêndio naquela noite... ou *estava*?

Ela entrou na sala de aula de biologia. O lugar cheirava a mistura habitual de gás queimando no bico de Bunsen, formaldeído e limpador de lousa. O professor, sr. Heinz, ainda não havia chegado, e os alunos estavam reunidos em torno de uma das carteiras no centro da sala, olhando para alguma coisa em um MacBook. Quando Sean Ackard notou a presença de Emily, ficou pálido e se afastou do grupo. Lanie Iler, uma das amigas de Emily da equipe de natação, a viu, abriu e fechou a boca, como um peixe.

– Lanie? – disse Emily, seu coração começando a martelar. – O que foi?

Lanie tinha uma expressão conflituosa no rosto. Depois de um instante, ela apontou para o laptop.

Emily deu alguns passos na direção do computador. Um silêncio pesado caiu sobre a sala e o grupo se afastou.

A página do noticiário local brilhava na tela.

Pobres, pobres belas mentirosas, dizia a manchete sob as fotos de Emily, Aria, Spencer e Hanna na escola. Mais abaixo, havia uma foto das meninas no quarto de Spencer no hospital. Todas estavam em volta da cama de Spencer, conversando com ar preocupado.

O pulso de Emily acelerou. O quarto de Spencer no hospital era no segundo andar; como, então, os paparazzi tiraram aquela foto?

Os olhos dela grudaram no novo apelido do seu grupo de amigas.

Belas mentirosas.

Alguns garotos riram às suas costas. Eles achavam aquilo engraçado. Achavam que Emily era uma piada. Ela deu um grande passo para trás, quase esbarrando em Ben, seu antigo namorado da equipe de natação.

– Imagino que deva tomar cuidado com você, bela mentirosa – provocou ele, rindo.

Aquilo já tinha passado dos limites. Sem olhar de volta para os colegas, Emily saiu correndo da sala e foi direto para o banheiro, as solas de borracha de seus sapatos guinchando no piso encerado. Por sorte, não havia ninguém lá dentro. O ar cheirava a cigarro, e vazava água de uma das torneiras, pingando em uma bacia azul. Encostando-se à parede, Emily respirou fundo.

Por que aquilo estava acontecendo? Por que ninguém acreditava nela?

Quando Emily vira Ali no bosque, na noite de sábado, seu coração se enchera de alegria. *Ali estava de volta.* Elas poderiam retomar sua amizade. Em seguida, em um piscar de olhos, Ali se fora novamente, e agora todos pensavam que Emily tinha inventado a história toda. E se Ali estivesse mesmo por aí, ferida e assustada? Será que Emily era, honestamente, a única pessoa que desejava ajudá-la?

Ela jogou água fria no rosto, tentando recuperar o fôlego. De repente, seu telefone tocou, o som ecoando alto nas paredes do banheiro. Ela deu um pulo e tirou a mochila das costas. O celular estava no bolsinho da frente.

Uma nova mensagem de texto, dizia o ícone na tela.

O coração de Emily disparou. Ela olhou ao redor rapidamente, imaginando olhos observando-a de dentro do armário de utensílios, pés por trás de uma porta. Mas o banheiro estava vazio. Sua respiração era rápida, e seu peito doía quando ela olhou para a tela.

Pobre Emilyzinha...
Você e eu sabemos que ela está viva.
A questão é: o que você faria para encontrá-la? – A

Engolindo em seco, Emily abriu o teclado em seu celular e começou a digitar.

Eu faria qualquer coisa.

Ela recebeu uma mensagem em resposta quase imediatamente.

Faça exatamente o que eu digo. Diga aos seus pais que você vai fazer aquela viagem com a igreja para Boston. Mas, em vez disso, você irá a Lancaster. Para mais instruções, vá até o seu armário. Deixei algo para você lá.

Emily franziu o cenho. Lancaster... na Pensilvânia?
E como A sabia sobre a viagem com a igreja? Ela imaginou o folheto amassado, no fundo da lata de lixo no corredor. Será que A vira Emily jogando o papel fora? Estaria A na escola? E, mais especificamente, será que podia confiar nela?
Emily olhou para o celular.

O que você faria para encontrá-la?

Emily correu pelas escadas até o seu armário, que ficava na ala de línguas estrangeiras. Enquanto os alunos de francês cantavam "A marselhesa", ela destrancou o cadeado e abriu a porta do armário. No fundo, junto a um par extra de pés de pato, havia uma pequena sacola de supermercado. *Vista-me*, era o que dizia uma inscrição na frente, escrita com pincel atômico.

Emily levou a mão à boca. Como aquilo fora parar ali? Respirando fundo, ela apanhou a sacola e tirou um vestido longo, sem estampas. Sob o vestido, havia um casaco simples de lã, meias e sapatos de aparência estranha, com pequenos botões. Aquilo se parecia com a fantasia de *Os pioneiros* que Emily vestira no quinto ano, no Dia das Bruxas.

Sua mão tocou em um pedaço de papel no fundo da sacola. Era outra mensagem, aparentemente datilografada em uma antiga máquina de escrever.

Amanhã, pegue o ônibus para Lancaster, vá para o norte, cerca de um quilômetro e meio depois do armazém, e vire na grande placa com um cavalo e uma carroça. Pergunte por Lucy Zook. Não se atreva a pegar um táxi para ir até lá, ninguém vai confiar em você. – A

Emily leu o bilhete com sofreguidão três vezes. Estaria A sugerindo o que Emily estava pensando? Em seguida, percebeu que havia algo escrito no verso do papel. Ela virou o bilhete.

Seu nome é Emily Stoltzfus. Você é de Ohio, mas está de visita em Lancaster. Se quiser ver sua antiga melhor amiga de novo, fará exatamente o que eu disser. E... oh, eu me esqueci de mencionar? Você é amish. Todo mundo lá é, assim, Viel Glück (isso é alemão, significa "boa sorte"!). – A

7

O RETORNO DE UMA VELHA AMIGA

Quando o último sinal do dia tocou, Spencer foi até seu armário, agradecida pelo fim das aulas. Seus membros doíam. Sua cabeça parecia pesar mil quilos. Ela estava pronta para que o dia terminasse. Seus pais lhe disseram que podia tirar alguns dias de folga da escola, para se recuperar do incêndio, mas Spencer queria voltar para sua rotina o mais rápido possível. Ela jurara tirar dez em todas as matérias naquele semestre, a qualquer preço. E talvez, na primavera, Rosewood Day suspendesse sua condicional acadêmica e a deixasse manter sua posição na equipe de lacrosse. Ela precisava daquilo para as inscrições nas universidades. Ainda havia tempo para entrar em um programa de verão da Ivy League, e poderia se inscrever no Habitat para a Humanidade, para fazer serviços comunitários.

Ao retirar seus livros de inglês do armário, Spencer sentiu um puxão na manga do casaco. Quando se virou, Andrew Campbell estava de pé ao seu lado, com as mãos nos bolsos, seu cabelo louro e longo afastado do rosto.

— Oi — disse ele.

— O-Oi — gaguejou Spencer. Ela e Andrew haviam começado a sair juntos algumas semanas antes, mas Spencer não falava com ele desde que lhe dissera estar de mudança para Nova York para ficar com Olivia. Andrew havia tentado alertá-la para não confiar em Olivia, mas Spencer não lhe dera ouvidos. Na verdade, ela o chamara de algo parecido com perdedor covarde. Desde então, ele a ignorara na escola, um feito quase impossível, já que eles estavam juntos em todas as aulas.

— Você está bem? — perguntou ele.

— Acho que sim — respondeu ela com certa timidez.

Andrew mexia no broche em sua pasta, que dizia *Andrew para presidente!*. O broche era da campanha para presidente da classe do semestre anterior, quando ele vencera Spencer.

— Estive no hospital quando você ainda estava inconsciente — disse ele. — Falei com seus pais, mas... — Ele olhou para baixo, para seus sapatos Merrell de amarrar. — Eu não tinha certeza se você iria querer me ver.

— Oh. — O coração de Spencer deu uma cambalhota. — Eu... teria gostado de ver você. E... sinto muito. Por... você sabe.

Andrew assentiu, e Spencer se perguntou se ele ficara sabendo do que acontecera com Olivia.

— Será que eu posso ligar para você mais tarde? — perguntou ele.

— Claro — disse Spencer, sentindo uma onda de excitação.

Andrew levantou a mão timidamente, fazendo um pequeno aceno de despedida. Ela o observou desaparecer pelo corredor, desviando de um grupo de meninas da orquestra que carregava violinos e violoncelos. Estivera perto de chorar duas vezes naquele dia, sentindo-se superestressada e cansada de ver todo mundo olhando para ela como se tivesse ido à escola de biquíni. Finalmente algo bom havia acontecido.

A entrada da escola estava lotada de ônibus amarelos, um guarda de trânsito vestindo um uniforme laranja, e obviamente as sempre presentes vans da imprensa. Um operador de câmera da CNN notou a presença de Spencer e cutucou o repórter.

– Srta. Hastings? – Eles correram na direção dela. – O que acha das pessoas que duvidam que vocês tenham visto Alison na noite de sábado? Vocês realmente a viram?

Spencer rangeu os dentes. Maldita Emily. Por que ela fora deixar escapar que elas haviam visto Ali?

– Não – disse ela, olhando para a câmera. – Nós não vimos Ali. Foi tudo um mal-entendido.

– Quer dizer, vocês *mentiram*? – Os repórteres estavam praticamente salivando. Um grupo de alunos havia parado bem atrás de Spencer. Alguns meninos estavam acenando para a câmera, mas a maioria olhava para ela, atônita. Um menino do primeiro ano tirou uma foto com o celular. Até mesmo o professor de economia de Spencer, sr. McAdam, havia parado no saguão e estava observando a cena pelas grandes janelas frontais.

– O cérebro produz várias coisas estranhas quando é privado de oxigênio – disse Spencer, repetindo o que o médico da emergência havia lhe dito. – É o mesmo fenômeno que acontece com as pessoas pouco antes de morrerem. – Em seguida, ela estendeu a palma da mão para cobrir a câmera. – Chega de perguntas.

– Spencer! – chamou uma voz familiar. Spencer se virou. Sua irmã, Melissa, estava em sua Mercedes prateada, estacionada em uma das vagas para visitantes. Ela acenou para a irmã.
–Venha!

Salva. Spencer se desviou dos repórteres e passou correndo pelos ônibus. Melissa sorriu quando Spencer entrou no carro, como se não fosse algo completamente fora do normal ela ir buscar a irmã na escola.

— O que está fazendo aqui? — balbuciou Spencer. Ela não via Melissa havia quase uma semana, desde que ela saíra correndo de casa, depois de voltar do funeral da avó. Aquilo tudo acontecera mais ou menos no mesmo momento em que Spencer começara a falar com Ian Thomas por mensagens instantâneas. Spencer procurara por ele na noite anterior, com a intenção de conversar sobre o incêndio, mas Ian não estava on-line.

Spencer suspeitava que Melissa também acreditasse na inocência de Ian. Depois de Ian ser preso e jogado na cadeia, Melissa insistira que ele não merecia a prisão perpétua. Ela até admitira que falara com ele ao telefone, quando ainda estava preso. Melissa havia feito as malas com tanta pressa na última semana que Spencer se perguntara se ela sentia que precisava sair de Rosewood pelos mesmos motivos que Ian, porque sabia demais sobre o que realmente acontecera com Ali.

Melissa ligou o carro. O noticiário berrava no rádio, e ela abaixou o volume rapidamente.

— Eu voltei porque ouvi falar de seu quase encontro com a morte. Obviamente. E queria ver os estragos feitos pelo fogo. É terrível, não é? A floresta... o moinho... até o celeiro. E muitas das minhas coisas também.

Spencer abaixou a cabeça. Melissa havia morado no celeiro durante todo o ensino médio. Ela guardava toneladas de livros do ano, diários, lembranças e roupas lá.

— Mamãe me contou sobre você também. — Melissa saiu da vaga do estacionamento quase atropelando um operador de câmera da CNN que filmava a entrada da escola. — E sobre... a barriga de aluguel. Como você está?

Spencer deu de ombros.

— Foi um choque. Mas foi melhor assim. É melhor eu saber.

— É claro. — Elas passaram pela sala de jornalismo e pelo estacionamento dos professores. Estava cheio de carros, consideravelmente mais velhos e humildes do que os dos alunos. — Eu gostaria que você não tivesse dito que *eu* coloquei essa ideia na sua cabeça. A mamãe me deu uma bronca enorme por causa disso. Ela foi bem dura.

Spencer sentiu uma onda quente de raiva. *Coitadinha de você*, quis dizer. Como se aquilo realmente se comparasse ao que Spencer havia passado.

Elas chegaram a um sinal de trânsito e pararam atrás de um jipe Cherokee cheio de garotos fortes usando bonés de beisebol. Spencer olhou longamente para a irmã. A pele de Melissa parecia pálida e cansada, havia uma espinha em sua testa, e as veias apareciam em seu pescoço, como se ela estivesse trincando os dentes com força.

Na semana anterior, Spencer vira alguém que se parecia muito com Melissa vasculhando o bosque atrás de sua casa, não muito longe de onde elas acharam o corpo de Ian. Aria encontrara o anel de formatura dele no bosque pouco antes de o fogo começar — seria aquilo que Melissa estava procurando?

Mas antes que Spencer pudesse perguntar seu celular tocou. Ela abriu a bolsa e apanhou o aparelho.

A mensagem de texto dizia:

Tire o dia de folga da escola amanhã. Vamos passar o dia num spa.
Presente meu. Mamãe.

Spencer soltou um grito involuntário de alegria.

— Mamãe e eu vamos passar o dia num spa amanhã!

Melissa empalideceu. Várias emoções passaram por seu rosto de uma só vez.

—Vão? — Ela parecia incrédula.

— Hã-rã. — Spencer apertou "responder" e escreveu:

Sim! Claro que sim!

Melissa soltou uma risada irônica.

— Ela está tentando comprar o seu amor, agora?

— Não — respondeu Spencer, chateada. — Não é assim.

O sinal ficou verde, e Melissa pisou no acelerador.

— Acho que nossos papéis se inverteram — disse ela casualmente, fazendo uma curva rápido demais. — Agora, você é a favorita da mamãe, e eu sou a rejeitada.

— O que você quer dizer? — perguntou Spencer, tentando ignorar o fato de que Melissa se referira a ela como rejeitada. — Vocês não estão se falando?

Melissa contorceu a mandíbula até os ossos estalarem.

— Esquece.

Spencer pensou em deixar o assunto para lá, Melissa era sempre dramática demais. Mas a curiosidade a venceu.

— O que aconteceu?

Elas passaram pela Wawa, pelo Ferra's Cheesesteaks e pelo Distrito Histórico de Rosewood, um grupo de antigos edifícios transformados em lojas de velas, spas de beleza e escritórios de corretoras de imóveis. Melissa soltou um longo suspiro.

— Antes de Ian ser preso, Wilden foi até nossa casa e nos interrogou sobre a noite em que Ali desapareceu. Ele perguntou se estávamos juntos o tempo todo, se tínhamos visto alguma coisa, você sabe.

— É? — Spencer nunca contara a Melissa que a espionara com Ian, das escadas, naquele dia, temendo que a irmã mencionasse a briga que Spencer e Ali tiveram do lado de fora do celeiro, pouco antes de Ali desaparecer. Aquela era uma lembrança que Spencer reprimia havia anos, mas deixara escapar para Melissa, mencionando ainda que Ali admitira estar saindo secretamente com Ian, e provocara Spencer por querê-lo também. Frustrada, Spencer acabou empurrando Ali e ela caiu, batendo a cabeça nas pedras do chão. Por sorte, Ali não se machucara, pelo menos até alguns minutos depois, quando alguém a atirara naquela vala meio aberta, no quintal.

— Eu disse a Wilden que não tínhamos visto nada de estranho e que ficamos juntos o tempo todo — continuou Melissa. — Mas, depois disso, mamãe me perguntou se eu teria contado a mesma história a Wilden se Ian não estivesse na mesma sala comigo. Eu disse a ela que era a verdade. Ela continuou insistindo e eu deixei escapar que bebemos naquela noite. E mamãe me encostou na parede. *Você precisa estar muito, muito certa do que diz para a polícia*, disse ela várias vezes. *A verdade é realmente importante.* Ela ficou insistindo, perguntando sobre tudo, até que de repente eu não tinha mais *certeza* do que havia acontecido.

Quero dizer, pode ter havido alguns minutos, quando eu acordei e Ian não estava lá. Eu estava muito bêbada naquela noite. E nem mesmo sei se fiquei no meu próprio quarto a noite inteira ou... – Ela se interrompeu abruptamente, um músculo em seu olho tremendo. – O caso é que eu finalmente cedi. Eu disse que talvez Ian tivesse se levantado... embora eu não soubesse se ele tinha mesmo ou não. E ela disse algo como *Tudo bem. Você tem que contar isso para a polícia.* E foi por isso que chamamos Wilden de volta, para ele conversar comigo de novo. Foi no dia depois de você ter aquela lembrança de ter visto Ian no nosso jardim, quando Ali morreu. O meu depoimento foi apenas o último prego no caixão.

O queixo de Spencer caiu.

– Mas o problema é que... – sussurrou ela. – Não tenho mais certeza de ter visto Ian no jardim. Eu vi *alguém*... mas não tenho ideia se foi ele.

Melissa fez uma curva e entrou na Weavertown Road, uma rua estreita, cheia de macieiras e hortas.

– Então acho que ambas estávamos erradas. E Ian pagou o preço.

Spencer se recostou no banco, pensando sobre aquela segunda vez em que Wilden fora à sua casa. Na noite anterior, eles haviam descoberto que Mona Vanderwaal era A, e ela quase havia empurrado Spencer da pedreira.

Na manhã seguinte, Melissa ficara encolhida no sofá, culpada. Seus pais estavam no outro lado da sala, os braços cruzados impassivelmente sobre o peito, a decepção óbvia em seus rostos.

– Eu fiquei péssima naquele dia – disse Melissa, como se lesse os pensamentos de Spencer. Ela virou o carro para a rua dos Hastings, passando pelos carros de polícia e pelas caminhonetes de paisagismo estacionadas perto da calçada. Do outro lado da rua, a van de um encanador estava parada na frente da casa dos Cavanaugh. Durante a última nevasca de inverno, um dos canos da casa da família havia estourado. – Eu agi como se estivesse realmente envergonhada por não dar as informações antes. Mas, na verdade, estava aborrecida porque sentia que estava entregando Ian por algo que não tinha certeza que ele tivesse feito.

Spencer encostou a cabeça no apoio. Então era por isso que Melissa parecera tão simpática com Ian quando ele estava preso.

– Acho que devíamos falar com os policiais – disse ela. – Talvez eles retirem as queixas contra Ian.

– Não há nada que a gente possa fazer agora. – Melissa deu a Spencer um longo olhar de alerta, e Spencer quis perguntar se ela tivera contato com Ian também. Provavelmente sim, não é? Mas havia algo estranho na expressão de Melissa, quando ela passou pela entrada da casa, parando na garagem. Seus dedos apertavam o volante com força, mesmo depois que o veículo estava totalmente estacionado.

– Por que acha que mamãe a forçou a dizer que Ian era culpado? – perguntou Spencer.

Melissa deu de ombros, estendendo o braço para apanhar a bolsa Foley + Corinna no banco de trás.

– Talvez ela tenha percebido que havia algo de errado com a minha história e estivesse apenas tentando arrancar a verdade de mim. Ou talvez... – Uma expressão desconfortável lhe passou pelo rosto.

– Talvez... o quê? – insistiu Spencer.

Melissa deu de ombros novamente, pressionando o polegar no logotipo da Mercedes, no centro do volante.

— Quem sabe? Talvez ela tenha se sentido culpada, porque não era exatamente a maior fã de Ali.

Spencer franziu a testa, sentindo-se mais perdida do que antes. Pelo que sabia, sua mãe gostava tanto de Ali quanto de suas outras amigas. Se havia alguém que não gostava de Ali, era Melissa. Ali roubara Ian dela.

Melissa deu a Spencer um sorriso forçado.

— Eu nem sei por que comecei a falar disso tudo — disse ela distraída, dando tapinhas no ombro de Spencer. Em seguida, saiu do carro.

Spencer observou, entorpecida, enquanto Melissa se desviava das ferramentas de seu pai e se dirigia para casa. Sua cabeça parecia uma mala revirada, o conteúdo de seu cérebro como roupas espalhadas pelo chão. Tudo o que a irmã acabara de lhe dizer era loucura. Melissa estivera errada a respeito da adoção de Spencer e estava errada sobre aquilo também.

As luzes do interior da Mercedes se apagaram. Spencer soltou o cinto de segurança e saiu do carro. A garagem cheirava a uma combinação nauseante de óleo de motor e fumaça do incêndio. Pelo espelho retrovisor lateral da Mercedes, ela vislumbrou cabelos negros do outro lado da rua. Parecia que os olhos de alguém estavam pregados nas suas costas.

Quando se virou, não havia ninguém lá.

Ela apanhou o telefone, pronta para ligar para Emily ou Hanna ou Aria e contar a elas o que Melissa dissera sobre Ian. Mas aí notou um alerta na tela.

Uma nova mensagem de texto.

Quando Spencer pressionou "ler", seu corpo foi tomado por uma sensação de medo.

Todas essas pistas que eu lhe dei estão certas, Mentirosinha, mas não do jeito que você pensa. Como sou uma pessoa muito boa, aqui vai outra dica: existe uma grande armação acontecendo bem debaixo do seu nariz... e alguém próximo a você tem todas as respostas. – A

8

HANNA, GAROTA INTERROMPIDA

Na terça-feira de manhã, bem cedo, o pai de Hanna dirigia por uma estrada secundária, estreita e arborizada, em algum lugar de Bumblefuck, Delaware. Isabel, sentada no banco do passageiro ao lado dele, de repente se inclinou para a frente e apontou:

– É ali!

O sr. Marin virou o volante com um gesto brusco. Eles embicaram numa estrada asfaltada e pararam em frente à cancela. Havia uma placa logo na entrada que dizia *Clínica Preserve em Addison-Stevens*.

Hanna afundou no banco de trás. Mike, sentado ao lado dela, apertou sua mão. Eles estiveram dirigindo pela região durante a última meia hora. Nem o GPS sabia onde eles estavam e não parava de gritar "Recalculando rota!", sem realmente recalcular para onde deveriam ir. Hanna desejava de todo o coração que o tal lugar não existisse. Tudo o que ela queria era voltar para casa, abraçar Dot e esquecer tudo sobre o dia pavoroso que estava tendo.

— Hanna Marin se apresentando para a internação — disse o pai de Hanna a um homem usando roupas cáqui na guarita. O guarda consultou sua prancheta e acenou com a cabeça. A cancela atrás dele ergueu-se lentamente.

As últimas vinte e quatro horas haviam sido frenéticas, com todo mundo correndo para lá e para cá, tomando decisões sobre a vida de Hanna sem se dar ao trabalho de perguntar a opinião dela. Como se ela fosse um bebezinho indefeso ou um bicho de estimação encrenqueiro. Após o ataque de pânico da filha durante o café da manhã, o sr. Marin telefonou para a clínica que, Hanna tinha certeza, A recomendara. E, ora, veja só, a clínica em Addison-Stevens podia recebê-la no dia seguinte. Em seguida, o sr. Marin telefonara para Rosewood Day, a escola de Hanna, e informara ao coordenador da filha que ela faltaria à escola durante duas semanas e que, caso alguém perguntasse, estaria visitando a mãe, em Cingapura. Depois disso, ele telefonou para o policial Wilden e avisou que, se a imprensa desse as caras na clínica, processaria o departamento de polícia da cidade. E, por fim, tomando uma atitude que complicou ainda mais os sentimentos de Hanna por seu pai, ele encarou Kate, que ainda estava de bobeira na cozinha, sem dúvida nenhuma amando cada minuto daquele drama, e disse a ela de forma muito franca que, se *qualquer pessoa na escola* ficasse sabendo da internação de Hanna, a responsabilizaria imediatamente. Hanna ficou tão tocada que nem se preocupou em dizer que, mesmo que Kate mantivesse a boca fechada a respeito de sua internação, A talvez não ficasse quieta.

O pai de Hanna continuou dirigindo. Isabel se ajeitou no banco. Hanna tocou os dois pedaços da bandeira da Cápsula do Tempo que cuidadosamente colocara em sua bolsa, sendo um deles de Ali e o outro o que ela havia encontrado na semana anterior na cafeteria de Rosewood Day. Ela não queria perder nenhum dos dois de vista. Mike esticou o pescoço, tentando ver o prédio. Ao contrário de Kate, Hanna não estava preocupada que Mike deixasse escapar qualquer comentário sobre sua internação — ela ameaçara tornar seus seios uma área proibida caso ele o fizesse.

Eles entraram em uma rotatória. Uma construção branca e imponente, com colunas gregas e terraços no segundo e terceiro andares, parecendo mais a mansão de algum nobre do que um hospital. O sr. Marin desligou o carro, e ele e Isabel se viraram. O pai de Hanna tentou sorrir. Isabel ainda estava com a mesma cara de pena que ostentara por toda a manhã.

— Parece ser um lugar muito bom — disse Isabel, fazendo um gesto na direção das esculturas de bronze e dos arbustos bem cuidados na estrada do prédio. — Parece um palácio!

— Parece mesmo — concordou o sr. Marin rapidamente, soltando seu cinto de segurança. — Vou tirar sua bagagem do porta-malas.

— Não — rosnou Hanna. — Não quero que você entre comigo, papai. E, principalmente, não quero que *ela* entre comigo. — Ela fez um gesto na direção de Isabel.

O sr. Marin semicerrou os olhos. Ele estava provavelmente a ponto de dizer à Hanna que ela precisava demonstrar respeito, que Isabel seria sua madrasta em breve e blá-blá-blá, mas Isabel colocou a mão alaranjada e encarquilhada no braço dele.

— Está tudo bem, Tom, eu entendo.

Isso fez Hanna franzir ainda mais a testa.

Ela saiu do carro e começou a tirar suas malas do porta-malas. Trouxera uma porção de roupas — afinal de contas, ser internada não significava que ela tivesse que perambular pela clínica de camisola hospitalar e Crocs. Mike também desceu do carro e colocou as malas dela em um carrinho grande e desajeitado que empurrou para dentro do prédio. O saguão era amplo, tinha piso de mármore e o mesmo cheiro do sabonete de tangerina que Hanna mantinha em sua penteadeira. As paredes do lugar estavam cobertas de enormes pinturas a óleo, havia uma fonte borbulhante no centro do saguão e, no fundo, uma larga mesa de pedra.

As recepcionistas vestiam aventais brancos iguais aos usados pelas esteticistas na Kiehl's, e havia pessoas jovens e bonitas sentadas em sofás cor de areia, rindo e conversando.

– Isso não é nada parecido com Alcatraz – disse Mike coçando a cabeça.

Os olhos de Hanna passeavam pelo ambiente. Tudo bem, o saguão era mesmo bonito, mas aquilo tinha que ser uma fachada. Provavelmente aquelas pessoas eram atores contratados, como a companhia shakespeariana que os pais de Spencer chamaram certa vez para interpretar *Sonho de uma noite de verão* em seu aniversário de treze anos. Hanna tinha certeza de que os verdadeiros pacientes estavam escondidos nos fundos do prédio, possivelmente em gaiolas.

Uma mulher loura, usando fones sem fio e um vestido justo e antiquado, se apresentou a eles.

– Hanna Marin? – Ela estendeu a mão. – Eu sou Denise, sua anfitriã. Estamos felizes em tê-la conosco.

– Hã, que bom para vocês – disse Hanna sem expressão no rosto. De jeito nenhum ela iria bancar a simpática e dizer que também estava feliz por ter ido para a clínica.

Denise se virou para Mike e sorriu, como que se desculpando.

— Os acompanhantes não podem passar deste ponto. Vocês terão que se despedir aqui, se estiver tudo bem.

Hanna apertou a mão de Mike, desejando ter um ursinho de pelúcia que pudesse levar com ela lá para dentro. Ele puxou Hanna para um canto mais discreto.

— Agora me ouça — disse Mike, sua voz uma oitava mais grave. — Eu escondi uma serra dentro de um pacote de tortinhas de queijo, na sua mala vermelha. Você pode serrar as barras do seu quarto e escapar quando os guardas não estiverem olhando. Esse é o truque mais velho do mundo.

Hanna riu, agitada.

— Eu realmente não acredito que haja barras nas portas e janelas...

Mike colocou um dedo sobre os lábios dela.

— Nunca se sabe.

Denise reapareceu, passou o braço pelo ombro de Hanna, dizendo que era hora de seguir em frente. Mike deu um beijo nela, fez um gesto sugestivo na direção da mala vermelha e em seguida andou em direção à saída. Um de seus sapatos estava desamarrado, o cadarço batendo contra o chão de mármore. Sua pulseira do time de lacrosse de Rosewood Day pendia frouxa do pulso. Os olhos de Hanna se encheram de lágrimas. Eles eram um casal de verdade havia apenas três dias. Aquilo não era nada justo.

Quando ele saiu, Denise deu um sorriso duro e estudado para Hanna, passou um cartão magnético pelo leitor de uma porta na extremidade do saguão e fez sinal para que a garota passasse para um corredor.

— Seu quarto fica logo ali.

O ar cheirava a menta. Surpreendentemente, o corredor era tão legal quanto o saguão, com vasos de plantas bonitos, fotografias em preto e branco nas paredes e tapetes que não pareciam estar manchados de sangue ou ter tufos de cabelo arrancados da cabeça dos malucos.

Denise parou na frente da porta do quarto 31.

– Seu lar longe de casa.

A porta se abriu, revelando um quarto escuro. Havia duas camas de casal *queen size*, duas escrivaninhas, dois closets e uma enorme janela panorâmica que dava para a frente da propriedade.

Denise olhou em volta.

– Sua colega de quarto não está aqui no momento, mas vocês vão se conhecer em breve.

Em seguida, ela explicou como o lugar funcionava – um terapeuta seria indicado para Hanna, e eles teriam algumas sessões durante a semana, uma vez por dia. O café da manhã era às nove horas, o almoço ao meio-dia e o jantar às seis. Hanna estava livre para fazer o que quisesse pelo resto do dia, e Denise a encorajou a conhecer os outros residentes e a fazer amizades – todos eram muito legais. *Tá bom*, Hanna pensou de má vontade. Será que *ela parecia* o tipo de garota que ficava amiga de gente pirada?

– Privacidade é algo muito importante para nós, por isso sua porta pode ser trancada e apenas você, sua colega de quarto e os guardas de segurança terão a chave. Ah, e há mais uma coisa que devemos discutir antes que eu a deixe – disse Denise. – Preciso pedir que me entregue seu telefone celular.

Hanna vacilou.

– Ah... como é que é?

Os lábios de Denise eram de um cor-de-rosa suave.

– Nosso lema é "Nada de influências externas". Só permitimos telefonemas entre as quatro e cinco da tarde, aos domingos. Não permitimos uso de internet, leitura de jornais ou televisão. Temos uma longa lista de filmes em DVD para você escolher. *E ainda* oferecemos uma porção de livros e jogos de tabuleiro!

Hanna abriu a boca, mas só conseguiu produzir um *ahhh* baixinho, parecido com um guincho. Sem TV? Sem internet? Sem telefone celular? Como diabos ela iria conseguir falar com Mike? Denise estendeu a mão, esperando. Desamparada, Hanna entregou seu iPhone e observou, impotente, enquanto Denise enrolava o fio dos fones de ouvido em volta dele e o colocava no bolso do casaco.

– Sua programação está em seu criado-mudo – disse Denise. – Você será avaliada pela dra. Foster às três horas hoje. Eu acho que vai gostar daqui, Hanna. – Ela apertou a mão de Hanna e saiu. A porta do quarto bateu.

Hanna se jogou na cama, com a sensação de que Denise tinha acabado de lhe dar uma surra. Que droga ela iria fazer naquele lugar? Espiando pelo janelão, viu Mike entrando no carro do pai dela. O Acura se afastou lentamente. E de repente Hanna foi tomada pelo mesmo pânico que costumava sentir quando seus pais a deixavam no acampamento da escola, o Rosewood Happyland Day Camp, todas as manhãs durante o verão. *Vai ser apenas por algumas horas*, o pai costumava dizer quando ela tentava convencê-lo de que seria muito mais divertido ir com ele para o trabalho em vez de ficar ali. E agora, ele a havia deixado naquela clínica, caindo na armação de A, no falso bilhete de conselheiro que ela enviara. Como se os conselheiros de Rosewood *dessem a mínima* para o que acontecia com os alunos!

E o pai dela parecia bem animado em se livrar da filha. Agora ele poderia viver sua vidinha perfeita com a perfeita Isabel e a perfeita Kate *na casa de Hanna*.

Hanna fechou as cortinas. *Bom trabalho, A!* Era mesmo pedir demais que A agisse como amiga e desejasse de verdade que o assassino de Ali fosse encontrado – não havia muita coisa que Hanna pudesse fazer trancada naquele hospício. Talvez A quisesse mesmo que Hanna ficasse completamente louca e infeliz, e afastada de Rosewood para sempre.

Se fosse esse o caso, A tinha sido muito bem-sucedida.

9

ARIA VAI (PARA O) ALÉM

Terça-feira, depois da escola, Aria estava parada na calçada no centro de Yarmouth, uma cidade a poucos quilômetros de Rosewood. Pilhas meio derretidas da neve da semana anterior estavam alinhadas no meio-fio, fazendo com que as lojas parecessem sombrias. Havia um quadro-negro na frente do Yee-Haw Saloon, anunciando que aquela era a noite da promoção "Cerveja: Beba Três, Ganhe Duas." A placa de neon na vidraça do *saloon* ao lado estava meio queimada, apenas a sílaba *loon* estava iluminada.

Aria respirou fundo e encarou a loja à sua frente, a razão pela qual estava ali. No toldo da loja, podia-se ler:

Tenda Mística e Esotérica

Havia um pentagrama em neon exposto na vidraça e uma placa verde pendurada na porta que informava:

Fazemos leitura de cartas de tarô, de linhas das mãos, rituais wiccas e pagãos, e adivinhações de toda sorte

E abaixo, outro aviso:

Realizamos sessões espíritas e oferecemos outros serviços psíquicos. Informações aqui.

Depois de falar com Byron no dia anterior, Aria se convencera ainda mais de que elas tinham visto o fantasma de Ali. Aquilo fazia tanto sentido... Durante meses, Aria jurara que alguém a estava observando, pairando na janela de seu antigo quarto, espiando-a através da floresta densa, escondendo-se furtivamente pelos cantos de Rosewood Day. Em alguns daqueles momentos, essa presença poderia muito bem ter sido Mona Vanderwaal xeretando para descobrir seus segredos, durante o tempo em que ela foi A. Mas, talvez, nem sempre fosse ela... E se Ali tivesse alguma coisa para contar a Aria e às outras meninas sobre a noite em que morreu? Não era obrigação delas escutar o que ela queria dizer?

Sininhos soaram quando ela abriu a porta e entrou. A loja cheirava a patchuli, provavelmente por causa dos palitinhos de incenso acesos por todos os cantos do lugar. Amuletos de cristal, frascos de boticário e cálices com dragões cinzelados alinhavam-se nas prateleiras.

Um rádio estava ligado num nicho atrás da caixa registradora, sintonizado em um noticiário.

– A polícia de Rosewood está investigando a causa do incêndio que dizimou vários hectares da floresta no subúrbio da cidade e que quase matou as Belas Mentirosas de Rosewood – disse o repórter da WKYW com o barulho de alguém digitando ao fundo.

Aria resmungou baixinho. Ela odiava aquele apelido. Fazia com que elas parecessem bonecas Barbie psicopatas.

– Ainda sobre esse assunto – continuou o repórter –, a polícia uniu forças com o FBI para procurar pelo suposto assassino da srta. DiLaurentis, Ian Tomas. Discute-se se ele teria ou não cúmplices. Saiba mais sobre o assunto após nosso breve intervalo comercial.

Alguém tossiu e Aria ergueu os olhos. Um sujeito meio careca na casa dos vinte anos e usando o que parecia ser uma bata feita com crina de cavalo estava atrás da caixa registradora. Seu crachá dizia: *Oi, eu sou o Bruce.* E abaixo: *Mago de plantão.*

Ele tinha um livro velho e de encadernação luxuosa no colo e examinava Aria como se desconfiasse que ela iria roubar alguma coisa da loja. Ela se afastou da mesa onde estavam os frascos de óleos rituais e deu um sorriso amistoso.

– Hã... oi. – A voz de Aria soou aguda demais. – Estou aqui para a sessão espírita. Começa em quinze minutos, não? – Ela descobrira a programação das sessões espíritas na página da loja na internet.

O vendedor verificou os papéis em uma prancheta, parecendo aborrecido. Depois, estendeu o braço para entregá-la a Aria.

– Coloque seu nome na lista. Custa vinte paus.

Aria vasculhou sua bolsa de pelo de iaque até encontrar duas notas meio amassadas. Depois, inclinou-se sobre a prancheta e escreveu seu nome na folha de presença. Outras três pessoas haviam se inscrito para a sessão daquele dia.

— Aria?

Ela pulou de susto e olhou em volta. Um garoto usando o blazer de Rosewood Day estava parado próximo à parede de talismãs vodu. Em torno de seu pulso, pendia uma pulseira amarela de borracha do time de lacrosse da escola, e ele exibia um sorriso satisfeito no rosto.

— Noel? — espantou-se Aria. Noel Kahn era o melhor amigo do irmão dela, o mais Típico Garoto de Rosewood que ela conhecia, e a última pessoa que esperava encontrar num lugar como aquele. Nos tempos do sexto e sétimo anos, quando popularidade era uma coisa importante para ela, Aria tivera uma quedinha por Noel, mas claro que ele só tinha olhos para Ali. *Todo mundo* era apaixonado por Ali. Ironia das ironias, no momento em que ela saíra do avião de volta da Finlândia, no começo daquele ano, Noel começara a dar em cima dela. De uma hora para a outra ele começara a achá-la exótica em vez de esquisita. Ou, talvez, tivesse finalmente notado os peitos dela.

— Que bom encontrar você aqui — disse Noel. Ele se dirigiu ao balcão e escreveu seu nome abaixo do dela na lista de inscrição para a sessão espírita.

— *Você* vai participar da sessão? — perguntou Aria, incrédula.

Noel concordou com a cabeça enquanto examinava um jogo de cartas de tarô decorado com a figura de uma feiticeira seminua.

— Sessões espíritas são demais. Você já ouviu alguma música do Led Zeppelin? Eles são obcecados com a morte. Ouvi dizer que as músicas deles vêm de adoradores do diabo.

Aria o encarou. Led Zeppelin era a última mania de Noel e de Mike. Mike perguntara a Byron se ele tinha um disco da banda, o *Led Zeppelin IV*, em vinil, porque queria tocar "Stairway to Heaven" ao contrário, para escutar mensagens demoníacas secretas.

— E, de qualquer forma, agora que *você* está aqui, essa coisa toda me dá a oportunidade de ficar mais próximo de uma garota bonita, não é? — Noel riu de forma lasciva. — E, ei, se funcionar, talvez você venha à minha "festa da hidromassagem", na quinta-feira à noite.

A pele de Aria parecia estar cheia de sanguessugas. Os vários talismãs em formato de crânio estavam alinhados em uma prateleira próxima e pareciam olhar diretamente para ela.

Atrás do balcão, o vendedor sorria de forma misteriosa, como se guardasse um segredo. O que Noel estaria fazendo de verdade ali? Será que algum jornalista enfiara Noel nessa história, pedindo a ele que seguisse Aria e depois lhe contasse tudo o que ela estava fazendo? Ou, quem sabe, aquilo fosse uma peça que os garotos do time de lacrosse quisessem pregar nela? No sexto ano, antes que Ali incluísse Aria em seu círculo de amigas íntimas, garotos e garotas iguais a Noel riam sem parar de Aria, a esquisitona.

Noel examinou uma vela roxa de formato fálico, largando-a em seguida.

— Acho que você está aqui por causa de Ali, não é?

O cheiro de incenso patchuli estava deixando o nariz de Aria entupido. Ela deu de ombros, evasiva.

Noel a observou com cuidado.

— Bem, você a viu *mesmo* no bosque?

— Isso não é da sua conta — devolveu Aria, olhando em volta para procurar câmeras ou gravadores escondidos entre as caixas de cigarros de cravo. Aquela parecia o tipo de pergunta que um jornalista de Rosewood encorajaria Noel a fazer.

— Tudo bem, tudo bem — disse Noel na defensiva. — Não quis chatear você.

O vendedor fechou seu livro com força.

— O médium diz que vocês podem entrar agora — declarou ele, afastando uma cortina de contas nos fundos da loja.

Aria olhou para a cortina, depois para Noel. E se um bando de Típicos Garotos de Rosewood pulasse de trás das caixas na outra sala, tirasse fotos dela e as colocasse na internet? Mas o vendedor a estava encarando, por isso Aria trincou os dentes, atravessou a cortina e se acomodou em uma das cadeiras dobráveis colocadas no centro da sala. Apesar de não estar certa se queria que ele fizesse aquilo, Noel se sentou ao seu lado e se encolheu dentro do casaco. Aria deu uma espiada nele. Era óbvio por que tantas garotas queriam namorá-lo. Noel tinha cabelo escuro e ondulado, olhos caídos, era alto e tinha um corpo atlético. Seu hálito cheirava a Altoids. Mas dane-se. Mesmo que ele tivesse motivos verdadeiros para estar lá, ele não fazia o tipo dela. Seu jeans escuro desbotado obviamente vinha de alguma butique exclusiva, e ele era arrumadinho demais para o seu gosto. Não havia sequer um milímetro de barba por fazer no rosto dele.

Aria franziu a testa enquanto olhava em volta na sala dos fundos da loja esotérica. A única iluminação do lugar vinha de uma lâmpada que pendia do teto e de uma vela malcheirosa que ardia em um canto. Caixas não identificadas formavam pilhas altas nas prateleiras, e perto da saída de emergência havia um objeto de madeira enorme e retangular, que parecia demais com um caixão. O olhar de Noel seguiu o dela.

— Sim, sim, aquilo é um caixão — disse ele. — As pessoas compram aquilo para, tipo... uso pessoal. Ficam excitadas fingindo que estão mortas.

— Como você sabe disso? — sussurrou ela, perplexa.

— Sei mais do que você imagina.

Os dentes ultrabrancos de Noel cintilaram na escuridão, e Aria sentiu um calafrio.

A cortina de contas foi afastada de novo e outras duas pessoas se acomodaram nas cadeiras dobráveis. Uma delas era um homem velho, com um bigodão retorcido, e a outra era uma mulher que parecia estar na casa dos trinta, embora fosse difícil dizer com certeza. Ela usava um lenço no cabelo e enormes óculos escuros. Por fim, um homem jovem entrou na sala. Usava um manto e tinha uma echarpe amarrada na cabeça. Havia correntes com pingentes e colares de contas em torno de seu pescoço, e ele carregava uma engenhoca que continha gelo seco e que encheu a sala já obscura de fumaça.

— Saudações — disse ele com voz grave. — Meu nome é Equinox.

Aria teve que se conter para não rir. *Equinox? Dá um tempo.* Mas ao lado dela Noel se inclinou na direção do cara, prestando muita atenção. Equinox virou as palmas das mãos para cima.

— Para conjurar os espíritos que vocês procuram, preciso que todos fechem os olhos e se concentrem como se fossem apenas um. — Ele começou a fazer "ooommm".

Algumas pessoas, incluindo Noel, se juntaram a ele. O frio que vinha do metal da cadeira atravessava as meias de Aria, congelando seus dedos dos pés. Ela abriu um olho e espiou a sala. Todo mundo parecia na expectativa de que algo acontecesse, e algumas pessoas estavam de mãos dadas. De repente, Equinox pendeu para trás, como se tivesse sido empurrado por alguma força invisível. Um arrepio percorreu o corpo de Aria, e o ar pareceu pesado em volta dela. Tentando dar uma chance à fé, ela começou a fazer "ooommm" também.

Em seguida, houve um longo período de silêncio. O aquecimento do prédio ressoou. E veio também um barulho do andar de cima. O cheiro de incenso da sala da frente da loja os alcançava, doce e pungente. Algo macio e diáfano tocou levemente o rosto de Aria, e ela deu um pulo. Quando abriu os olhos, não havia nada ali.

– Boooooom – disse Equinox. – Vocês podem abrir seus olhos agora. Sinto uma presença entre nós. Alguém muito próximo a um de vocês. Alguém aqui perdeu um amigo?

Aria ficou tensa. Ali não poderia estar ali tão facilmente... Poderia?

De uma forma bem assustadora, o médium andou na direção de Aria e se agachou na frente dela. Seu cavanhaque era pontiagudo e ele exalava um leve cheiro de maconha. Seus olhos estavam arregalados e ele não piscava.

– É você – disse ele baixinho, seus lábios próximos ao ouvido dela.

– Hum... – sussurrou Aria. Seus pelos estavam arrepiados.

– Você perdeu uma grande amiga, não foi? – perguntou ele de um jeito apavorante.

A sala emudecera. O coração de Aria estava disparado.

– Ela está... aqui? – Ela olhou em volta, esperando ver a garota que resgatara do fogo, vestindo um moletom, com o rosto sujo de fuligem.

– Ela está por perto – garantiu o médium. Ele colocou a mão em seu queixo, profundamente concentrado. Alguns poucos segundos se passaram. A sala pareceu escurecer. As únicas luzes ali vinham dos marcadores fosforescentes do relógio de mergulho de Noel, um IWC Aquatimer. O coração de Aria parecia descompassado. Seus dedos começaram a tremer, como se captassem alguma vibração no lugar. *A vibração vinda de Ali.*

— Ela está me dizendo que sabia tudo sobre você — disse Equinox, quase de forma provocativa. Aria sentia seu corpo vibrar de medo, mas de esperança também. Aquilo certamente soava como algo típico de Ali.

— Nós éramos melhores amigas.

— Mas você odiava o fato de ela a conhecer tão bem — disse Equinox. — Ela sabia disso também.

Aria engasgou. Agora suas pernas tremiam em sintonia com seus dedos. Noel se agitou em sua cadeira.

— Ela... sabia?

— Ela sabia uma porção de coisas — sussurrou Equinox. — Ela sabia que você queria que ela fosse embora. Isso a deixou muito triste. Várias coisas a deixaram triste.

Aria cobriu a boca com a mão. As outras pessoas da sala a encaravam. Ela podia ver o branco de seus olhos.

— Eu não queria que ela fosse embora — disse ela.

Equinox ergueu a cabeça, como se esse gesto lhe possibilitasse ver Ali melhor.

— Mas ela perdoa vocês, apesar de tudo. Ela sabe que nem sempre foi justa com você também.

— Mesmo? — gaguejou Aria. Ela pressionou as palmas das mãos nos joelhos para fazê-los pararem de tremer. Aquilo era verdade, claro. Às vezes, Ali não fora muito justa com ela. Na verdade, foram várias vezes.

Equinox concordou com a cabeça.

— Ela sabe que não foi certo roubar seu namorado. Ainda mais porque vocês dois já eram um casal havia muito tempo.

Aria inclinou a cabeça, imaginando se teria ouvido mal. Uma cadeira rangeu, alguém tossiu.

— Meu... namorado? — repetiu ela. Algo corroeu seu estômago. Ela não tivera um namorado na sétima série. O que significava que aquele charlatão não estava falando com Ali de jeito nenhum. Aria ficou em pé de um salto, quase batendo a cabeça em uma lanterna antiga, e saiu cambaleante em meio à fumaça do incenso e à névoa do gelo seco em direção à saída.

— Ei! — chamou Equinox.

— Aria, espere! — gritou Noel, mas ela os ignorou.

Um mago de papelão apontava a direção do banheiro da loja. Aria correu até lá, bateu a porta e desmoronou sobre a pia, sem se importar em derrubar uma barra de sabonete artesanal de sangue de dragão no chão.

Idiota, disse ela a si mesma. *Claro* que Ali não estava lá. *Claro* que sessões espíritas eram uma fraude. Aquele cara provavelmente fora até ela falando de Ali porque reconhecera Aria nos jornais. Mas o que ela estava pensando?

Aria encarou seu reflexo no espelho redondo e riscado acima da pia. Sua pele estava muito pálida. Mas apesar de ser um engodo, Equinox dissera alguma coisa horrível — algo que meio que era verdade. Aria *tinha mesmo desejado que* Ali sumisse.

Ali estivera ao lado de Aria quando ela flagrara o pai beijando Meredith no estacionamento de Hollis no sétimo ano. Nas semanas seguintes, Ali não deixou a amiga esquecer aquilo nem por um segundo. Ela cercava Aria no intervalo das aulas para perguntar se havia alguma novidade sobre o assunto. Ela se convidava para jantar na casa de Aria e, ao mesmo tempo que lançava olhares condenatórios para Byron, olhava com pena para Ella. Onde quer que as cinco amigas estivessem juntas, Ali soltava indiretas sobre como revelaria um enorme segredo de Aria *a qualquer minuto* se a menina não fizesse exatamente o que ela queria. Aria chegara a um ponto de tensão tão alto algumas semanas antes da morte de Ali que a evitava o máximo possível.

Isso a deixou muito triste, dissera o médium. Poderia Ali saber que Aria queria mesmo que ela desaparecesse? De repente, algo aflorou na memória de Aria. Um dia depois do desaparecimento de Ali, a sra. DiLaurentis chamara Aria e suas amigas até a casa dela e interrogara severamente as meninas sobre o paradeiro da filha. A certa altura, a sra. DiLaurentis se inclinara na direção delas e perguntara:

– Alguma vez Ali pareceu... triste?

As meninas protestaram imediatamente – Ali era linda, inteligente e irresistível. Todos a adoravam. A palavra *triste* não pertencia ao seu vocabulário emocional.

Aria sempre pensara em si mesma como uma vítima e em Ali como predadora, mas e se Ali também estivesse passando por maus percalços? E se Ali precisasse de alguém para desabafar e Aria simplesmente a tivesse afastado?

– Desculpe – sussurrou ela, começando a chorar. Lágrimas negras de rímel começaram a escorrer por seu rosto. – Ali, me perdoe, eu nunca quis que você morresse.

De repente, ouviu-se um barulho, um *sfft*, como se um radiador tivesse fervido. A lâmpada sobre o espelho apagou, e o banheiro ficou às escuras. Aria congelou, seu coração batendo desatinado dentro do peito. Ela torceu o nariz. De repente, havia uma fragrância no ar, assustadoramente pungente. *Sabonete de baunilha.*

Aria agarrou-se nas laterais da pia para não cair. Sem o menor aviso, a luz da lâmpada voltou tênue. Os olhos apavorados de Aria se fixaram novamente no espelho. E seu rosto não era mais o único reflexo na superfície.

Atrás de seus olhos azuis havia uma garota com rosto em formato de coração, dois enormes olhos azuis e um sorriso desconcertante.

Aria engasgou e se virou.

Fixada no quadro de cortiça na parte de trás da porta do banheiro, acima das muitas camadas de cartazes de propaganda de saraus, anúncios de venda de móveis e de procura de quartos para alugar, havia uma foto colorida de Ali.

Aria se aproximou, com os olhos de Ali fixos nos dela. Sua respiração estava presa na garganta. Era o folheto de Pessoas Desaparecidas da época em que Ali sumira, a mesma foto exibida em caixas de leite e quadros de aviso públicos em todos os lugares. Em fonte tamanho 72, o cartaz dizia:

Desaparecida. Alison DiLaurentis.
Olhos azuis, cabelo louro, 1,50m, 40 quilos.
Vista pela última vez em 20 de junho.

Fazia anos que Aria não via aquele cartaz. Ela examinou com cuidado cada centímetro do pôster, até mesmo o verso, procurando por uma pista sobre o motivo de o cartaz estar ali e sobre quem o havia fixado naquela porta. Mas não encontrou nada.

10

AH, A VIDA PACATA NO INTERIOR

Mais tarde, naquele dia, Emily parou em frente a uma casa de fazenda feita de madeira preta e branca em Lancaster, na Pensilvânia. Em vez de um carro, na entrada havia um bugre preto, com pneus gigantes e um sinal vermelho triangular que indicava CARRO COM PROBLEMAS, na parte de trás. Ela tocou as mangas do vestido cinza de algodão que A lhe dera e ajustou a touca branca na cabeça. Ao lado dela, havia uma placa de madeira pintada à mão que dizia: FAZENDA ZOOK.

Emily mordeu o lábio. Aquilo era loucura. Poucas horas antes, dissera aos pais que estava indo para Boston com o grupo jovem da igreja. Em seguida, embarcara num ônibus da companhia Greyhound para Lancaster e mudara de roupa, colocando esse vestido, essa touca e também as botas, no banheiro minúsculo que ficava na parte de trás do veículo.

Enviou às amigas mensagens de texto informando que estaria em Boston até sexta-feira – se contasse a verdade, pensariam que ela perdera o juízo. E só para o caso de os pais ficarem desconfiados, ela desligara o celular, assim não poderiam ativar a função de rastreamento do GPS e descobrir que ela estava em Lancaster fingindo ser amish.

Emily sempre tivera alguma curiosidade sobre os amish, mas não sabia coisa alguma sobre como era realmente *ser* um amish. Até onde sabia, tudo o que os amish queriam era serem deixados em paz. Eles não gostavam que turistas tirassem fotografias deles, não achavam boa ideia que pessoas não amish invadissem suas propriedades, e os poucos que Emily vira na vida pareciam sérios e meio rabugentos. Sendo assim, por que A a estava enviando para uma comunidade amish? Lucy Zook conhecia Ali? Será que Ali tinha fugido de Rosewood e se tornado amish? Aquilo parecia impossível, mas um fiapo de esperança pairou sobre o coração de Emily. Seria possível que Lucy... *fosse* Ali?

A cada instante, Emily pensava em novas razões pelas quais — e de que maneira — Ali ainda poderia estar lá fora em algum lugar.

Quando Emily e suas amigas se encontraram com a sra. DiLaurentis no dia seguinte ao desaparecimento de Ali, a sra. DiLaurentis perguntara às meninas se elas achavam que Ali havia fugido. Emily tinha posto essa lembrança de lado, mas a verdade é que ela e Ali costumavam falar sobre deixar Rosewood para sempre. Elas faziam todo tipo de planos malucos. Elas iriam até o aeroporto e entrariam no primeiro avião disponível que encontrassem. Elas pegariam o trem Amtrak para a Califórnia e dividiriam um apartamento com alguém em Los Angeles.

Emily não conseguia imaginar por que Ali poderia querer deixar Rosewood; sempre desejou secretamente que fosse porque Ali não queria dividi-la com mais ninguém.

Então, no verão entre o sexto e o sétimo anos, Ali desaparecera da face da Terra por duas semanas. Toda vez que Emily telefonava para Ali, a ligação caía na caixa postal. Sempre que telefonava para a casa de Ali, a secretária eletrônica atendia. Mas os DiLaurentis definitivamente estavam em casa — Emily passava na frente da casa deles de bicicleta e via o sr. DiLaurentis lavando o carro na entrada e a mãe de Ali cuidando do jardim. Isso a levou a crer que Ali estivesse zangada com ela, apesar de Emily não ter a menor ideia do motivo. E ela não podia falar sobre aquilo com suas outras amigas. Spencer e Hanna estavam de férias com suas famílias, e Aria encontrava-se em um acampamento de arte na Filadélfia.

Duas semanas mais tarde, Ali ligou para ela, assim, do nada.

– *Onde* você estava? – perguntou Emily, rispidamente.

– Eu fugi! – cantarolou Ali.

Quando Emily não respondeu, ela riu.

– Estou brincando. Fui a Poconos com minha tia Giada. Lá não pega celular.

Emily examinou a placa mais uma vez. Por mais que desconfiasse das ordens misteriosas de A para que ela fosse a Lancaster – afinal de contas, A as manipulara para que acreditassem que Wilden e Jason eram os assassinos de Ali, enquanto a verdade era que Ali estava viva –, uma frase não saía da sua cabeça: *O que você faria para encontrá-la?* Ela faria qualquer coisa, claro.

Respirando fundo, Emily subiu os degraus que levavam à varanda da frente. Havia uma porção de camisas penduradas no varal, apesar de estar tão frio lá fora que elas pareciam meio congeladas. Saía fumaça da chaminé, e um enorme moinho nos fundos da propriedade estava em funcionamento. O cheiro de fermento de pão recém-saído do forno invadia o ar gelado.

Emily olhou para trás, observando as fileiras distantes de talos de milho mortos. Será que A a estava observando naquele momento?

Ela ergueu a mão e bateu três vezes à porta, sentindo-se muito nervosa. *Por favor, que Ali esteja aqui*, rezou baixinho. Houve um rangido e depois um estrondo. Um vulto escapuliu pela porta de trás e desapareceu por entre o milharal. Parecia um garoto mais ou menos da idade de Emily, vestindo uma jaqueta forrada, jeans, tênis brilhantes vermelhos e azuis. Ele corria como um louco e não olhou para trás.

O coração de Emily estava disparado. Momentos depois, a porta da frente foi aberta. Uma adolescente apareceu. Ela usava um vestido como o de Emily, e seu cabelo castanho estava preso em um coque. Os lábios dela encontravam-se bem vermelhos, como se tivesse acabado de beijar alguém. Ela olhou para Emily sem dizer uma palavra, os olhos cheios de desdém. Emily sentiu o estômago se contrair de decepção.

— Meu nome é Emily Stoltzfus — disse Emily atrapalhada, repetindo o nome que A anotara. — Sou de Ohio. Você é Lucy?

A menina parecia surpresa.

— Sim — respondeu ela com cautela. — Você veio para o casamento de Mary neste fim de semana?

Emily piscou. A não dissera nada sobre um casamento. Será que o nome amish de Ali era Mary? Talvez ela estivesse sendo forçada a se casar tão nova e A enviara Emily para salvá-la. Mas a passagem de volta de Emily era para sexta-feira à tarde, mesmo dia e horário em que o grupo jovem retornaria de Boston. Ela não poderia ficar para um casamento que provavelmente ocorreria no sábado, sem deixar os pais desconfiados.

— Hã, eu vim ajudar nos preparativos – disse ela, esperando não parecer incrivelmente tola.

Lucy deu uma olhada para algo atrás de Emily.

— Aí vem Mary. Quer cumprimentá-la?

Emily seguiu seu olhar. Mas Mary era bem menor e mais atarracada que Ali. Seu cabelo escuro estava preso em um coque apertado, o que destacava suas bochechas gorduchas.

— Hã, tudo bem – disse Emily séria, o coração disparado, olhando com mais atenção para Lucy, que tinha os lábios contraídos como se estivesse se contendo para não revelar um segredo.

Elas passaram a uma sala de estar, iluminada apenas por uma luminária a gás que ficava no canto. Cadeiras e mesas de madeira feitas à mão estavam dispostas contra as paredes. Numa estante no canto havia um pote cheio de aipo e uma cópia bem gasta da Bíblia. Lucy andou até o centro da sala e encarou Emily cuidadosamente.

— De que lugar de Ohio você é?

— Ah... De perto de Columbus. – Emily falou a primeira cidade de Ohio da qual conseguiu se lembrar.

— Ah. – Lucy coçou a cabeça. Aquela parecia ser uma resposta aceitável. – Foi o pastor Adam que mandou você para mim?

Emily engoliu em seco.

— Sim? – disse ela, incerta. Ela se sentia como uma atriz atuando em uma peça, mas sem que ninguém tivesse se preocupado o suficiente em lhe dar um roteiro.

Lucy fez um barulho de desagrado e olhou para trás, na direção da porta.

— Ele sempre pensa que esse tipo de coisa vai fazer com que eu me sinta melhor – resmungou ela, amarga.

— Desculpe? — Emily estava surpresa por ver como Lucy parecia chateada. Ela pensou que os amish fossem eternamente calmos e controlados.

Lucy gesticulou com a mão magrinha e branca.

— Não, *sou eu* quem pede desculpas. — Ela se virou e olhou para um corredor comprido. — Você vai ficar com a cama da minha irmã — disse ela de forma prática, levando Emily até um quarto pequeno. Lá dentro havia duas camas idênticas cobertas por colchas coloridas feitas à mão. — É a cama da esquerda.

— Qual é o nome da sua irmã? — perguntou Emily, espiando as paredes brancas e nuas.

— Leah. — Lucy socou um travesseiro.

— Onde ela está?

Lucy atingiu o travesseiro com mais força ainda e deu as costas para Emily, como se tivesse feito algo vergonhoso.

— Eu já ia começar a ordenha. Vamos lá.

Dito isso, ela marchou para fora do quarto. Depois de um momento, Emily a seguiu, percorrendo uma série de salas e corredores. Ela enfiou a cabeça dentro de cada sala na esperança de ver Ali em alguma delas, sentada em uma cadeira de balanço, um dedo sobre os lábios, ou encolhida atrás de algum móvel, abraçada aos próprios joelhos. Por fim, elas atravessaram a enorme cozinha iluminada, que tinha um cheiro forte de lã molhada, e Lucy a conduziu através da porta dos fundos até um enorme celeiro. Uma porção de vacas esperava dentro das baias alinhadas, com suas caudas balançando. Depois de verem as garotas, algumas delas começaram a mugir. Lucy entregou um balde de metal para Emily.

— Você começa pela esquerda. Eu vou pela direita.

Emily afundou os pés no chão coberto de feno. Ela nunca ordenhara uma vaca antes, nem mesmo quando fora deportada pelos pais para a fazenda dos tios em Iowa no inverno passado. Lucy já tinha dado meia-volta e começado a ordenhar a primeira vaca ao seu lado. Sem saber o que mais poderia fazer, Emily se aproximou da vaca mais próxima da porta, posicionou o balde embaixo de seu úbere e se abaixou. Aquilo não podia ser tão difícil. Mas a vaca era gigantesca, com membros fortes e um traseiro largo digno de nota. Vacas davam coices feito cavalos? Vacas *mordiam*?

Ela estalou os dedos, espiando as outras baias. *Se uma vaca mugir nos próximos dez segundos, tudo ficará bem*, pensou, buscando conforto num jogo supersticioso que criara para se acalmar em situações tensas como aquela. Depois, em silêncio, Emily contou até dez mentalmente. Não houve nenhum mugido, embora ela tivesse ouvido um ruído muito parecido com um peido.

— E aí?

Emily ergueu os olhos. Lucy a estava encarando.

— Você nunca ordenhou uma vaca?

— Hã... — Emily tentou pensar em uma resposta. — Bem... Não. Nós temos tarefas muito específicas no lugar de onde eu venho. Ordenhar não faz parte das minhas tarefas.

Lucy olhou para ela como se nunca tivesse ouvido nada parecido.

— Você vai ter que fazer isso enquanto estiver aqui. Não é nada difícil. É só puxar e espremer.

— Ah, tudo bem — murmurou Emily. Ela se virou para a vaca. As tetas do bicho balançavam. Emily tocou em uma, parecia cheia, algo feito de borracha. Quando ela a apertou, o leite que jorrou para o balde tinha uma cor estranha, meio amarelada, nada parecida com a do leite que sua mãe comprava no Fresh Fields.

— Muito bem — disse Lucy logo atrás dela. Ela exibia uma estranha expressão. — Aliás, por que está falando em inglês?

O cheiro forte do feno fazia os olhos de Emily coçarem. Os amish não falavam inglês? Ela havia lido vários artigos na Wikipédia sobre os amish na noite anterior, tentando reunir o máximo de informação possível sobre eles — como deixara aquilo passar? E por que A não dissera nada a respeito?

— Sua comunidade não falava holandês na Pensilvânia? — perguntou Lucy perplexa.

Nervosa, Emily ajeitou sua touca de lã. Seus dedos cheiravam a leite azedo.

— Bem... Não. Nós somos bem progressistas.

Lucy balançou a cabeça atônita.

— Caramba, você é sortuda. Nós devíamos trocar de lugar. Você fica aqui, e eu me mudo para lá.

Emily riu, apavorada, mas já um pouco mais relaxada. Talvez Lucy não fosse tão má. E talvez até mesmo a comunidade amish não fosse tão má — pelo menos era calma e sem dramalhões.

Mas Emily se sentia um pouco desapontada. Não parecia que Ali estava se escondendo nessa comunidade. Por que A a enviara para lá? Para fazê-la se sentir estúpida? Para distraí-la? Para tirá-la do caminho com alguma aventura maluca do tipo *caça ao ganso selvagem*?

Como se fosse um sinal, uma das vacas soltou um longo mugido e adubou um pouco o chão coberto de feno do celeiro.

Emily cerrou os dentes.

Talvez uma caçada à vaca selvagem fosse mais apropriada.

11

MÃE, FILHA E UMA SALADINHA

Assim que Spencer pisou no saguão do spa Fermata, abriu um enorme sorriso. O lugar cheirava a mel, e os sons suaves e borbulhantes da fonte instalada num dos cantos eram calmantes e tranquilizadores.

— Marquei uma massagem profunda, uma esfoliação corporal de cenoura e uma limpeza de pele com oxigênio — disse a mãe de Spencer, pegando sua carteira. — E fiz reservas para duas para um almoço tardio na Feast.

— Uau — falou Spencer. Feast, o bistrô ao lado do spa, era onde a sra. Hastings e Melissa almoçavam regularmente.

A sra. Hastings apertou o ombro de Spencer, o cheiro do Chanel n°5 que ela usava pinicando seu nariz. Uma esteticista mostrou a Spencer o armário onde ela poderia colocar suas roupas e vestir um roupão e chinelos. Antes que se desse conta, estava deitada em uma mesa de massagem sentindo-se derreter em uma poça de gosma.

Spencer não se sentia assim tão próxima de seus pais havia muito tempo. Na noite anterior, ela e o pai assistiram ao *O poderoso chefão* no escritório, ele citando todas as falas de cor e, depois, ela e a mãe começaram a planejar o evento beneficente Clube de Caça Rosewood Day que aconteceria em dois meses. Além disso, quando verificou suas notas da escola pelo computador naquela manhã, viu que havia tirado A na última prova de economia avançada. Notícias boas como essas exigiam uma mensagem de agradecimento para Andrew – ele fora seu professor particular –, e ele respondeu dizendo que sabia que ela conseguiria. Ele também perguntou se ela queria ir com ele ao baile do Dia dos Namorados, que seria em algumas semanas. Spencer disse que sim.

Mas a conversa que tivera com Melissa ainda a incomodava, assim como o bilhete de A falando sobre a grande armação. Spencer não conseguia acreditar que sua mãe faria Melissa culpar Ian pelo assassinato de Ali. Melissa provavelmente entendera errado a preocupação da mãe. E no que dizia respeito a A... Bem, Spencer certamente não confiava em nada que A tivesse a dizer.

– Querida? – A voz da massagista flutuou até ela. – Você ficou tensa de repente, parece feita de pedra! Relaxe!

Spencer forçou seus músculos a relaxarem. Barulho de ondas do oceano e de gaivotas vinham do aparelho de som. Ela fechou os olhos fazendo três respirações curtas da técnica iogue. Respiração de Fogo. Ela *não* devia exagerar. Provavelmente era isso mesmo que A queria.

Depois da massagem, da esfoliação de cenoura e da limpeza de pele com oxigênio, Spencer se sentiu relaxada, hidratada e maravilhosa. Sua mãe estava esperando por ela no Feast, bebendo um copo de água sabor limão e lendo um exemplar da revista *MainLine*.

— Foi incrível — disse Spencer, desabando na cadeira. — Muito obrigada.

— O prazer é meu — respondeu a sra. Hastings, desdobrando seu guardanapo e colocando-o bem arrumado em seu colo. — Qualquer coisa para ajudá-la a relaxar depois de tudo o que passou.

Elas ficaram em silêncio. Spencer olhou para o prato de cerâmica à sua frente. Sua mãe passou o dedo indicador na beirada do copo. Depois de dezesseis anos em segundo plano, Spencer não tinha ideia do que lhe dizer. Nem conseguia se lembrar da última vez que estiveram só as duas juntas.

A sra. Hastings suspirou e olhou distraída para o bar de carvalho no canto. Alguns clientes estavam sentados em bancos altos, tomando martínis da hora do almoço e taças de chardonnay.

— Eu não queria que as coisas ficassem assim, sabe — disse ela, como se lesse a mente de Spencer. — Eu nem sei direito o que aconteceu.

Melissa aconteceu, pensou Spencer. Mas ela apenas deu de ombros e mexeu os dedos dos pés no compasso de "Für Elise", uma das últimas músicas que ela aprendera em suas aulas de piano.

— Eu exigi muito de você na escola, e isso a afastou de mim — lamentou a mãe, baixando a voz quando quatro mulheres muito bem penteadas passaram em direção à cabine dos fundos, carregando colchonetes de ioga e bolsas Tory Burch, seguidas pela recepcionista do restaurante. — Com Melissa era mais fácil. Havia poucas crianças que se destacavam na turma dela. — Ela fez uma pausa para tomar um gole d'água. — Mas com você... Bem, sua turma era diferente. Eu via como você estava satisfeita sendo a segunda da classe. E eu queria que você fosse líder, não uma sombra.

O coração de Spencer disparou, a conversa do dia anterior com Melissa ainda fresca em sua mente. *Mamãe não era exatamente a maior fã de Ali*, dissera Melissa.

— Você quer dizer... Alison? – perguntou ela.

A sra. Hastings tomou um gole controlado de sua água com gás.

— Ela é um exemplo, sim. Alison definitivamente gostava de ser o centro das atenções.

Spencer escolheu as palavras com cuidado.

— Você achava que *eu* deveria ser?

A sra. Hastings fez biquinho.

— Bem, eu achava que você podia ter se imposto mais. Como naquela vez que Alison pegou a vaga no time de hóquei e você não. Você apenas... *aceitou* aquilo. Você normalmente brigaria mais pelo que queria. E sem dúvida merecia aquela vaga.

O restaurante de repente começou a cheirar a batatas-doces fritas. Três garçons saíram com pompa da cozinha, levando um pedaço de bolo para uma mulher elegante e de cabelos grisalhos algumas mesas à frente. Eles cantaram parabéns para ela. Spencer passou a mão na nuca, que estava um pouco suada. Por anos, esperara que alguém dissesse em voz alta que Ali não era tudo aquilo, mas agora que havia acontecido ela só se sentia culpada e um pouco na defensiva. Será que Melissa estava certa? Sua mãe *não gostava* de Ali? Aquilo soava como uma crítica pessoal. Afinal, Ali fora sua melhor amiga, e a sra. Hastings sempre gostou de todas as amigas de Melissa.

— De qualquer forma – disse a sra. Hastings depois de os garçons terem parado de cantar, enlaçando seus longos dedos –, eu temia que você estivesse se acostumando a ficar em segundo lugar, então comecei a exigir mais de você. Percebo agora que o problema era comigo, e não com você. – Ela ajeitou uma mecha do cabelo atrás da orelha.

— O que você quer dizer? – perguntou Spencer, segurando a beirada da mesa.

A sra. Hastings olhou fixamente para um enorme quadro de Magritte, *Ceci n'est pas une pipe,* do outro lado do restaurante.

— Não sei, Spence. Talvez não valha a pena falar nisso agora. É algo que eu ainda não discuti com sua irmã.

Uma garçonete passou, carregando uma bandeja de saladas Waldorf e *focaccias*. Do lado de fora da janela, duas mulheres empurrando carrinhos de bebê Maclaren conversavam e riam. Spencer se inclinou para a frente, sua boca seca como papel. Quer dizer que havia um segredo tal como A dissera. Spencer esperava que não tivesse a ver com Ali.

— Tudo bem – disse ela com coragem. – Pode me contar.

A sra. Hastings pegou um batom Chanel, passou nos lábios e, em seguida, balançou os ombros.

— Como você sabe, seu pai frequentou a faculdade de direito em Yale – começou ela.

Spencer fez que sim. Seu pai fazia doações anuais para a faculdade de Yale e tomava café em sua caneca do Handsome Dan, o buldogue-mascote de lá. Na festa de Natal da família, ele sempre bebia muita gemada e cantava a música de guerra de Yale, "Boola Boola", com os antigos colegas de faculdade.

— Bem, eu também frequentei a faculdade de direito em Yale — disse a sra. Hastings. — Foi onde conheci seu pai.

Spencer colocou a mão na boca imaginando se havia entendido errado.

— Achei que vocês tivessem se conhecido em uma festa em Martha's Vineyard — guinchou ela.

Sua mãe deu um sorriso melancólico.

— Um de nossos primeiros encontros foi nessa festa. Mas nos conhecemos na primeira semana de aula.

Spencer desdobrou e redobrou seu guardanapo de pano no colo.

— Como eu nunca soube disso?

Uma garçonete chegou, dando a Spencer e sua mãe os cardápios. Quando ela saiu, a sra. Hastings continuou:

— Porque eu não *terminei* a faculdade de direito. Depois do primeiro ano, engravidei de sua irmã. A vovó Hastings descobriu e exigiu que seu pai e eu nos casássemos. Decidimos que eu trancaria a matrícula em Yale por alguns anos e cuidaria do bebê. Eu planejava voltar...

Uma expressão que Spencer não conseguia entender surgiu no rosto da mãe.

— Mudamos a data de nossa certidão de casamento porque não queríamos que parecesse um casamento de conveniência. — Ela afastou uma mecha de cabelo claro dos olhos. Um BlackBerry apitou duas mesas à frente. Um homem no bar gargalhou alto. — Era o que eu queria. Mas também sempre quis ser advogada. Sei que não posso controlar o que acontece em sua vida, Spence, mas quero garantir que você tenha todas as oportunidades do mundo. É por isso que fui tão dura com você em tudo... notas, o prêmio Orquídea

Dourada, esportes. Mas peço desculpas. Eu não agi bem com você.

Spencer olhou para a mãe por um longo tempo, sem palavras. Alguém derrubou uma bandeja de pratos na cozinha, mas ela não se abalou.

A sra. Hastings estendeu a mão em cima da mesa e tocou a mão de Spencer.

— Espero que não seja um fardo ouvir isso. Eu só queria que você soubesse a verdade.

— Não — engasgou Spencer. — Isso explica muito. Fico feliz que você tenha me contado. Mas por que não voltou para a faculdade depois que Melissa cresceu?

— Eu só... — A sra. Hastings deu de ombros. — Nós queríamos você... e o tempo passou. — Ela se inclinou para a frente. — Por favor, não conte para Melissa. Você sabe como ela é sensível. Ela iria se preocupar pensando que eu me arrependo da gravidez.

Por dentro, Spencer sentiu uma pequena excitação. Quer dizer que *ela* era a filha que eles tinham planejado... e Melissa, a que simplesmente acontecera.

E talvez esse fosse o segredo que A mencionara, embora não tivesse nada a ver com Ali ou com o fato de a sra. Hastings não gostar dela. Mas quando Spencer pegou um pedaço de pão, uma lembrança discreta da noite em que Ali desaparecera voltou à sua mente.

Depois que Ali as deixou no celeiro, Spencer e as outras decidiram ir embora para suas casas. Emily, Hanna e Aria chamaram seus pais para buscá-las, e Spencer voltou para casa e entrou em seu quarto. A televisão estava ligada no andar de baixo — Melissa e Ian estavam no escritório —, mas seus pais não estavam em lugar nenhum. O que era estranho, porque era bem típico deles não permitir que Spencer ou Melissa ficassem sozinhas com meninos na casa.

Spencer entrara debaixo do edredom, triste com a forma como a noite terminara. Algo a acordou bem mais tarde. Quando foi até o corredor e olhou por sobre o corrimão, viu dois vultos na entrada. Um deles era Melissa, ainda com a blusa cinza de mangas largas e a tiara de seda preta que usava antes. Ela estava sussurrando exasperadamente com o sr. Hastings. Spencer não conseguiu ouvir muito do que eles falavam, só que Melissa parecia brava e o pai na defensiva. A certa altura, Melissa deu um grito frenético.

– Eu não acredito em você – disse ela. E seu pai disse algo que Spencer não conseguiu entender. – Onde está mamãe? – perguntou, próxima à histeria. – Precisamos encontrá-la! – Em seguida eles correram em direção à cozinha e Spencer fechou a porta rapidamente e voltou correndo para o quarto.

– Spence?

Spencer teve um sobressalto. Sua mãe estava olhando para ela do outro lado da mesa com olhos arregalados. Quando Spencer olhou para suas mãos segurando o copo d'água com firmeza, percebeu que estava tremendo descontroladamente.

– Você está bem? – perguntou a sra. Hastings.

Spencer abriu a boca, depois a fechou bem depressa. Essa lembrança era real ou um sonho? Sua mãe também teria desaparecido naquela noite? Mas era implausível que ela tivesse visto o verdadeiro assassino de Ali. Se tivesse visto, teria ido à polícia imediatamente. Ela não era assim tão insensível – ou inescrupulosa. E que razão teria para acobertar algo assim?

— Onde você estava agora? — perguntou a sra. Hastings, com a cabeça de lado.

Spencer apertou as palmas das mãos amaciadas pelo banho de creme. Já que elas estavam sendo honestas uma com a outra, talvez pudesse falar sobre isso.

— Eu... Eu estava só pensando sobre a noite em que Ali desapareceu — desabafou.

A sra. Hastings brincou com o brinco de diamantes de dois quilates em sua orelha direita, tentando entender. Em seguida, sua testa se enrugou. As linhas em volta de sua boca pareciam feitas a cinzel. Seus olhos se voltaram para o prato.

— *Você* está bem? — perguntou Spencer rapidamente, seu coração quase na garganta.

A sra. Hastings deu um sorriso contido.

— Aquilo tudo foi terrível, querida. — Sua voz caiu uma oitava. — Não vamos mais falar sobre aquela noite.

Em seguida ela se virou, chamando a garçonete para anotar o pedido. Ela parecia indiferente quando pediu a salada de frango asiática com o molho de gergelim à parte, mas Spencer não podia deixar de ver que sua mão apertava a faca bem forte, seu dedo passando pela beirada afiada da lâmina.

12

ATÉ UM HOSPÍCIO PRECISA
DE ALGUÉM FASHION

Hanna olhava em volta no refeitório da Clínica Preserve, em Addison-Stevens, segurando uma bandeja de frango assado e legumes cozidos no vapor. O refeitório ocupava uma grande sala quadrada com piso de madeira cor de mel e contava com pequenas mesas rústicas, um piano de cauda Steinway preto e lustroso de um lado e uma parede com janelas que davam para a pradaria reluzente. Havia quadros abstratos texturizados nas paredes e cortinas de veludo cinza nas janelas. Em uma mesa quase ao fundo ficavam duas máquinas brilhantes de cappuccino, que pareciam muito caras, um enorme refrigerador de aço inox cheio de todo tipo de refrigerante e travessas e mais travessas de bolos de chocolate, tortas merengue de limão e *brownies* com calda *toffee* de aparência divina. Não que Hanna fosse comer sobremesa, é claro. O lugar devia ter um Prêmio James Beard de melhor confeiteiro, mas a última coisa de que ela precisava era ganhar cinco quilos.

Sem dúvida, seu primeiro dia no hospício não havia sido tão ruim. Passara a primeira hora observando os contornos de gesso do teto do quarto, ruminando sobre o quanto sua vida era uma droga. Depois, uma enfermeira veio até seu quarto e lhe deu uma pílula como se aquilo fosse um Tic Tac. Mas era Valium, e ali ela podia tomar um sempre que quisesse.

Depois, Hanna teve uma consulta com sua terapeuta, a dra. Foster, que prometeu entrar em contato com Mike e dizer a ele que Hanna não tinha permissão para usar o telefone ou enviar e-mails, exceto aos domingos à tarde, para que ele não pensasse que ela o estava ignorando. A terapeuta também disse que, durante as sessões, Hanna não tinha que falar sobre Ali, A ou Mona, se não quisesse. E finalmente, a terapeuta reiterou várias vezes que nenhuma das meninas no andar de Hanna sabia quem ela era – a maioria estava na clínica por tanto tempo que nunca ouvira falar em A ou Ali, para começo de conversa.

– Quero dizer que você não precisa se preocupar com isso enquanto estiver aqui – disse a dra. Foster, dando tapinhas carinhosos na mão de Hanna.

E essa conversa tomou toda a terapia. *Ponto para mim.*

Em seguida, era a hora do almoço. Todo mundo na ala feminina estava reunido em mesas com três ou quatro lugares. A maioria dos pacientes usava roupa de hospital ou pijamas de flanela, tinha os cabelos despenteados, rosto sem maquiagem e unhas sem esmalte. Mas também havia algumas poucas mesas com meninas bonitas usando jeans skinny, longas túnicas e suéteres macios de caxemira, com cabelos brilhantes e o corpo malhado. Mas nenhuma delas prestara atenção em Hanna ou a convidara para sentar com elas. Todas pareciam olhar através dela, como se Hanna fosse apenas uma imagem bidimensional desenhada em papel vegetal.

Parada ali na entrada do refeitório, apoiando-se em um pé e depois no outro, Hanna sentiu como se tivesse voltado para o refeitório de Rosewood Day no primeiro dia do sexto ano. O pessoal do sexto ano pertencia oficialmente ao ensino fundamental II da escola, o que significava que podiam almoçar com os garotos do sétimo e oitavo anos. Hanna tinha ficado parada na entrada da cantina do mesmo jeito que agora, desejando ser bonita, magra e popular o suficiente para sentar com Naomi Zeigler e Alison DiLaurentis. Logo depois, Riley Wolfe deu um encontrão no cotovelo de Hanna, e o espaguete com almôndegas dela se esparramou em seus sapatos e pelo chão. Anos e anos depois ela ainda conseguia ouvir a risada aguda de Naomi, o barulho de desdém de Ali e o "Oh, me desculpe" sem vontade e falso de Riley. Hanna saíra correndo do refeitório, chorando.

– Com licença?

Hanna se virou e viu uma garota baixinha e rechonchuda com cabelos castanhos opacos e aparelho nos dentes. Ela a teria confundido com uma menina de doze anos, mas a garota tinha seios enormes. Seu apertado moletom cor de melão fazia com que parecessem melões de verdade. Com uma pontada de tristeza, Hanna pensou em Mike. Ele teria feito algum comentário safado do tipo "Que peitolicioso!".

– Você é a garota nova? – perguntou a menina. – Parece meio perdida.

– Hã, sim, sou. – Hanna enrugou o nariz sentindo um súbito cheiro de Vick VapoRub, como na casa de sua avó. Parecia estar exalando da pele da menina.

— Meu nome é Tara. — A menina cuspiu um pouco quando falou.

— Hanna — murmurou Hanna, apática, afastando-se um pouco para o lado para deixar uma ajudante de uniforme cor-de-rosa passar.

— Quer comer conosco? É horrível comer sozinha. Todas passamos por isso.

Hanna baixou os olhos para o chão de madeira encerado, considerando suas opções. Tara não parecia maluca, só meio idiota. E ela não tinha muitas opções.

— Ah, claro — disse ela, esforçando-se para ser educada.

— Ótimo! — Tara deu um pulinho, e seus peitos também.

Tara serpenteou pelo salão, guiando Hanna para uma mesa de quatro lugares ao fundo. Uma menina magra como um palito, com um rosto longo abatido e pele goticamente branca, estava comendo um prato de penne sem molho, e uma ruiva gorda com uma falha visível nos cabelos, logo acima da orelha direita, devorava uma espiga de milho.

— Estas são Alexis e Ruby — declarou Tara. — E esta aqui é Hanna. Ela é nova!

Alexis e Ruby cumprimentaram acanhadas. Hanna respondeu, sentindo-se cada vez mais desconfortável. Estava morrendo de curiosidade de perguntar àquelas meninas por que elas estavam ali, mas a dra. Foster havia enfatizado que os diagnósticos não deviam ser discutidos, a não ser nas sessões particulares ou na terapia de grupo. Em vez disso, os pacientes deviam fingir que estavam ali por vontade própria, como se aquele fosse algum tipo de acampamento excêntrico.

Tara sentou-se perto de Hanna e imediatamente começou a lidar com a impressionante montanha de comida em seu prato: um hambúrguer, um pedaço de lasanha, vagem na manteiga com amêndoas e um enorme pedaço de pão, tão grande quanto a palma da mão de Hanna.

– Quer dizer que este é o seu primeiro dia, certo? – perguntou Tara animada. – Como foi?

Hanna deu de ombros, imaginando se Tara tinha problemas de superalimentação.

– Meio chato.

Tara fez que sim com a cabeça, mastigando com a boca aberta.

– Eu sei. O lance de não ter internet é um saco. Você não pode tuitar ou escrever no blog, nem fazer outras coisas. Você tem um blog?

– Não – respondeu Hanna, tentando não desdenhar. Blogs eram para pessoas que não tinham uma vida.

Tara engoliu outra garfada. Estava com uma afta bem pequena no canto da boca.

– Você se acostuma. A maioria das pessoas aqui é bem legal. Só tem umas duas meninas de quem você deve ficar longe.

– Elas são umas vadias – disse Alexis, com uma voz surpreendentemente grave para alguém tão magra.

As outras meninas gargalharam maliciosamente à menção da palavra *vadias*.

– Elas ficam o tempo todo no spa – disse Ruby, revirando os olhos. – Não passam um dia sem fazer as unhas.

Hanna quase engasgou com um cabo do brócolis, certa de que ouviu mal o que Ruby disse.

– Você falou que este lugar tem um spa?

– Sim, mas tem custo extra. – Tara enrugou o nariz. Hanna passou a língua sobre os dentes. Como ela não sabia sobre o spa? E quem se importa se tem custo extra? Ela estava colocando todos os tratamentos na conta de seu pai. Ele bem que merecia.

— E aí, quem é sua companheira de quarto? — perguntou Tara.

Hanna enfiou sua bolsa de couro granulado Marc Jacobs embaixo da cadeira.

— Eu não a conheci ainda.

Sua companheira não havia retornado ao quarto o dia todo. Provavelmente fora mandada para alguma sala de isolamento acolchoada ou algo assim. Tara sorriu.

— Bem, você devia ficar com a gente. Nós somos demais! — Ela apontou para Alexis e Ruby com o garfo. — Nós inventamos peças de teatro sobre os funcionários do hospital e apresentamos em nossos quartos. Ruby geralmente é a principal.

— Ruby está destinada aos palcos da Broadway — afirmou Alexis. — Ela é mesmo *muito* boa.

Ruby corou e baixou a cabeça. Alguns grãos de milho estavam grudados em sua bochecha direita. Hanna tinha a sensação de que o mais perto que Ruby ia chegar de um palco da Broadway seria como caixa na lanchonete do saguão.

— Nós brincamos de *America's Next Top Model*, também — continuou Tara, atacando a lasanha.

Isso instantaneamente fez com que Alexis e Ruby ficassem histéricas. Elas bateram palmas e cantarolaram a música de abertura do programa, bem desafinadas:

— *I wanna be on top! Na na na na NA na!*

Hanna se encolheu na cadeira. Parecia que todas as luzes na cantina haviam diminuído, exceto aquelas acima de sua mesa. Meninas de mesas vizinhas se viraram e ficaram olhando.

— Vocês fingem que são modelos? — perguntou ela, baixinho.

Ruby tomou um gole de Coca-Cola.

— Não exatamente. Na maioria das vezes, apenas juntamos roupas de nossos armários e desfilamos pelo corredor como se fosse uma passarela. Tara tem umas roupas muito legais. E ela tem uma bolsa Burberry!

Tara cobriu a boca com um guardanapo.

— É falsa — confessou ela. — Minha mãe comprou para mim em Chinatown, em Nova York. Mas parece mesmo de verdade.

Hanna sentiu sua vontade de viver escorrendo lentamente pelas solas dos pés. Viu duas enfermeiras conversando perto do balcão de sobremesas e desejou poder pedir uma dose dupla de Valium ali mesmo.

— Tenho certeza que sim — mentiu ela.

De repente uma menina loura observando-as de perto das sopeiras chamou sua atenção. Seus cabelos eram claros como palha de milho, tinha uma pele linda e branca e uma presença encantadora e indefinível. Um tremor serpenteou pelo corpo de Hanna. *Ali?* Ela olhou de novo e se deu conta de que o rosto da menina era mais redondo, seus olhos eram verdes, não azuis, e todo o rosto era mais anguloso que o de Ali. Hanna respirou fundo, bem devagar.

Mas em seguida a menina começou a vir na direção de Hanna, Tara, Alexis e Ruby, desviando das mesas em seu caminho. No rosto, o mesmo sorriso sarcástico de Ali quando estava prestes a provocar alguém. Hanna olhou desconsolada para suas companheiras de jantar. Em seguida, passou as mãos pelas coxas e ficou tensa. Suas pernas estavam mais grossas que o normal? E por que seus cabelos pareciam quebradiços e espetados? Seu coração disparou. E se, só de sentar aqui com aquelas idiotas,

Hanna tivesse instantaneamente voltado a ser brega e fracassada como na fase pré-Ali? E se tivessem brotado um queixo duplo e costas gordas, e se seus dentes tivessem apodrecido instantaneamente? Nervosa, Hanna apanhou um pedaço de pão da cesta sobre a mesa. Quando estava prestes a enfiar tudo na boca, ela se contraiu com horror. O que estava fazendo? A fabulosa Hanna *nunca* comia pão.

Tara percebeu a menina vindo na direção delas e cutucou Ruby. Alexis se sentou direito. Todas prenderam a respiração quando a menina se aproximou da mesa. Quando tocou o braço de Hanna, a garota se arrepiou, esperando o pior. Ela provavelmente tinha se transformado em um horrendo duende.

— Você é a Hanna? — perguntou a menina com uma voz clara e doce.

Hanna tentou falar, mas as palavras ficaram presas em sua garganta. Ela fez um som que era uma mistura de um soluço com um arroto.

— Sim — finalmente conseguiu dizer, as bochechas pegando fogo.

A menina esticou sua longa mão. Suas unhas compridas estavam pintadas de preto Chanel.

— Eu sou Iris. Sua companheira de quarto.

— O-Oi — disse Hanna com cautela, olhando nos olhos verde-claros amendoados de Iris.

Iris deu um passo para o lado, olhando Hanna de cima a baixo. Em seguida, ofereceu a mão.

— Venha comigo — disse Iris, alegre. — Nós não andamos com fracassadas.

Todas na mesa deram um suspiro de ultraje. O rosto de Alexis era longo como o de um cavalo. Ruby alisou o cabelo nervosamente. Tara chacoalhou a cabeça com veemência, como se Hanna estivesse prestes a comer algo venenoso. Ela murmurou a palavra *vadia*.

Mas Iris cheirava a lilases, não a Vick VapoRub. Estava usando o mesmo cardigã comprido de caxemira da Joie que Hanna comprara duas semanas atrás na Otter e não tinha partes da cabeça sem cabelo. Há muito tempo, Hanna prometera nunca mais ser uma idiota de novo. Aquelas regras se aplicavam mesmo dentro de um hospital psiquiátrico.

Dando de ombros, ela se levantou e apanhou a bolsa do chão.

– Desculpem, meninas – disse ela de modo doce, mandando um beijo para elas. Depois disso, passou o braço pelo cotovelo de Iris, que a estava aguardando, e foi embora, sem olhar para trás nem sequer uma vez.

Ao atravessarem a cantina, Iris se debruçou sobre o ouvido de Hanna.

– Você teve a maior sorte por ter sido posta no quarto comigo em vez de com uma daquelas loucas. Sou a única normal aqui.

– Graças a Deus – sussurrou Hanna, revirando os olhos.

Iris parou e deu uma longa e dura olhada em Hanna. Um sorriso tomou seu rosto, um sorriso que parecia dizer *Sim, você é legal*. E Hanna percebeu que Iris seria legal também. Mais que legal. As duas então trocaram um olhar de reconhecimento, petulante, que só meninas bonitas e populares entendiam.

Iris enrolou um cacho de cabelo louro-claro em volta do dedo.

– E aí, máscara de lama depois do jantar? Acredito que você saiba sobre o spa.

– Combinado. – Hanna fez que sim com a cabeça.

A esperança ressurgiu em seu peito. Talvez o lugar não fosse tão ruim, afinal.

13

UM POUCO DIFERENTE DO QUE VOCÊ IMAGINAVA

Quarta-feira à tarde, Aria sentou-se à mesa da cozinha da nova casa de Byron e Meredith, olhando com tristeza para um pacote de pretzels orgânicos.

A casa havia sido construída na década de 1950 do século passado, tinha formas ornamentadas, deque de três níveis e lindas portas balcão entre os cômodos. Infelizmente, a cozinha era pequena e abarrotada, e os eletrodomésticos não eram trocados desde a época da Guerra Fria. Para compensar o fato de o cômodo ser tão antiquado, Meredith havia tirado o papel de parede xadrez e pintado as paredes de verde fosforescente. Como se *isso* fosse acalmar o bebê.

Mike sentou-se ao lado de Aria, resmungando porque a única bebida da casa era Rice Dream, um leite de soja sem gordura. Byron convidara Mike para vir até a casa deles depois da escola, para que pudesse conhecer Meredith melhor. Mas, até aquele momento, a única coisa que Mike lhe dissera era que seus seios haviam crescido muito desde que ela engravidara. Ela dera um sorriso forçado e depois subira as escadas para ajeitar o quarto do bebê.

Mike mudou o canal da pequena televisão da cozinha para o noticiário.

Pedido público para que as Belas Mentirosas passem pelo teste do polígrafo, lia-se na manchete em caixa-alta na tela. Aria engasgou e se inclinou para a frente.

— Algumas pessoas suspeitam que as quatro meninas de Rosewood que alegam ter visto Alison DiLaurentis possam estar escondendo informações cruciais da polícia – disse para a câmera uma repórter loura e com ar esnobe. O centro de Rosewood, com sua praça pitoresca, seu café francês e sua loja de móveis dinamarqueses, aparecia ao fundo. – Elas foram o centro de vários escândalos envolvendo o caso de Alison DiLaurentis. E no último sábado foram encontradas no local de um incêndio que devastou o bosque onde o sr. Thomas foi visto pela última vez, destruindo qualquer possibilidade de pistas quanto ao seu paradeiro. De acordo com várias declarações, a polícia está pronta para tomar uma atitude contra as Mentirosas, caso surja qualquer evidência de conspiração.

— Conspiração? – repetiu Aria, perplexa. Eles realmente achavam que Aria e as outras tinham ajudado Ian a escapar? Parecia que Wilden estivera certo em sua advertência. Elas perderam toda a credibilidade quando Emily alegou que elas viram Ali. A cidade inteira havia se voltado contra elas.

Ela olhou pela janela para o quintal dos fundos meio distraída. Trabalhadores e policiais estavam espalhados pelo bosque atrás de sua casa, escavando as cinzas à procura de pistas de quem havia ateado fogo na mata. Pareciam formigas ocupadas em um formigueiro. Uma policial estava parada perto de um grande poste telefônico, ao seu lado dois pastores-alemães ofegantes usando coletes da Unidade Canina. Aria queria ir lá para fora correndo com seus chinelos de cânhamo e devolver o anel de Ian onde ela o havia achado, mas guardas e cães estavam patrulhando o perímetro 24 horas por dia.

Suspirando, ela pegou o telefone e começou a digitar para Spencer:

Você viu a notícia sobre o polígrafo?

Spencer respondeu imediatamente:

Sim.

Aria estancou, considerando como fazer a próxima pergunta.

Você acha possível que o espírito de Ali esteja tentando nos dizer alguma coisa? E se foi isso que vimos na noite do incêndio?

Segundos depois de ela enviar a mensagem, Spencer escreveu de volta:

Como se fosse o fantasma dela?

Ela respondeu:

Sim.

De jeito nenhum.

Aria colocou seu telefone virado para baixo na mesa. Não era surpresa que Spencer não acreditasse nela. Na época que elas costumavam nadar juntas no lago Peck, Ali as obrigava a cantar um versinho para que o espírito do homem que havia morrido afogado ali não as machucasse. Spencer era a única que revirava os olhos e se recusava a cantar junto.

— Cara! — disse Mike todo animado, e Aria olhou para ele. — Você *tem* que me dizer como é passar pelo polígrafo. Aposto que é muito legal. — Mas quando viu a expressão de pavor de Aria, zombou dela. — Eu estou *brincando*. Os policiais não vão obrigar você a fazer o teste. Você não fez nada errado. Teria me contado se tivesse feito.

— Você e Hanna estão mesmo namorando? — perguntou Aria, desesperada para mudar o rumo daquela conversa.

Mike ajeitou os ombros.

— É mesmo tão surpreendente assim? Afinal, sou bem gostoso. — Ele enfiou um pretzel na boca, deixando cair um monte de farelo. — E por falar em Hanna, se você andou procurando por ela, ela foi para Cingapura para passar um tempo com a mãe. Ela não está, sei lá, em Vegas treinando para ser *stripper*.

Aria olhou para ele perplexa. Não tinha ideia de como Hanna o aguentava. E, ah, ela não culpava Hanna por ter ido para Cingapura. Aria também faria qualquer coisa para sair de Rosewood. Até Emily saíra da cidade, em alguma excursão da igreja para Boston.

— Ouvi algo sobre você. — Mike apontou para ela de modo acusador, franzindo as sobrancelhas escuras. — Uma fonte confiável me contou que você e Noel Kahn saíram ontem.

Aria rosnou.

— Sua fonte confiável seria o próprio Noel?

— Bem, sim. — Mike deu de ombros. Ele se inclinou para a frente e perguntou com um ar fofoqueiro. — E aí, o que vocês dois fizeram?

Aria lambeu o sal do pretzel de seu dedo. Hummm. Quer dizer que Noel não havia contado a Mike que eles foram a uma sessão espírita? Parecia que ele também não contara para a imprensa.

— Nós só nos encontramos em um lugar.

— Ele gosta muito de você. — Mike apoiou seus tênis sujos na mesa da cozinha.

Aria baixou a cabeça, olhando para o que parecia um pedaço de Kashi no piso azulejado.

— Não, ele não gosta.

— Ele vai dar uma "Festa da hidromassagem" na quinta-feira — disse Mike. — Você sabia disso, não? Os Kahn vão viajar e Noel e seus irmãos vão aproveitar.

— Por que a festa é numa quinta-feira?

— Quinta-feira é o novo sábado — ironizou Mike, revirando os olhos como se *todo mundo* devesse saber disso. — Vai ser muito legal. Você devia ir.

— Não, obrigada — foi logo dizendo Aria. A última coisa que ela queria fazer era ir a outra festa de Noel Kahn, cheias de Típicos Garotos de Rosewood bebendo cerveja direto do barril de cabeça para baixo, Típicas Garotas de Rosewood exibindo seus martínis de chocolate e drinques de gelatina e Típicos Casais de Rosewood se beijando nos sofás estilo Luís XV da família Kahn.

A campainha tocou, e os dois pularam de susto.

— Você atende — disse Aria nervosa. — Se forem os jornalistas, não estou em casa. — Os repórteres tinham se tornado tão caras de pau que vinham até a entrada e tocavam a campainha diversas vezes por dia, tão despreocupados quanto um entregador da UPS. Aria achava que qualquer dia desses eles simplesmente entrariam.

— Sem problemas. — Mike deu uma olhada em seu reflexo no espelho da entrada e alisou seu cabelo para trás.

Quando Mike estava para abrir a porta, Aria se deu conta de que ela estava à vista da varanda da entrada. Se fosse a imprensa, eles iriam passar por Mike e jamais a deixariam em paz. Em pânico e acuada, Aria olhou em volta, foi direto para a despensa e se enfiou de um jeito estranho embaixo de uma prateleira com sacos de arroz integral. Depois, puxou a porta até fechá-la.

A despensa cheirava a pimenta-do-reino.

Um dos mantras de Meredith — palavras gravadas a ferro em grandes blocos de madeira — estava em cima de uma caixa de *cuscuz*. Dizia:

Mulheres, permaneçam unidas.

Aria ouviu a porta da frente se abrir.

— E aííííííí? — gritou Mike. Palmas batendo e passadas de tênis voltavam pelo corredor. *Dois* pares de tênis. Aria espiou entre as ripas da porta da despensa, imaginado o que estaria acontecendo. Para seu horror, ela viu Mike trazendo Noel Kahn para a cozinha. O que *ele* estava fazendo ali?

Mike rodou pela enorme cozinha parecendo confuso. Quando olhou para a despensa, ele levantou uma sobrancelha e abriu a portinha.

— Achei! — exclamou ele. — Ela está junto do arroz!

— Uau. — Noel apareceu atrás de Mike. — Eu queria que tivesse Aria na *minha* despensa!

— Mike! — Aria saiu da despensa com rapidez, como se não estivesse se escondendo. — Era para você falar que eu não estava em casa!

Mike deu de ombros.

—Você disse para eu falar isso só se fosse alguém da imprensa. Não *Noel*.

Aria deu aos dois um olhar cortante.

Ela ainda não confiava em Noel. E estava envergonhada com seu comportamento na sessão espírita também. Ela havia passado vários minutos no banheirinho da loja, encarando feito uma louca aquele cartaz de Pessoa Desaparecida. Noel tinha finalmente batido à porta, explicado a ela que a luz acabara e que todos tinham que ir embora.

Noel se virou e bisbilhotou os exercícios de gravidez que Meredith tinha pendurado na geladeira. Vários deles eram sobre o fortalecimento dos músculos vaginais.

— Eu queria falar com você, Aria. — Ele olhou para Mike. — Em particular, se não for problema.

— Claro! — falou Mike alto. Ele deu uma olhada para Aria, que dizia *Não estrague isso*, depois foi em direção ao escritório.

Aria olhou para todos os cantos, menos para o rosto de Noel.

— Hããã, quer beber alguma coisa? — perguntou ela, sentindo-se um pouco estranha.

— Claro — disse Noel. — Água está ótimo.

Aria colocou o copo no filtro da geladeira, suas costas retas e tensas. Ela ainda conseguia sentir o cheiro da vitamina de alga e abóbora que Meredith tinha feito há quinze minutos. Depois que voltou para a mesa com a bebida dele, Noel tirou de dentro de sua mochila uma sacola plástica cinza e a empurrou na direção de Aria.

— Isso é para você.

Aria enfiou a mão e puxou uma caixa grande de algo que parecia terra. *Incenso do sucesso*, dizia a caixa. Quando Aria encostou-a em seu nariz, ficou vesga. Tinha o cheiro da caixa de areia de seu gato.

— Oh — murmurou ela, incerta.

— Comprei naquela loja esquisita — explicou Noel. — É para trazer sorte. O mago me disse que você tem que queimá-lo em um círculo mágico, o que quer que isso seja.

Aria fungou.

— Ah, obrigada. — Ela colocou o incenso na mesa e enfiou a mão no saco de pretzels. Noel estava tentando pegar o saco ao mesmo tempo. Seus dedos se encostaram.

— Opa — disse Noel.

— Desculpe — disse Aria ao mesmo tempo, afastando a mão. Suas bochechas pegavam fogo.

Noel apoiou seus cotovelos na mesa.

— E aí, você saiu correndo da sessão espírita ontem. Está tudo bem?

Aria enfiou o pretzel na boca bem rápido para que não tivesse que responder.

— Aquele médium é uma farsa — acrescentou Noel. — Um desperdício total de vinte paus.

— Hã-rã — balbuciou Aria, mastigando pensativa. *Isso a deixou muito triste*, dissera Equinox, o médium. Talvez ele fosse fajuto, mas e se essa parte fosse verdade? A sra. DiLaurentis havia insinuado o mesmo no dia seguinte ao desaparecimento de Ali.

Algumas lembranças perturbadoras sobre Ali voltaram à mente de Aria nas últimas vinte e quatro horas também. Como a vez que, não muito tempo depois de terem ficado amigas, Ali convidara Aria para ir com ela e a mãe para a nova casa de férias da família em Poconos. Seu pai e Jason ficariam em Rosewood. A casa era grande, estilo Cape Cod, e tinha um pátio, uma sala de jogos e uma escada escondida que levava de um dos quartos dos fundos para a cozinha. Uma manhã, quando Aria estava brincando na escada sozinha, ela ouvira sussurros no portão.

– Eu me sinto tão *culpada* – estava dizendo Ali.

– Pois não devia – respondeu sua mãe com severidade. – Não é culpa sua. Você sabe que isto é o melhor para sua família.

– Mas... aquele lugar. – Ali pareceu enojada. – É tão... *triste*.

Pelo menos aquilo era o que Aria *pensava* ter ouvido Ali dizer. A voz de Ali ficou muito baixa depois daquilo, e Aria não pôde ouvir mais nada.

De acordo com o livro de registros que Emily encontrou no Radley, Jason começou a frequentar o hospital bem na época em que Aria, Ali e as outras ficaram amigas. Talvez o *lugar* ao qual Ali estivesse se referindo na conversa com a mãe fosse o Radley. Talvez Ali se sentisse culpada por Jason estar lá. Talvez tivesse sido de Ali a decisão final que o mandara para lá. Por mais que Aria não quisesse acreditar que Ali e Jason tivessem problemas, talvez eles tivessem.

Ela sentiu o olhar de Noel esperando por uma resposta. Não valia a pena pensar naquilo agora, especialmente com Noel sentado na sua frente.

— Não existe esse negócio de fantasmas falando com a gente do além-túmulo — afirmou ela, repetindo a certeza de Spencer.

Noel a encarou com indignação, como se Aria tivesse dito a ele que não existe lacrosse. Quando ele se moveu, Aria pôde sentir o cheiro de especiarias e amadeirado de seu desodorante. Era surpreendentemente agradável.

— E se Ali *realmente* tiver algo para dizer a você? Tem certeza que quer desistir agora?

A suspeita remexeu o estômago de Aria. Muito nervosa, ela bateu a mão na mesa.

— Por que você se importa? Alguém o convenceu a fazer isso? É algum tipo de trote do time de lacrosse para me envergonhar?

— Não! — Noel ficou de queixo caído. — Claro que não!

— Então por que você estava em uma sessão espírita? Caras como você não se interessam por esse tipo de coisa.

Noel baixou o queixo.

— O que quer dizer com *caras como eu*?

Meredith bateu uma das portas do andar de cima, fazendo a casa toda tremer. Aria nunca tinha de fato contado a ninguém que ela apelidava caras como Noel de Típicos Garotos de Rosewood — nem para seus pais, nem suas amigas, e certamente não para um Típico Garoto de Rosewood.

— Você parece tão... Ah, tão certinho. — Ela se esquivou. — Bem ajustado.

Noel descansou o cotovelo em uma pilha de catálogos para bebês, seu cabelo escuro caindo no rosto. Ele inspirou algumas vezes, como se estivesse se preparando para dizer algo, e finalmente ergueu os olhos.

— Certo, é verdade, não frequento sessões espíritas porque gosto do Led Zeppelin. — Ele olhou para ela com o canto dos olhos, depois examinou seu copo, como se os cubos de gelo fossem folhas de chá que iriam prever seu futuro. – Dez anos atrás, quando eu tinha seis anos, meu irmão se matou.

Aria piscou, pega de surpresa. Ela pensou nos dois irmãos de Noel, Erik e Preston. Eles eram figuras constantes nas festas da casa dos Kahn, mesmo os dois estando na faculdade.

– Eu não entendi.

– Meu irmão Jared. – Noel enrolou o catálogo de cima firme nas mãos. – Ele era bem mais velho. Meus pais já não falam muito nele.

Aria segurou-se com força na beirada da mesa antiga. Noel tivera outro irmão?

– Como aconteceu?

– Bem, meus pais estavam fora – explicou Noel. – Jared estava tomando conta de mim. Estávamos brincando de *Myst*, um jogo de computador, mas aí ficou tarde e cochilei. Jared parecia relutante em me colocar pra dormir, mas finalmente colocou. Quando acordei um pouco mais tarde, alguma coisa parecia... *esquisita*. A casa estava muito quieta ou algo assim. Eu me levantei e andei até o fim do corredor. A porta de Jared estava fechada, e eu bati, mas ele não respondeu. Então, eu entrei. E... – Noel deu de ombros e soltou o catálogo. Ele caiu aberto em uma página que mostrava um bebê louro sorridente em uma cadeira de balanço vermelha. – Lá estava ele.

Sem ideia do que falar, ela tocou a mão de Noel.

Ele não puxou a mão.

– Ele tinha... você sabe. Se enforcado. – Noel fechou os olhos. – Eu não entendi realmente o que vi, no começo. Achei que ele estava brincando, alguma coisa desse tipo, talvez me castigando por eu não ter conseguido ficar acordado para jogar

Myst com ele por mais tempo. Aí meus pais chegaram em casa e eu não me lembro de mais nada depois disso.

— Deus — sussurrou Aria.

— Ele ia para Cornell no ano seguinte. — A voz de Noel falhou. — Era uma estrela do basquete universitário. A vida dele parecia... *maravilhosa*. Meus pais não perceberam que isso estava para acontecer. Nem meus irmãos ou a namorada dele. Ninguém percebeu.

— Eu sinto muito mesmo — sussurrou Aria. Ela se sentiu uma idiota insensível. Quem diria que Noel tinha um segredo tão terrível? E ela pensando que ele estava zoando com ela. — Você já conseguiu falar com ele nas sessões espíritas?

Noel brincava com o saleiro em formato de sapo no meio da mesa.

— Na verdade, não. Mas continuo tentando. E falo com ele no cemitério muitas vezes. Parece ajudar.

Aria fez uma careta.

— Tentei fazer isso com Ali, mas me sinto sempre tão estranha... Como se estivesse falando comigo mesma.

— Eu não acho — disse Noel. — Acho que ela está ouvindo.

O aspirador de pó rugiu, fazendo vibrar o teto acima deles. Aria e Noel ficaram parados por um momento, ouvindo. Os olhos verdes penetrantes de Noel encontraram os dela.

— Pode guardar segredo sobre isso? Você é tipo a única pessoa que sabe.

— Claro — disse Aria rapidamente, estudando Noel.

Ele não parecia bravo por ela tê-lo forçado a contar isso, de modo algum. Quando ela olhou para baixo, percebeu que sua mão ainda segurava a dele. Ela a puxou rápido, de repente se sentindo muito perturbada. Noel ainda estava olhando para ela. O coração de Aria começou a bater mais rápido. Ela tocou, nervosa, a corrente de prata antiga em volta de seu pescoço. Noel chegou mais e mais perto, até que ela pôde sentir a respiração dele em seu pescoço. Ele cheirava a anis preto, uma das balas preferidas de Aria.

Ela prendeu a respiração, esperando.

Mas aí, como que acordando de um sonho, Noel se afastou, pegou seu copo da mesa e se levantou.

– Acho que vou procurar Mike agora. Até mais tarde.

Acenando para ela discretamente, ele se abaixou para passar pelo arco e foi na direção da sala.

Aria pressionou o copo d'água gelada contra a testa.

Por um momento, ela pensou que Noel ia beijá-la.

E em um momento Aria bem *a*típico, ela meio que desejou que ele o fizesse.

14

ATÉ AS BOAS MENINAS TÊM SEGREDOS

No começo daquela mesma noite de quarta-feira, Emily caminhava pelos campos atrás da casa de Lucy, carregando um balde d'água para os animais no celeiro. O vento soprava forte em seu rosto, fazendo seus olhos lacrimejarem. Algumas casas a distância já tinham suas luzes acesas, e um cavalo puxando uma carroça subia a trilha empoeirada na direção da estrada, o sinal refletor triangular brilhando às suas costas.

— Obrigada — disse Lucy, alcançando Emily. Ela também carregava um balde d'água. — Depois disso, tudo o que temos a fazer é limpar o chão da casa de Mary, para a cerimônia do casamento no sábado.

— Tudo bem — disse Emily. Ela não se atreveu a perguntar por que Mary ia fazer o casamento em casa, em vez de na igreja. Era provavelmente mais alguma tradição amish que Emily devia conhecer.

Elas tiveram um dia cheio, tomado pelas tarefas da fazenda desde cedo, passando horas na escola lendo passagens da Bíblia, ensinando o alfabeto para as crianças mais novas e depois ajudando a mãe de Lucy a preparar o jantar. O sr. e a sra. Zook, pais de Lucy, pareciam saídos de um ensaio fotográfico da *National Geographic* sobre os amish: o pai de Lucy tinha uma barba enorme, cerrada e grisalha, sem bigode, e usava um chapéu preto, e sua mãe tinha um rosto grave, sem um pingo de maquiagem, e raramente sorria. Ainda assim, eles pareciam muito gentis e bondosos, e não suspeitavam que Emily estivesse fingindo. Ou, se suspeitavam, não diziam nada.

Mesmo em meio a toda aquela atividade, Emily ainda procurava pistas sobre Ali aonde quer que elas fossem. Mas ninguém havia pronunciado um nome que fosse ao menos parecido com *Alison* ou falado sobre uma menina desaparecida em Rosewood.

O mais provável era que A tivesse simplesmente pegado um mapa dos Estados Unidos e aleatoriamente escolhido um lugar para despachar Emily, ansiosa por tirá-la de Rosewood. E Emily caíra direitinho.

Ela tentara ligar seu telefone naquela manhã, para ver se A escrevera novamente, mas a bateria tinha acabado. Sua passagem de volta estava marcada para a tarde de sexta-feira, mas ela pensava seriamente em ir embora antes. Qual era a razão para ficar ali, se não conseguia encontrar nenhuma resposta?

Mas uma parte de Emily não queria acreditar que A fosse verdadeiramente má. A dera todos os tipos de pistas para ela e as amigas; talvez elas apenas tivessem montado o quebra-cabeça de forma errada. O que mais A tinha dito que apontava para onde Ali poderia estar agora... ou para onde estivera o tempo todo? Enquanto Emily pensava nisso tudo, ali na varanda, com o vento gelado entrando pela gola de seu vestido, viu uma garota de cabelos escuros carregando um balde d'água para um celeiro do outro lado do campo. Daquela distância, a menina se parecia muito com Jenna Cavanaugh.

Jenna.

Poderia ela ser a resposta? A enviara para Emily uma velha foto de Jenna, Ali e as costas de uma menina loura anônima, provavelmente Naomi Zeigler, no jardim de Ali. *Uma destas coisas não se encaixa*, dissera A na mensagem que acompanhava a foto. *Descubra rápido... ou sofra as consequências.*

A também dera a dica para Emily de que Jenna e Jason DiLaurentis estavam discutindo em frente à janela de Jenna. Emily vira a briga com os próprios olhos, embora não fizesse ideia do motivo da discussão. Por que A lhe mostraria aquelas coisas? Por que A diria que Jenna não se encaixava? Estaria A simplesmente apontando para o fato de que Jenna e Ali eram mais próximas do que todos imaginavam? Jenna e Ali *haviam* conspirado para se livrarem de Toby de uma vez por todas; talvez Ali tivesse confidenciado a Jenna que planejava fugir. Talvez Jenna até mesmo a tenha ajudado.

Emily e Lucy desceram os degraus da frente, atravessando o campo na direção da casa dos pais de Mary. Uma carroça estava parada na trilha de cascalho, e havia uma gangorra antiga junto a um balanço de pneu perto da entrada, ambos cobertos pela neve. Antes de alcançarem a varanda, Lucy olhou para Emily.

— Obrigada por tudo. Você tem sido de grande ajuda.

— Sem problemas — disse Emily.

Lucy se encostou contra a grade da varanda, parecendo não ter terminado de falar. Sua garganta se mexia quando ela engolia em seco, e seus olhos pareciam ainda mais verdes sob a luz que diminuía.

– Por que você está aqui, de verdade?

O coração de Emily batia furioso. Dentro da casa, as meninas podiam ouvir barulhos vindos da cozinha.

– O qu-que você quer dizer? – gaguejou ela. Será que Lucy descobrira tudo?

– Estou tentando entender. O que você fez?

– O que eu fiz?

– Você obviamente foi mandada para cá porque somos uma comunidade mais tradicional. – Lucy ajeitou seu longo casaco de lã sob o quadril e se sentou nos degraus da varanda de madeira. – Isso tudo é para que você volte ao caminho virtuoso novamente, não é? Imagino que algo tenha acontecido a você. Se você precisar desabafar, pode me contar. Não direi nada a ninguém.

Apesar de o ar estar gelado, as palmas das mãos de Emily começaram a suar. O quarto de Isaac apareceu em sua mente. Ela franziu o rosto ao se lembrar dos dois nus sob as cobertas, na cama dele, rindo. Parecia algo tão, tão distante, como se tivesse acontecido com outra pessoa. Durante toda a sua vida, ela imaginara que a primeira vez que fizesse sexo seria especial, cheia de sentido, algo que ela guardaria como um tesouro para o resto de sua vida. Em vez disso, havia sido um grande erro.

– Foi uma coisa com um garoto – admitiu ela.

– Pensei mesmo que pudesse ser algo assim. – Lucy mexia em um pedaço de madeira solto nos degraus. – Quer conversar sobre isso?

Emily olhou para o rosto de Lucy. Ela parecia honestamente sincera, não estava bisbilhotando, nem julgando. Emily sentou-se na varanda, junto a ela.

-- Pensei que estivéssemos apaixonados. Foi tão bom no começo. Mas aí...

— O que aconteceu? — perguntou Lucy.

— Simplesmente não funcionou. — Os olhos de Emily se encheram de lágrimas. — Ele não me conhecia de verdade. E nem eu a ele.

— Seus pais não aprovavam? — insistiu Lucy, piscando seus longos cílios.

Emily riu sarcasticamente.

— Não, na verdade eram os pais *dele* que não aprovavam. — Ela nem precisava mentir sobre aquela parte.

Lucy roía uma de suas unhas pequenas, em forma de lua crescente. A porta da casa se abriu, e uma mulher mais velha, de expressão severa, colocou a cabeça para fora, fez uma careta para elas e desapareceu novamente dentro da casa. Um cheiro cítrico, de produtos de limpeza caseiros, invadiu o nariz de Emily. Lá dentro, as mulheres estavam conversando no dialeto holandês da Pensilvânia, que soava muito parecido com alemão.

— Estou numa situação parecida, também — sussurrou Lucy.

Emily inclinou a cabeça, intrigada. Algo se cristalizou em sua mente.

— É o cara que eu vi saindo correndo da sua casa, na outra noite?

Lucy desviou o olhar para a direita. Duas mulheres amish, bem mais velhas, subiam as escadas e entravam na casa, sorrindo educadamente para elas. Depois que as duas passaram, Emily tocou o braço de Lucy.

— Não direi nada a ninguém. Prometo.

— Ele mora em Hershey — disse Lucy, quase num sussurro. — Eu o conheci quando estava comprando tecidos para a minha mãe. Meus pais me matariam se soubessem que ainda estou falando com ele.

— Por quê?

— Porque ele é *inglês* — disse Lucy, em um tom de voz de quem diz "dã". *Inglês* era o termo amish para definir pessoas normais, do mundo moderno. — E de qualquer modo, eles já perderam uma filha. Não podem me perder também.

Emily observou o rosto de Lucy, tentando entender o que ela queria dizer. Os olhos de Lucy estavam fixos no lago congelado do outro lado da rua. Alguns patos estavam na margem, grasnando irritados. Quando ela se virou para Emily, seus lábios estavam tremendo.

— Você me perguntou ontem onde estava a minha irmã Leah. Ela fugiu, durante a *rumspringa*.

Emily balançou a cabeça. De acordo com os artigos sobre os amish que ela lera na Wikipédia, a *rumspringa* era o período em que os adolescentes amish podiam sair de casa e experimentar coisas que Emily considerava cotidianas, como vestir roupas comuns, trabalhar e dirigir carros. Depois de algum tempo, eles podiam escolher voltar para a fé amish ou abandoná-la para sempre. Ela tinha certeza de que, se eles escolhessem não ser mais amish, nunca mais poderiam ver suas famílias de novo.

— E... bem, ela nunca voltou — admitiu Lucy. — Num dia, ela estava escrevendo cartas para os meus pais, dizendo-lhes o que estava fazendo. No outro... nada. Nenhuma correspondência. Nenhuma palavra. Ela simplesmente... sumiu.

Emily apertou as mãos contra a grade de madeira, dura e gasta da varanda.

— O que aconteceu com ela?

Lucy deu de ombros.

— Eu não sei. Leah tinha um namorado, um garoto que era da nossa comunidade. Eles namoravam havia muito tempo, desde que tinham uns treze anos, mas sempre achei que havia algo estranho nele. Ele parecia... Bem, ele certamente não a merecia. Fiquei muito feliz quando ele decidiu deixar a comunidade para sempre depois da *rumspringa*. Mas ele queria que Leah fosse também, ele implorou a ela, na verdade. E ela sempre disse que não. — Lucy limpou a lama seca de suas botas pretas com as mãos. — Meus pais acham que Leah morreu em um acidente ou talvez de causas naturais. Mas eu sempre me perguntei... — Ela se interrompeu, balançando a cabeça. — Eles costumavam brigar. E às vezes as coisas ficavam bem intensas.

Uma rajada de vento arrancou uma mecha de cabelos escuros do coque de Lucy.

Emily estremeceu.

— Nós chamamos a polícia. Eles procuraram por ela, mas não acharam nada. Nos disseram que as pessoas fogem o tempo todo, e que não havia nada que pudéssemos fazer. Nós até contratamos um detetive particular, pensamos que ela poderia ter simplesmente fugido e não queria mais nada conosco. Mas mesmo isso seria alguma coisa. Pelo menos, significaria que ela estava bem. Por um longo tempo, tivemos certeza de que Leah estava em algum lugar lá fora, mas um dia meus pais simplesmente desistiram. Disseram que precisavam de uma conclusão para aquilo tudo. Eu fui a única que continuou esperando.

— Eu entendo — sussurrou Emily. — Também perdi alguém. Mas as pessoas voltam. Coisas impressionantes podem acontecer.

Lucy se virou, olhando para o campo, depois para um silo grande e cilíndrico, onde os grãos eram armazenados.

— Já faz quase quatro anos que ela partiu. Talvez meus pais estejam certos. Talvez Leah tenha realmente morrido.

— Você não pode desistir! — gritou Emily. — Não faz tanto tempo assim!

Um cachorro de fazenda, com pelo castanho e sem coleira, subiu os degraus da varanda, cheirou a mão de Lucy e sentou-se a seus pés.

— Acho que tudo é possível — ponderou Lucy. — Mas talvez eu esteja apenas sendo idiota. Há momentos para manter a esperança, e momentos para deixar tudo no passado. — Ela fez um gesto indicando o pequeno cemitério atrás da igreja. — Nós temos uma lápide para ela. Fizemos um funeral e tudo. Mas não vou lá desde aquele dia.

As lágrimas começaram a escorrer pelo rosto dela. Seu queixo tremeu, e um pequeno gemido escapou do fundo de sua garganta. Inclinando-se sobre as próprias coxas, ela respirou fundo, estremecendo. O cachorro olhava para Lucy, preocupado.

Emily colocou a mão nas costas de Lucy.

— Está tudo bem.

Lucy concordou.

— É tão difícil. — Ela levantou a cabeça. A ponta de seu nariz estava muito vermelha. Ela deu um sorriso triste para Emily. — O pastor Adam está sempre insistindo para que eu fale sobre isso com alguém. Esta foi a primeira vez que eu admiti em voz alta que a Leah pode estar morta. Eu não queria acreditar.

Havia um grande nó na garganta de Emily.

Ela não queria que Lucy acreditasse naquilo, também. Desejava que Lucy tivesse o mesmo tipo de esperança que a própria Emily tinha sobre Ali. Mas como Emily não conhecia Leah pessoalmente, porque ela não era *Ali*, Emily podia ser mais realista a respeito do que poderia ter acontecido. Pessoas que desaparecem geralmente não voltam para casa. Os pais de Lucy provavelmente estavam certos, e Leah devia estar morta.

Uma única estrela brilhante apareceu no horizonte. Desde pequena, Emily fazia um pedido para a primeira estrela que via à noite, recitando o poema *pisca, pisca, estrelinha*. Depois que Ali desaparecera, todos os pedidos de Emily para a estrela eram para ter Ali de volta, sã e salva. Mas, se Emily olhasse para a própria vida de forma tão objetiva como observava a família de Lucy, o que concluiria sobre o que acontecera com Ali? Estaria ela sendo idiota, também? Talvez os médicos estivessem certos; talvez aquela menina no bosque fora simplesmente um produto da imaginação dela. E talvez Wilden também não estivesse mentindo; talvez realmente *houvesse* um relatório de DNA na delegacia cujo resultado combinasse com o de Ali. Talvez Emily tivesse se tornado tão fanática a respeito de Ali estar viva que distorcera os fatos para se encaixarem com suas necessidades, para provar que Ali ainda estava em algum lugar por aí.

E agora, ela viera até a comunidade amish para seguir uma pista que provavelmente nem existia. Alguns minutos antes, ela até mesmo aceitara a ideia de que a doce e inocente Jenna Cavanaugh podia ter ajudado Ali a fugir de Rosewood. Talvez ela precisasse deixar tudo no passado, também, como Lucy e sua família estavam fazendo a respeito de Leah. Talvez aquele fosse o único modo de seguir em frente com sua vida.

Um som metálico, como o de uma panela caindo ao chão, veio de dentro da casa. Em seguida, houve mais barulho, enquanto pratos se quebravam. Uma mulher gritou, soando como uma vaca. Emily olhou para Lucy, tentando não rir. Um dos cantos da boca de Lucy se ergueu. Emily cobriu a boca com as mãos e deixou escapar uma gargalhada. De repente, as duas meninas explodiram em risadas.

A mulher de expressão severa colocou a cabeça para fora da porta e olhou para elas com ar de censura. Aquilo só as fez rir ainda mais.

Emily estendeu a mão e tocou a de Lucy, tomada por afeto e gratidão. Em um universo amish paralelo, ela e Lucy provavelmente seriam boas amigas.

– Obrigada – disse Emily.

Lucy pareceu surpresa.

– Por quê?

Mas Lucy obviamente não entenderia. A podia ter enviado Emily ao território amish para encontrar Ali, mas o que Emily realmente encontrou foi paz.

15

AMIGOS DE FACEBOOK

Spencer e Andrew sentaram no sofá do porão dos Hastings, abraçados e felizes, zapeando pelos canais de TV. As coisas tinham voltado ao normal com Andrew – *melhor* que o normal, sua briga da semana passada há muito esquecida. Eles tuitaram um para o outro flertando durante a aula de estudos dirigidos, e quando Andrew chegou à sua casa, deu a ela uma caixa de presente da J. Crew. Dentro havia uma malha de caxemira de decote em V branca novinha, igualzinha ao suéter favorito de Spencer destruído no incêndio. Spencer contara a Andrew pelo telefone, na segunda-feira, sobre o estrago sofrido pelo suéter. Andrew tinha até acertado seu tamanho.

Ela deixou na CNN, que tinha mudado de uma reportagem sobre o mercado de ações para o anúncio de uma notícia nova que, na verdade, não era nada nova. *Esperando por provas*, a legenda dizia. Havia uma foto de dentro do Steam, a cafeteria de Rosewood Day. Essa filmagem provavelmente devia ter sido feita apenas algumas horas antes, porque na lousa estava escrito:

ESPECIAL DE QUARTA-FEIRA: VITAMINA DE SORVETE DE AVELÃ

Hordas de estudantes usando blazers azul-escuros estavam na fila do café com leite e do chocolate quente. Kirsten Cullen estava falando com James Freed. Jenna Cavanaugh andava como um fantasma na entrada, o cão-guia ao seu lado, arfando. No canto, Spencer espiava a futura meia-irmã de Hanna, Kate Randall, ladeada por Naomi Zeigler e Riley Wolfe. Hanna não estava com elas; Spencer ouvira dizer que Hanna tinha ido para Cingapura. Emily havia ido embora também, em uma viagem para Boston. Era estranho que Emily estivesse de fora de toda aquela agitação – tinha sido tão insistente para que a polícia procurasse por Ali –, mas isso também era bom.

– O resultado do DNA do corpo encontrado no quintal da família DiLaurentis será divulgado em breve – disse uma voz. – Vamos ver a reação dos antigos colegas de classe de Alison.

Spencer mudou de canal rápido. A última coisa que ela queria ouvir era alguma garota idiota, que não conhecia Ali, falar sobre como isso tudo era uma *tragédia*. Andrew apertou a mão dela para confortá-la e balançou a cabeça.

Em outro canal, o rosto de Aria apareceu. Repórteres a perseguiam quando ela corria do Civic de seu pai para dentro de Rosewood Day.

– Srta. Montgomery! Acredita que alguém provocou o incêndio para encobrir uma pista crucial? – gritou uma voz. Aria continuou andando, sem responder. Uma manchete apareceu na tela.

O que esta Mentirosa está escondendo?

– Opa. – O rosto de Andrew ficou vermelho. – Eles realmente precisam parar com isso.

Spencer massageou as têmporas. Pelo menos Aria não estava declarando que elas tinham visto Ali. Mas aí ela pensou sobre as mensagens que recebera de Aria mais cedo naquele dia, sugerindo que o espírito de Ali estava tentando lhes dizer algo importante sobre a noite em que morreu. Spencer não acreditava em nenhuma dessas bobagens, mas suas palavras fizeram com que se lembrasse de algo que Ian tinha dito no dia em que escapara da prisão domiciliar. *E se eu dissesse que há algo que vocês não sabem?*, ele havia sussurrado quando se encontraram na varanda da casa dela. *Há um segredo que vai fazer sua vida virar de cabeça para baixo.* Ian estava errado em pensar que Jason e Wilden estavam envolvidos no assassinato de Ali, mas ela ainda acreditava que havia algo acontecendo ali que nenhuma delas compreendia.

O despertador do relógio de mergulho de Andrew tocou, e ele se levantou.

– O comitê do baile do Dia dos Namorados me chama – grunhiu. Ele se debruçou e deu um beijinho em sua bochecha, em seguida apertou sua mão relaxada. – Você está bem?

Spencer não olhou para ele.

– Acho que sim.

Ele levantou a cabeça, esperando.

– Tem certeza?

Spencer abriu e fechou suas mãos. Não havia motivo para tentar esconder, Andrew tinha uma estranha habilidade de saber quando algo a incomodava.

– Eu descobri umas coisas bem loucas sobre meus pais – desabafou ela. – Minha mãe guardou esse grande segredo de mim, sobre como ela e meu pai se conheceram. O que me faz pensar se ela não está escondendo outras coisas também. – *Como, por exemplo, por que não vamos mais falar sobre a noite em que Ali morreu?*, ela quase acrescentou.

Andrew enrugou o nariz.

– Por que não conversa com ela sobre isso?

Spencer tirou um pedacinho de fiapo imaginário de seu suéter de caxemira lilás.

– Porque parece que ela não quer tocar no assunto.

Andrew sentou-se de novo.

– Olha. A última vez que suspeitou de algo sobre sua família, você especulou pelas costas deles para descobrir a verdade... E acabou se queimando no final. Seja lá o que for, converse a respeito. De outra forma, você vai acabar entendendo a coisa errada.

Spencer fez que sim. Andrew a beijou, calçou seus sapatos velhos e batidos, colocou seu casaco de lã e saiu. Ela o observou andando pela trilha em seu jardim, depois suspirou. Talvez ele estivesse certo. Especular não faria nenhum bem a ela.

Ela estava no segundo lance das escadas quando ouviu sussurros na cozinha. Curiosa, ela parou, aguçando os ouvidos para escutar.

– Você tem que ficar quieta sobre isso – falou sua mãe exasperada. – É muito importante. Pode fazer isso desta vez?

– *Sim* – respondeu Melissa na defensiva.

E aí elas saíram pela porta dos fundos. Spencer ficou parada, seus ouvidos zunindo com o silêncio. Se Melissa não estava bem com a mãe, por que as duas estavam compartilhando segredos? Ela pensou de novo sobre o que sua mãe tinha dito a ela no dia anterior – o segredo que nem Melissa conhecia. Spencer ainda não conseguia aceitar a ideia de que sua mãe fora uma estudante de direito em Yale. Quando ouviu a porta da garagem abrir e a Mercedes sair, de repente precisou de provas tangíveis.

Virando-se, Spencer entrou no escritório escuro e cheirando a charuto de seu pai. A última vez que estivera ali, ela havia gravado o disco rígido inteiro do computador em um CD e encontrado a conta do banco que a metera em toda a confusão criada por Olivia. Procurando na estante de livros que continham edições de direito, a primeira edição de Hemingway e placas de congratulações por ganhar tais e tais processos, ela notou um livro vermelho enfiado em um canto de cima. Livro do Ano da Turma de Direito de Yale, dizia a lombada.

Sem fazer barulho, arrastou a cadeira da mesa Aeron do pai para perto da estante de livros, subiu no assento instável e pegou o livro com a ponta dos dedos. Quando o abriu, o cheiro de papel úmido se espalhou pelo ar. Uma foto antiga também caiu, escorregando pelo piso de madeira recém-encerado. Ela se inclinou e a pegou. Era uma pequena Polaroid quadrada de uma mulher loura grávida em frente a um prédio de tijolos bonitinho. O rosto da mulher estava desfocado. Não era a mãe de Spencer, mas havia algo familiar nela. Ela virou a foto. A data estava escrita na parte de trás, 2 de junho, quase dezessete anos atrás. Será que era Olivia, a mãe de aluguel de Spencer? Spencer nasceu em abril, mas talvez Olivia não tivesse perdido o peso da gravidez imediatamente.

Spencer colocou a foto de volta no livro e folheou as páginas com fotos dos estudantes do primeiro ano de direito. Ela achou seu pai logo de cara. Ele estava quase idêntico ao que é hoje, exceto que seu rosto se encontrava um pouco menos desgastado pelo tempo e seu cabelo era mais grosso e comprido. Respirando fundo, ela passou as páginas até chegar à letra M de Macadan, o sobrenome de solteira de sua mãe. E lá estava ela, com o mesmo cabelo louro superliso na altura do queixo e um sorriso largo e deslumbrante. Havia uma marca amarela meio apagada de xícara de café acima de sua foto, como se o pai de Spencer tivesse deixado o livro aberto nesta página, namorando cheio de saudade a foto da esposa por um longo tempo.

Era mesmo verdade – sua mãe fora uma estudante de Yale.

A esmo, Spencer folheou mais algumas páginas. Os estudantes do primeiro ano estavam sorrindo com muito entusiasmo, sem ter ideia do quanto a faculdade de direito seria difícil. Em seguida, algo piscou em seu cérebro. Ela olhou o nome de um dos estudantes, depois examinou sua foto. Um homem jovem, de cabelo claro e um nariz muito grande e adunco, amedrontadoramente familiar, olhava para ela. Ali sempre dizia que, se ela tivesse herdado aquele nariz, teria ido direto para o cirurgião plástico e arrumado aquilo.

Pontinhos passavam diante dos olhos de Spencer. Isso tinha que ser outra alucinação. Ela olhou o nome do aluno de novo. E outra vez ainda.

Kenneth DiLaurentis.

Era o pai de Ali.

Bipe.

O livro caiu de suas mãos. Seu celular vibrou dentro do bolso de seu cardigã. Spencer olhou pela janela do escritório do pai, sentindo de repente que alguém a observava. Teria acabado de ouvir uma gargalhada? Aquilo era uma pessoa correndo atrás da cerca? Seu coração disparou enquanto abria o telefone.

> Você acha isso maluquice? Dê outra olhada no disco rígido de seu pai... começando pelo J. Você não vai acreditar no que irá encontrar. – A

16

MELHOR IMPOSSÍVEL

Hanna e Iris sentaram-se juntas a uma mesa redonda no café da clínica, cafés com leite superquentes, iogurte orgânico caseiro e taças de frutas frescas logo em frente. Elas definitivamente tinham a melhor mesa do lugar – não apenas a que ficava mais distante do escritório das enfermeiras, mas também a que lhes permitia ter uma vista primorosa da janela que dava para onde o jardineiro gostosão estava tirando a neve da entrada de carros com uma pá, usando uma camiseta de manga comprida bem justa. Iris cutucou Hanna.

– *Aimeudeus.* Tara vai comer um merdilo!

Hanna virou a cabeça rapidamente. Tara estava sentada com Alexis e Ruby à mesma mesa que sentaram quando Hanna estivera com elas, duas noites atrás, e tinha acabado de enfiar um mirtilo na boca.

– *Ecaaaaaaaaaa!* – exclamaram Hanna e Iris em uníssono. Por alguma razão, lá mirtilos eram chamados de *merdilos*. E comê-los não era considerado nem um pouco glamoroso.

Tara parou e sorriu com esperança para elas.

— Oi, Hanna! O que é nojento?

— Você — desdenhou Iris.

O sorriso de Tara evaporou. Uma explosão vermelha subiu por suas bochechas gorduchas. Seus olhos estudaram Hanna, um ar vingativo e acre no rosto. Hanna olhou para o outro lado, orgulhosa, fingindo que não tinha percebido. Em seguida, Iris se levantou e jogou seu iogurte no lixo.

— Venha, Han. Tenho uma coisa para mostrar a você. — E pegou Hanna pelo braço.

— Aonde vocês vão? — resmungou Tara, mas as duas meninas a ignoraram.

Iris deu uma fungada quando saíam da cantina e iam pelo longo corredor em direção aos quartos dos pacientes.

— Você está vendo os sapatos dela? Ela diz que são Tory Burch, mas parecem mais com Loja de 1,99.

Hanna concordou e depois sentiu uma pontada de culpa. Tara havia sido a primeira menina a falar com ela. Mas não interessava, não era culpa de Hanna que Tara fosse tão sem noção.

E, além disso, andar com Iris fez com que a estada de Hanna na clínica Preserve em Addison-Stevens — ou a Preserve, como todo mundo por lá a chamava — se tornasse *fabulosa*. Ela mostrou a Hanna a academia e o spa, e na noite anterior, elas roubaram loções de limpeza, tonificantes e máscaras de leite de uma sala de tratamento do spa e fizeram limpeza de pele uma na outra. Hanna havia acordado esta manhã em um jogo de cama de cem fios, bem descansada pela primeira vez no que pareciam anos, e suas pernas já pareciam mais finas por causa das frutas e dos vegetais orgânicos que ela vinha comendo.

Hanna e Iris tinham ficado amigas instantaneamente e passaram horas em seu quarto conversando. Iris admitira na lata que ela estava na Preserve por causa de uma desordem alimentar — "a *única* razão aceitável para estar aqui", completou ela. Hanna dissera rapidamente que ela estava ali por razões alimentares, também — o que era meio que verdade.

A primeira vez que Iris fora mandada para a Preserve para tratamento foi quando estava no sétimo ano, disse ela. Passara uma semana inteira sem comer. Ela saíra a tempo para as férias de verão — bem na época que Ali desapareceu, Hanna não conseguiu deixar de reparar —, mas a mãe de Iris a forçou a voltar no começo de outubro, quando seu peso diminuiu de novo. A Preserve não era o único hospital onde Iris tinha ficado internada, mas ela disse que gostava mais dali.

Só de saber dos problemas alimentares de Iris fez com que Hanna ficasse menos envergonhada dela mesma. Seguras em seu quarto, ela não se esforçava para esconder o diário de comida que fazia desde o verão depois do sétimo ano - um registro de todas as calorias que comia em um dia. Nem enlouquecia quando Iris a flagrava tentando entrar no seu jeans do oitavo ano, que ela trouxe com o propósito expresso de ver se estava ganhando ou perdendo peso. Na verdade, Iris também tinha um velho jeans justo em seu armário.

O que quer que A pretendesse, mandando Hanna para aquele lugar, estava tendo o efeito oposto. O que levou Hanna a uma nova teoria: talvez A estivesse do lado de Hanna. Talvez A a tivesse mandado para lá para tirá-la do caos de Rosewood, para mantê-la a salvo de quem quer que houvesse iniciado aquele incêndio.

Hanna seguiu Iris por um corredor amarelo até uma porta sinalizada como saída de emergência. Iris franziu as sobrancelhas, colocou o dedo sobre os lábios, em seguida digitou números em um pequeno teclado à esquerda da maçaneta. A trava se soltou, e a porta se abriu. No alto de uma escada de metal ficava uma sala pequena e aconchegante, grande o suficiente para acomodar duas poltronas confortáveis. Pichações cobriam as quatro paredes e havia murais incríveis de rostos de pessoas, árvores grandes e delgadas, umas duas corujas estilizadas e toneladas de recados e nomes rabiscados. Havia também uma grande pilha de revistas *People* e *Us Weekly* contrabandeadas no peitoril da janela.

– Nossa! – Hanna respirou fundo.

– Este é meu esconderijo secreto – disse Iris, jogando os braços abertos em pose de *tã-dã!*. – Sou a única agora que sabe a senha para entrar aqui. A maioria dos funcionários nem sabia da existência desta sala, e os que sabem deixam que eu faça o que eu quiser. – Ela ergueu um exemplar da revista *People*. Angelina Jolie estava na capa, como sempre. – Uma pessoa as traz escondido para mim. Sou totalmente viciada. Tenho um monte na gaveta do meu criado-mudo também. Você pode lê-las, contanto que não conte a ninguém sobre isso

– Absolutamente – disse Hanna, sorrindo. – Obrigada.

Iris gesticulou na direção dos desenhos nas paredes.

– São todos de ex-pacientes. Não é incrível?

Hanna fez que sim, embora ela sentisse arrepios de medo quando olhava para todos aqueles nomes. *Eileen. Stef. Jenny.* Por que elas estiveram ali? Do que sofriam – de uma desordem alimentar ou déficit de atenção, razões aceitáveis para vir para a clínica ou algo mais assustador? O irmão de Ali, Jason, aparentemente tinha passado algum tempo em um hospital como esse quando se encontrava no ensino médio. Seu nome estava escrito por todo canto no diário que Emily achou no escritório na festa do Radley.

Era estranho que Ali nunca tivesse contado esse segredo para nenhuma delas. Havia apenas uma lembrança que Hanna tinha na qual Ali talvez insinuara os problemas mentais de Jason. No começo do sétimo ano, Hanna e Ali estavam sozinhas em um domingo à tarde, tentando escolher as roupas para o dia seguinte. Quando Ali tirava uma calça de veludo cotelê da Citizens, o telefone tocou. Ali atendeu e ficou em silêncio. Sua boca ficou pequena, e seu rosto empalideceu. Hanna ouviu uma risada assustadora e aguda através do receptor.

— Pela última vez, pare com isso, seu perdedor! – gritou Ali, e desligou.

— Quem era? – sussurrou Hanna.

— Só meu irmão idiota – murmurou Ali.

E aí ela não falou mais sobre aquilo.

Mas agora Hanna tinha certeza que Jason estava ligando de Radley – os registros encontrados por Emily diziam que ele havia sido admitido por algumas horas nos fins de semana. Talvez ele tivesse ligado para Ali de lá para assustá-la.

Babaca.

Iris se acomodou em uma das cadeiras, e Hanna sentou na outra. Em silêncio, as duas olharam para os rabiscos e nomes. *Helena. Becky. Lidsay.*

— Eu me pergunto onde elas todas estão agora – disse Hanna baixinho.

—Vai saber – respondeu Iris, passando a mão por seu cabelo louro. – Embora eu tenha ouvido um boato sobre uma paciente que ia ser admitida por, tipo, duas semanas, mas seus pais a esqueceram. Ela ainda vive aqui... no *porão*.

Hanna fungou.

— Isso não é verdade.

— É, provavelmente não. Mas nunca se sabe.

Iris colocou a mão debaixo da almofada e pegou uma pequena câmera descartável embrulhada em papel verde.

— Eu contrabandeei isto aqui para dentro também. Quer tirar uma foto da gente juntas?

Hanna hesitou — a última coisa que ela queria era uma prova de que ela estivera em um hospital psiquiátrico.

— Você não vai conseguir mandar revelar — disse ela cautelosamente.

— Eu quero mandar a câmera para o meu pai. — Iris baixou os olhos. — Não que ele abra minhas cartas. — Seu lábio inferior começou a tremer. — Nós éramos muito próximos, mas aí ele aceitou esse emprego superestressante como reitor em algum hospital idiota. Ele não tem mais tempo para mim. E agora que estou aqui... — Ela deu de ombros. — Eu não existo para ele.

— Meu pai também é assim — engasgou Hanna, impressionada por terem mais isso em comum. — Eu costumava conversar com ele sobre tudo, mas aí ele se mudou e arranjou essa nova namorada, Isabel. Agora eles moram na minha casa com a filha perfeita dela, Kate. — Ela encolheu os dedos dos pés. — Kate não faz absolutamente nada errado. Meu pai é obcecado por ela.

— Não acredito que seu pai possa gostar de alguém mais do que de você. — Iris parecia aterrorizada.

— Obrigada — disse Hanna agradecida, olhando pela pequena janela do sótão para as quadras de tênis vazias atrás do hospital. Por muito tempo ela acreditara que seu pai não a amava mais porque ela não era bonita e perfeita. Mas Iris *era* perfeita... e ainda assim seu pai a tratava como lixo. Talvez as filhas não fossem o problema... Talvez os pais fossem.

Furiosa, ela pegou a câmera da mão de Iris e a segurou no meio das duas, à frente.

—Vamos mostrar o dedo do meio para todos os pais idiotas do mundo.

— É isso aí — disse Iris, e contando até três, as duas apertaram seus rostos um contra o outro e levantaram seus dedos do meio.

Hanna apertou o botão.

— Demais! — disse Iris, colocando a câmera de volta na bolsa.

Hanna fez um gesto chamando Iris, para que dividissem uma poltrona. Ambas eram magras o suficiente para caber. A sala cheirava um pouco a canela e madeira deixada ao sol.

— Como você descobriu este lugar, afinal?

— Courtney me deu a senha — disse Iris, chutando suas sapatilhas Maloles com presilhas estilo náutico.

Hanna cutucou sua unha. A única coisa levemente perturbadora sobre Iris era que ela falava sem parar sobre sua antiga companheira de quarto, Courtney, que aparentemente era a primeira-dama da Preserve. No dia anterior, ela contara doze histórias diferentes sobre essa vagabunda da Courtney. Não que Hanna estivesse dando muita atenção a isso.

— E aí, quando Courtney foi embora? — perguntou Hanna da forma mais desinteressada possível.

Um lado da boca de Iris virou para baixo.

— Novembro, talvez? Não consigo lembrar.

Ela estendeu o braço até a caneca de metal e pegou uma caneta hidrográfica.

— E aí, o que aconteceu com ela? Ela está bem agora?

Iris destampou a caneta e começou a rabiscar na parede.

—Vai saber? Não falo com ela desde que foi embora.

Hanna sentiu uma pontinha de triunfo.

— Por quê?

Iris deu de ombros, rabiscando distraída.

— Ela mentiu sobre a razão pela qual estava aqui. Ela disse que era por causa de uma leve depressão, mas os problemas dela eram muito maiores, e eu só descobri depois. Ela era tão problemática quanto as outras pacientes daqui.

O vento rangeu contra as cortinas. Hanna fingiu uma tosse, escondendo sua expressão culpada. Não que ela tivesse sido particularmente sincera com Iris sobre a razão de estar ali, nem contara nada sobre Ali, A ou Mona.

Iris tirou a caneta da frente, revelando o que havia desenhado na parede. Era um poço dos desejos antigo, completo com um teto em formato de A e uma manivela. Hanna piscou com força, atordoada. Pequenos arrepios dançavam pelos seus braços. O poço dos desejos era aterrorizantemente familiar... e definitivamente não era uma coincidência.

— Por que você desenhou isso? — sussurrou ela.

Iris parou por um momento, com aparência de quem fora apanhada fazendo algo errado. Nervosa, colocou a tampa de volta na caneta. O coração de Hanna batia cada vez mais rápido. Por fim, Iris apontou para a bolsa de Hanna.

— Sua bolsa estava aberta na escrivaninha hoje. Eu não quis bisbilhotar, mas aquele negócio da blusa estava bem em cima. O que é isso, afinal?

Hanna olhou para sua bolsa e voltou a respirar.

Claro. Ela andava carregando a bandeira da Cápsula do Tempo de Ali por todo lado como se fosse o diamante Hope, nunca deixando-a fora de alcance.

Ela tocou o tecido com as pontas dos dedos. Com certeza, o desenho do poço dos desejos estava em cima, bem visível. Perto dele havia um símbolo que Hanna não conseguia decifrar – parecia uma letra em um círculo com um traço passado através dele, como uma placa de Proibido Estacionar. Mas em vez da letra E, havia um *I*... ou *J* manchado. Talvez de Jason. *Nenhum Jason É Permitido*. Ela estremeceu. Toda vez que ela olhava para a bandeira de Ali, parecia que a amiga estava por perto, observando-a. Por um momento, ela quase achou que conseguia detectar um cheirinho do sabonete de baunilha favorito de Ali.

Hanna sentiu os olhos de Iris nela, esperando por uma resposta.

Não conte a ela, falou uma voz dentro de sua cabeça. *Se você contar a verdade, ela vai pensar que você é uma doida.*

– É para um jogo que fazemos na escola. – Ela ouviu a si mesma dizer casualmente. – Estou guardando para uma amiga, Alison. – Ela fechou o zíper da bolsa e a enfiou embaixo da cadeira.

Iris olhou para seu relógio Movado e grunhiu:

– Droga. Tenho terapia agora. *É tããããão* chato. – Ela descruzou as pernas e se levantou.

Hanna também se levantou. As duas meninas desceram as escadas, passaram pela porta secreta e foram embora. Hanna ainda estava abalada por causa do desenho do poço dos desejos. Sentia como se precisasse tomar um Valium e se deitar. Se ao menos ela pudesse ligar para Mike. Ela sentia saudade de ouvir a voz dele, até mesmo seus comentários lascivos. A regra de sem telefonemas que eles tinham nesse lugar era um saco.

Ela estava destrancando a porta de seu quarto quando alguém atrás dela tossiu. Tara estava pulando para cima e para baixo, passando a língua de modo nojento sobre seu aparelho.

– Oh! – Hanna ficou meio decepcionada. – Oi.

Tara colocou suas mãos em seus quadris carnudos.

– Quer dizer que você e Iris são companheiras de quarto? – murmurou ela.

– Sim – disse Hanna com uma voz *dã*. Tara estava com Hanna quando Iris se apresentou. E o nome das duas estava escrito na porta com tinta dourada brilhante.

– Quer dizer que você sabe dela?

Hanna virou a fechadura e ouviu a trava soltar.

– O que há para saber?

Tara enfiou as mãos nos bolsos do moletom de tecido felpudo.

– Iris é doida de pedra. É por isso que ela está aqui. Então, não faça nada para deixá-la brava. Estou falando como amiga.

Hanna estudou Tara por um momento. Sua pele parecia quente, depois fria. Ela abriu a porta com força.

– Tara, nós *não somos* amigas. – Ela bateu a porta na cara da garota.

Uma vez dentro do quarto, ela sacudiu a tensão de suas mãos.

– Problema seu. – Ela ouviu Tara dizer atrás da porta. Depois observou pelo olho mágico enquanto a garota ia embora. De repente, Hanna se deu conta de que ela sentira repulsa por Tara desde o começo. Tara tinha o mesmo corpo troncudo, braços horrorosos e cabelo castanho sem brilho que Hanna tinha antes de sua transformação no oitavo ano. Era como olhar para seu antigo eu, no tempo em que ela era triste, nada popular e perdida. Antes de ela ser bonita. Antes de ela ser *alguém*.

Hanna sentou-se na cama e apertou as têmporas com os dedos.

Se Tara fosse um pouco parecida com a antiga Hanna por dentro, era óbvia a razão pela qual ela dissera aquilo sobre Iris – e por que Hanna não devia acreditar em uma palavra daquilo. Tara estava com um ciúme insano e voraz – como Hanna tivera de Ali.

Olhando para seu reflexo exausto no espelho do outro lado do quarto, ela invocou o jargão que Ali costumava usar o tempo todo, aquele que Hanna adotou para si depois que Ali desapareceu.

Eu sou Hanna, e eu sou fabulosa.

Seus dias como Tara já acabaram havia muito tempo.

17

APENAS OUTRA FARRA NA CASA DOS KAHN

Quando Aria e Mike chegaram à gigantesca casa dos Kahn na quinta à noite, já havia milhares de carros estacionados na entrada e no gramado. A música vinha de dentro da casa, e Aria ouviu alguém mergulhando na banheira lá nos fundos.

— Sensacional! — disse Mike, saindo do carro pela porta do passageiro. Em um piscar de olhos, ele havia corrido metade do caminho pela lateral da casa em direção ao quintal dos fundos. Aria olhou sem acreditar. Que maravilha de acompanhante.

Ela saiu do carro e se juntou a uma turma de meninas magras e bonitas da escola preparatória Quaker que se dirigiam à entrada da casa de Noel. As meninas pareciam competir para ver quem era a mais loura. Elas usavam chapéus de pele combinando, que provavelmente custaram mais que a roupa inteira de Aria. Ela se sentiu malvestida e estranha perto delas, em seu vestido de lã angorá verde-escuro, botas de camurça verde e polainas. As meninas se empurravam na varanda, cada uma tentando desesperadamente ser a primeira a chegar à porta, empurrando Aria também, como se ela não estivesse lá.

Quando Aria estava prestes a se virar e correr de volta para o carro, Noel abriu a porta, vestindo uma camiseta preta lisa e sunga preta.

— Você veio! — Ele correu até Aria e apenas Aria, ignorando as outras meninas. — Está pronta para a hidromassagem?

— Eu não sei — respondeu Aria, tímida. No último minuto, ela colocara um biquíni na bolsa, mas ainda não tinha decidido se iria ou não usá-lo. Ela nem sequer sabia o que estava fazendo ali. Aquela não era exatamente a sua turma. Noel franziu a testa.

— É uma *festa* da hidromassagem. Você vai entrar, sim.

Aria riu, tentando relaxar. Mas, então, Mason Byers segurou no braço de Noel e perguntou onde estava o abridor de garrafas. Naomi Zeigler passou dançando e disse que uma menina bêbada e tonta de tanta maconha estava vomitando no lavabo. Aria suspirou, sentindo-se vencida. Era uma Típica Festa dos Kahn — o que ela esperava? Que só porque Noel e ela haviam compartilhado algo especial no dia anterior ele cancelara os barris de chope e em vez disso iria promover uma sofisticada festa de queijos e vinhos?

Como se sentisse a irritação dela, Noel olhou por cima do ombro para Aria e levantou um único dedo.

— *Volto em um minuto* — murmurou ele.

Aria passou pelas escadas duplas e pelos lendários leões de mármore que o sr. Kahn afirmava ter conseguido na tumba de um faraó egípcio. À sua direita estava a sala de estar, cheia de O'Keeffes e Jasper Johnses autênticos. Ela entrou na enorme cozinha de aço inox. Havia garotos e garotas por todos os cantos.

Devon Arliss estava misturando bebidas em um liquidificador. Kate Randall estava desfilando pela sala em um minúsculo biquíni Missoni. Jenna Cavanaugh estava debruçada na janela, cochichando algo na orelha da ex-namorada de Emily.

Aria parou para ter certeza do que via. Jenna *Cavanaugh*? Ninguém se dera ao trabalho de dizer a ela que seu cão-guia estava lambendo cerveja de uma poça do chão ou que alguém havia posto um sutiã de renda preto em volta do pescoço dele, os bojos pendurados como se fossem uma gravata-borboleta.

De repente, Aria ficou desesperada para saber o motivo da briga que Jenna e Jason tiveram na casa dela na semana anterior, quando Emily os viu pela janela. Aria fora a melhor amiga de Ali, mas Jenna parecia saber muito mais a respeito da família de Ali do que Aria – inclusive os supostos "problemas de irmãos" que Ali tinha com Jason. Aria atravessou a multidão, mas novos garotos não paravam de entrar na cozinha, bloqueando sua passagem. Quando Aria conseguiu enxergar a janela de novo, Jenna e Maya tinham desaparecido.

Vários rapazes da equipe de natação de Rosewood Day foram até onde Aria estava e pegaram algumas cervejas da caixa térmica embaixo da mesa. Aria sentiu um cutucão em seu braço. Quando ela se virou, viu uma menina com cabelo louro de farmácia, pele imaculada e peitos grandes olhando para ela. Ela era uma das meninas da escola Quaker que Aria vira mais cedo na varanda da frente.

– Você é Aria Montgomery, certo? – perguntou a garota. Aria concordou, e a menina deu um sorriso sarcástico, que Aria já conhecia. – *Bela Mentirosa* – cantarolou ela.

Uma morena esquelética em um vestido de seda fúcsia também se aproximou.

— Você viu Alison hoje? — provocou ela. — Você a vê agora? Ela está parada bem ao seu lado? — Ela agitou os dedos na frente de seu rosto de maneira assustadora.

Aria deu um passo para trás, dando um encontrão na mesa redonda da cozinha.

A zombaria continuou.

— *Eu vejo gente morta* — disse Mason Byers em falsete, encostando-se no balcão perto do suporte de panelas.

— Ela gosta da atenção — debochou Naomi Zeigler, que estava perto da porta de vidro. Atrás dela ficava o quintal dos Kahn. O vapor subia da banheira de água quente. Aria viu Mike lá longe no limite do gramado, zoando com James Freed.

— Ela provavelmente quer aparecer no jornal — acrescentou Riley Wolfe, empoleirada em um banco perto dos vegetais e patês.

— Isso não é verdade! — protestou Aria.

Mais jovens entraram, encarando Aria: seus olhos eram debochados e cheios de raiva. Aria olhou para a direita e para a esquerda, louca para escapar, mas estava pressionada contra a mesa da cozinha, não conseguindo se mover. Então alguém segurou seu pulso esquerdo.

— Venha — disse Noel. Ele a guiou pela multidão.

Os garotos abriram espaço.

— Você vai botar essa garota para fora da sua festa? — gritou um menino do time de beisebol cujo nome Aria nunca se lembrava.

— Você devia entregá-la à polícia! — encorajou-o Seth Cardiff.

— Não devia, não, idiota. — A voz de Mason Byers se elevou acima do falatório. — Essa festa é uma zona livre de policiais.

Noel arrastou Aria para o segundo andar.

– Eu sinto muito – disse ele, abrindo a porta de um quarto escuro com uma enorme pintura do sr. Kahn na parede. O lugar tinha um cheiro bem forte de naftalina. – Você não precisa ficar no meio de tudo isso.

Aria sentou-se na cama, lágrimas escorrendo por suas bochechas. *No que ela estava pensando ao ir a uma festa como aquela?* Noel se acomodou perto dela, oferecendo a Aria um lenço de papel e sua gim-tônica. Ela balançou a cabeça. Lá embaixo, alguém aumentou o som. Uma menina fez um barulho esganiçado. Noel colocou o copo no joelho. Aria olhou para seu nariz adunco, suas sobrancelhas cheias, seus longos cílios. Era reconfortante sentar naquele quarto escuro ao lado dele.

– Não estou fazendo isso para chamar a atenção – murmurou ela.

Noel virou-se para ela.

– Eu sei. As pessoas são idiotas. Elas não têm nada melhor para fazer do que fofocar.

Ela se recostou no travesseiro. Noel se acomodou ao lado dela. Seus dedos se tocaram de leve. Aria sentiu seu coração começar a acelerar.

– Tenho algo para dizer a você – disse ele.

– É? – guinchou Aria. Sua garganta ficou seca de repente.

Demorou para Noel falar outra vez. Tremendo pela expectativa, Aria tentou se acalmar olhando o ventilador de teto rodando acima de suas cabeças.

– Achei outra médium – admitiu Noel finalmente.

Aria soltou o ar lentamente.

– Ah.

— E essa parece que é boa. Ela, tipo, meio que *incorpora* a pessoa com quem você está tentando entrar em contato. Tudo que ela precisa é estar no lugar onde a pessoa morreu, e aí... — Noel balançou as mãos no ar, indicando uma transformação mágica. — Mas não temos que fazer isso se você não quiser. Como eu disse, só ir ao cemitério e falar também ajuda muito. É tranquilizador.

Aria deitou-se de novo no travesseiro e cruzou os dedos sobre a barriga.

— Mas ir ao cemitério não me dará respostas. Não é como se Ali fosse responder.

— Certo. — Noel apoiou sua bebida na mesa de canto, pegou seu celular e olhou os contatos. — Que tal eu ligar para a médium e dizer que podemos encontrá-la amanhã à noite? Eu poderia pegar você e nós iríamos juntos para o quintal dos fundos da antiga casa de Ali.

— Espere. — Aria sentou-se, as molas do colchão fazendo barulho. — *Quintal dos fundos...* da antiga casa de Ali?

Noel fez que sim.

— Temos que ir aonde a pessoa morreu. É assim que funciona.

As mãos de Aria formigaram e parecia que a temperatura no quarto tinha caído pelo menos dez graus. A ideia de ficar na beirada do buraco onde Ali havia sido encontrada arrepiava Aria até os ossos. Ela queria *tanto assim* falar com o espírito de Ali?

Ainda assim, uma sensação incômoda a cutucava. No fundo, Aria sentia como se Ali realmente tivesse algo importante a dizer, e fosse responsabilidade dela ouvir.

— Certo. — Aria olhou pela janela para a lua em formato de unha acima das árvores. — Eu vou. — Ela puxou os joelhos para sentar com as pernas cruzadas. — Obrigada por me ajudar com isso. E por me salvar daquela confusão lá embaixo. E... – Ela respirou fundo. – Obrigada por ser tão legal comigo em geral.

Noel olhou para ela como se a estranhasse.

– Por que eu não trataria você bem?

– Porque... – Aria se calou. Porque você é um *Típico Garoto de Rosewood*, ela estava prestes a dizer, mas não disse. Ela já não sabia mais o que isso significava.

Eles ficaram em silêncio pelo que pareceram horas. Sem conseguir aguentar a tensão por mais tempo, ela se debruçou e o beijou. Sua pele cheirava a cloro da banheira de água quente, e sua boca tinha gosto de gim. Aria fechou os olhos, esquecendo momentaneamente onde estava. Quando ela os abriu, Noel estava lá, sorrindo para ela, como se ele estivesse esperando há anos que ela fizesse aquilo.

18

CEDO DEMAIS PARA ESQUECER

Sexta-feira de manhã, Spencer sentou-se à mesa da cozinha, fatiando uma maçã em uma tigela de mingau de aveia bem quente. A equipe de limpeza havia começado cedo naquela manhã, arrastando mais toras queimadas de dentro da floresta e colocando-as em uma enorme caçamba de entulho. Um fotógrafo da polícia estava parado perto do celeiro, tirando fotos com uma câmera digital de alta tecnologia. O telefone tocou. Quando Spencer atendeu na extensão na cozinha, uma voz esganiçada de mulher soou em seu ouvido.

– É a srta. Hastings?

– Sim – gaguejou Spencer, pega de surpresa.

A mulher falou de uma só vez:

– Meu nome é Anna Nichols. Sou repórter da MSNBC. Você gostaria de comentar sobre o que viu no bosque na semana passada?

Os músculos de Spencer se contraíram.

– Não. Por favor, só me deixem em paz.

— Poderia ratificar um relato não confirmado de que você na verdade queria ser a líder do grupo? Talvez sua frustração com a srta. DiLaurentis tenha tirado você do sério e acidentalmente... você fez algo. Acontece com todos.

Spencer apertou o telefone com tanta força que sem querer pressionou um monte de teclas. Elas apitaram em seu ouvido.

— O que está insinuando?

— Nada, nada! — A repórter começou a murmurar algo para alguém perto dela. Spencer bateu o telefone tremendo. Ela ficou tão afetada que a única coisa que conseguiu fazer nos minutos seguintes foi encarar os números vermelhos piscando no micro-ondas do outro lado da cozinha.

Por que ela ainda estava recebendo aquele tipo de telefonema? E por que os repórteres tentavam descobrir se *ela* podia ter tido alguma coisa a ver com a morte de Ali? Ali era sua melhor amiga. E Ian? Os policiais ainda achavam que ele era o culpado? Ou desconfiavam da pessoa que tinha tentado assá-las vivas no bosque? Como o público não conseguia perceber que todas elas eram vítimas nisso, assim como Ali?

Uma porta bateu e Spencer se assustou. Ouviu vozes na lavanderia e ficou quieta, só escutando.

— Seria melhor se você não tivesse contado a ela — estava dizendo a sra. Hastings.

— Mas, mamãe — Melissa sussurrou de volta —, acho que ela já *sabe*.

A porta se abriu e Spencer voou de volta para a bancada da cozinha, fingindo não ter ouvido nada. Sua mãe entrou depois de sua caminhada matinal, segurando ambos os cães *labradoodles* da família com uma guia dividida. Depois, Spencer ouviu a porta da lavanderia bater e viu Melissa passar feito um furacão pela lateral da casa em direção à entrada de carros.

A sra. Hastings soltou os cães e colocou a guia na bancada.

– Oi, Spence! – disse ela com uma voz um pouco alegre demais, como se estivesse se esforçando para parecer indiferente e despreocupada. – Venha ver a bolsa que comprei no shopping ontem à noite. A coleção de verão da Kate Spade está linda.

Spencer não conseguia responder. Suas pernas tremiam, e seu estômago parecia estar se desfazendo.

– Mamãe? – disse ela tremendo. – Sobre o que você e Melissa estavam cochichando?

A sra. Hastings virou-se rapidamente para a cafeteira e serviu-se de uma xícara.

– Ah, nada importante. Só coisas sobre a casa nova de Melissa.

O telefone tocou de novo, mas Spencer não se mexeu para atender. Sua mãe olhou para o telefone, depois para Spencer, mas também não atendeu. Depois que a secretária eletrônica atendeu, ela tocou o ombro de Spencer.

– Você está bem?

Toneladas de palavras estavam engasgadas na garganta de Spencer.

– Obrigada, mamãe. Estou bem.

– Tem certeza que não quer falar sobre isso? – Uma linha de preocupação se formou entre as sobrancelhas perfeitamente feitas da sra. Hastings.

Spencer se virou. Havia tanto que ela queria falar com a mãe, mas tudo parecia tabu. Por que seus pais nunca contaram a ela que seu pai e o pai de Ali estudaram juntos na faculdade de direito de Yale? Tinha a ver com o fato da sra.

Hastings não gostar de Ali? Todo o tempo em que a família de Ali morou ali, as famílias mantiveram uma distância fria, comportando-se como estranhos. Na verdade, no terceiro ano, quando Spencer anunciou com alegria que uma menina da sua idade tinha se mudado para a casa ao lado e perguntou se podia ir até lá para conhecê-la, o pai de Spencer segurou no seu braço e disse:

— Nós devemos deixá-los respirar. Deixe-os se acomodarem primeiro.

E quando Ali escolheu Spencer como sua nova melhor amiga, seus pais pareceram... Bem, não chateados exatamente, mas a sra. Hastings não encorajou Spencer a convidar Ali para jantar, como costumava fazer com seus amigos novos. Naquela época, Spencer achou que os pais estavam apenas com ciúmes — achou que todos tinham ciúme da atenção de Ali, mesmo os adultos. Mas aparentemente a mãe de Spencer havia achado que sua amizade com Ali não era saudável.

Ali também não devia saber sobre seus pais terem estudado direito em Yale juntos — se soubesse, definitivamente teria comentado. Ela fez, entretanto, muitos comentários agressivos sobre os pais de Spencer. *Meus pais acham que seus pais são muito exibidos. Vocês realmente precisam de outra reforma na casa?* E já no fim da amizade, ela fez muitas perguntas a Spencer sobre seu pai, sua voz destilando desdém. *Por que seu pai usa aquelas roupas gays justas quando anda de bicicleta? Por que seu pai ainda chama a mãe dele de Nana? Eca!*

— Eles nunca serão convidados para as festas no gazebo dos meus pais — dissera Ali apenas alguns dias antes de desaparecer. Do jeito que as coisas iam entre elas, Ali podia muito bem ter acrescentado *e nem você*. Spencer queria perguntar para sua mãe por que as famílias fingiam que não se conheciam. *Você acha isso maluquice? Dê outra olhada no disco rígido de seu pai... começando pelo J.*

Suas mãos começaram a tremer. Mas e se o que A estava dizendo fosse apenas bobagem? As coisas finalmente estavam indo bem com sua mãe. Andrew estava certo. Por que se estressar antes de ter todas as informações?

— Já volto — murmurou ela para a mãe.

— Certo, mas volte aqui para baixo para eu poder mostrar o que comprei! — falou a sra. Hastings animada.

O segundo andar cheirava a Fantastik e sabonete de lavanda para as mãos do banheiro do vestíbulo. Spencer abriu a porta de seu quarto e apertou o botão do seu novíssimo MacBook Pro que os pais tinham acabado de comprar para ela; seu velho computador tinha morrido uma semana antes, e o que ela pegara emprestado de Melissa tinha sido destruído no incêndio. Em seguida, ela inseriu o CD com o disco rígido inteiro de seu pai — ela o copiara secretamente enquanto tentava descobrir se havia ou não sido adotada. O computador apitou e fez barulho.

Do lado de fora da janela o céu da manhã estava cinza e pálido. Spencer podia ver o topo do moinho chamuscado e o celeiro arrasado. Ela desviou o olhar para a parte da frente da casa. Vans de uma empresa de conserto de encanamentos estavam do lado de fora da casa dos Cavanaugh de novo. Um rapaz magricelo e louro usando um macacão desbotado e sujo saiu pela porta dos Cavanaugh e acendeu um cigarro. Jenna estava saindo de casa naquele exato momento. O encanador a observou enquanto ela e seu cão-guia lentamente se encaminhavam para o Lexus da sra. Cavanaugh. Quando ele levantou o braço para coçar o lábio, Spencer percebeu que ele tinha um dente da frente de ouro.

Seu computador apitou, e Spencer se voltou para a tela. O CD havia carregado. Ela clicou na pasta chamada *Papai*. É claro que havia uma pasta chamada *J*. Dentro estavam dois documentos em Word sem nome. A cadeira fez barulho quando ela sentou-se de novo. Ela realmente precisava abri-los? Realmente precisava saber?

Lá embaixo, ouviu o mixer KitchenAid sendo ligado. Uma sirene começou a tocar. Spencer massageou as têmporas. Mas e se o segredo tivesse algo a ver com Ali? A tentação era muito grande. Spencer clicou na primeira pasta. Ela abriu rapidamente, e Spencer se inclinou para a frente, muito ansiosa para respirar direito.

Cara Jessica, desculpe pelas coisas terem acabado mais cedo na sua casa esta noite. Eu posso dar todo o tempo que você precisa, mas não vejo a hora de estar sozinho com você de novo.
Muito amor, Peter.

Spencer se sentiu enjoada. *Jessica?* Por que seu pai estaria escrevendo para alguém chamada Jessica, dizendo que queria *estar* com ela?

Ela clicou no outro documento. Era outra carta.

Cara Jessica, pelo teor de nossa conversa, acho que posso ajudar. Por favor, fique com isto.
Beijos, Peter

Abaixo havia a cópia da tela de uma transferência bancária. Uma fileira de zeros apareceu diante dos olhos de Spencer. Era um valor enorme, muito mais do que havia na conta poupança para a faculdade de Spencer. Em seguida, ela viu os nomes das contas no fim do documento. A transferência tinha vindo de uma linha de crédito pertencente a Peter Hastings e ido para uma conta chamada Fundo de Resgate de Alison DiLaurentis.

A beneficiária recebendo os fundos era Jessica DiLaurentis.
Jessica DiLaurentis.
Claro.
A mãe de Ali.
Spencer olhou para a tela por um longo tempo.

Cara Jessica, muito amor. Beijos.

Todo esse dinheiro. O Fundo de Resgate de Alison DiLaurentis.
Ela voltou sua atenção para a primeira carta outra vez.

Cara Jessica, desculpe pelas coisas terem acabado mais cedo na sua casa esta noite. (...) não vejo a hora de estar sozinho com você de novo.

Ela clicou com o botão direito em cima do documento para ver quando tinha sido modificado pela última vez. A data era 20 de junho, três anos e meio atrás.
— Caramba! — sussurrou ela.
Havia muita coisa sobre aquele verão horrível e grudento que Spencer tinha se esforçado para esquecer, mas ela iria

sempre, *sempre* se lembrar do dia 20 de junho até o fim de sua vida.

Era o dia em que terminara o sétimo ano.

A noite de sua festa do pijama do sétimo ano.

A noite em que Ali morrera.

19

SEGREDOS NÃO PERMANECEM ENTERRADOS POR MUITO TEMPO

Lucy enfiou a última ponta do lençol embaixo do colchão e se endireitou.

— É — disse Emily com tristeza. Era sexta-feira de manhã, e estava na hora de ela deixar a fazenda e pegar o ônibus de volta a Rosewood.

Lucy ia levar Emily só até a estrada, não à rodoviária. Apesar de ser aceitável que os amish andassem de ônibus, Emily não queria que Lucy soubesse que estava indo para a Filadélfia e não para Ohio, de onde ela dissera vir. Depois de tudo que Lucy havia feito por Emily, ela não queria confessar que não era amish de verdade. Parte dela se perguntava se Lucy já não teria percebido a farsa e resolvera não fazer comentários a respeito. Talvez o melhor fosse não tocar no assunto.

Emily deu uma última olhada na casa. Ela já havia se despedido dos pais de Lucy, que perguntaram inúmeras vezes se ela não podia ficar mais um dia para ver o casamento. Fez carinho nas vacas e nos cavalos mais uma vez, percebendo que ia sentir falta deles. Ela sentiria falta de outras coisas naquele lugar – das noites quietas, do cheiro de queijo fresco, dos mugidos aleatórios das vacas. E de todos naquela comunidade, que sorriram e lhe deram as boas-vindas, apesar de ela ser uma estranha. Aquilo não acontecia em Rosewood.

Emily e Lucy saíram pela porta, tremendo um pouco por causa de uma súbita rajada de vento frio. O cheiro de pão recém-assado estava no ar, parte dos preparativos para o casamento do dia seguinte. Parecia que toda família amish da comunidade estava envolvida com os preparativos para o casamento. Os homens escovavam seus cavalos para o cortejo. As mulheres penduravam flores na porta da casa da família de Mary. E as obedientes crianças amish estavam limpando o terreno da fazenda onde aconteceria a cerimônia. Ao longe, Emily conseguia ouvir um conjunto de violinos ensaiando.

Lucy assobiou a melodia, seus braços pendendo frouxos ao lado do corpo enquanto caminhava. Desde a conversa que tiveram sobre Leah, a garota parecia aliviada, como se uma mochila carregada de pedras tivesse sido tirada de seus ombros. Emily, por outro lado, sentia-se pesada, fraca, como se fosse a esperança de que Ali pudesse estar viva que a tivesse mantido em movimento durante todo esse tempo.

Elas passaram pela igreja, um prédio baixo e simples, sem nenhum sinal religioso ou chamativo que o identificasse. Alguns cavalos estavam amarrados a postes, e a respiração deles era visível contra o ar gelado. Nos fundos da igreja estava o cemitério da comunidade, isolado por um portão de ferro forjado. Lucy parou de andar, pensativa.

– Você se incomoda se formos ali um instante? – Nervosa, ela mexeu em suas luvas de lã. – Acho que quero ver Leah.

Emily checou seu relógio. Ela ainda tinha uma hora antes de seu ônibus sair.

— Claro.

O portão rangeu ao ser aberto por Lucy. Os sapatos das meninas fizeram barulho contra a grama seca que cobria o solo. Alinhadas, lápides cinzentas e simples marcavam o lugar de descanso de bebês, homens velhos e de uma família inteira cujo sobrenome era Stevenson.

Emily apertou os olhos, tentando aceitar a realidade. Todas aquelas pessoas estavam mortas... e Ali também.

Ali está morta.

Emily tentou fazer com que aquela verdade a atingisse. Ela não pensou nas partes horríveis da morte de Ali, como a última batida de seu coração, seus pulmões se enchendo de ar pela última vez, seus ossos virando pó. Em vez disso, ela pensou o além-túmulo emocionante e agitado de Ali. Devia ser uma vida repleta de belas praias, dias perfeitos de sol, coquetel de camarão e bolo veludo vermelho — suas comidas favoritas. Todos os garotos teriam uma queda por ela, e todas as garotas iam querer ser ela, mesmo a princesa Diana e Audrey Hepburn. Ela ainda seria a fabulosa Alison DiLaurentis e ditaria as regras, exatamente como sempre fizera em vida.

— Vou sentir muito a sua falta, Ali — disse Emily baixinho, e suas palavras foram carregadas pelo vento. Ela respirou fundo algumas vezes, na expectativa de se sentir diferente, mais leve. Mas seu coração ainda estava carregado, e sua cabeça ainda doía. Era como se uma parte vital e especial de si mesma tivesse sido arrancada.

Ela abriu os olhos e viu que Lucy a encarava algumas fileiras dali.

— Está tudo bem?

Emily deu de ombros, desviando de algumas lápides tortas. De algumas delas, brotavam ervas daninhas.

— Essa é a sepultura de Leah?

— É — disse Lucy, correndo os dedos pela pedra.

Emily se aproximou e olhou para baixo. A lápide do túmulo de Leah era de mármore cinza, e a inscrição era simples. *Leah Zook*. Emily piscou ao ler as datas gravadas na pedra. Leah havia morrido em 19 de junho, quase quatro anos antes. *Uau*. Ali desaparecera no dia seguinte, 20 de junho. Em seguida, Emily viu que havia uma estrela de oito pontas acima do nome de Leah. Uma luz acendeu dentro de sua cabeça... Ela vira aquela figura recentemente.

— O que isso quer dizer? — Ela apontou para a estrela. Uma sombra passou pelo rosto de Lucy.

— Meus pais queriam muito esse desenho na lápide dela. É o símbolo da nossa comunidade. Mas eu não queria que eles o gravassem na lápide. Esse símbolo me faz lembrar *dele*.

Um corvo pousou em uma das lápides, batendo suas asas negras. Uma rajada de vento fez com que as dobradiças do portão rangessem.

— Quem é "ele"? — perguntou Emily.

Lucy fixou o olhar em uma árvore alta e solitária, perdida no meio do campo.

— O namorado de Leah.

— Aquele com quem ela costumava brigar? — murmurou Emily. Um corvo levantou voo da árvore e bateu asas para longe. — Aquele de quem você não gostava?

Lucy concordou com a cabeça.

— Quando ele nos deixou para seu *rumspringa*, ele tatuou essa figura no braço.

Emily olhou para a lápide enquanto um pensamento horrível se formava em sua mente. Leu mais uma vez a data gravada na pedra. *19 de junho*. Um dia antes do desaparecimento de Ali, exatamente no mesmo ano.

De repente, voltou à mente de Emily, exata e clara, a lembrança de um homem sentado em um quarto de hospital, mangas arregaçadas até os cotovelos, as luzes do teto brilhantes e quentes. E lá estava aquela estrela tatuada, negra e bem visível na parte interior do pulso dele. *Havia* uma conexão ali. *Havia* uma razão para que A tivesse enviado Emily para Lancaster. Porque alguém tinha estado ali antes dela. *Alguém que ela conhecia.*

Ela ergueu os olhos e agarrou Lucy pelos ombros.

– Como era o nome do namorado da sua irmã? – perguntou ela aflita.

Lucy respirou fundo, como se estivesse reunindo forças para dizer em voz alta um nome que não ousava pronunciar fazia muito, muito tempo.

– O nome dele era Darren Wilden.

20

CAMPOS MINADOS *MES-MO!*

Hanna estava em frente ao espelho do banheiro, passando outra camada de brilho labial Bliss e ajeitando o cabelo castanho-avermelhado com uma escova redonda. Depois de um tempo, Iris apareceu ao seu lado, dando-lhe um sorriso.

– E aí, vadia? – disse ela.

– Tudo bem, biscate – disse Hanna em resposta. Aquilo tinha se tornado sua rotina matinal.

Apesar de terem ficado acordadas a noite toda escrevendo cartas de amor para Mike e Oliver, o namorado de Iris quando ela estava em casa, e recortando os corpos das estrelas das páginas da *People*, nenhuma das duas parecia cansada ou desarrumada. Como sempre, o cabelo louro-claro de Iris pendia em cachos imaculados nas costas. Os cílios de Hanna pareciam superlongos graças ao rímel Dior que ela pegara emprestado dos infindáveis montes de maquiagem de Iris. Só porque era sexta-feira, dia da terapia de grupo, não significava que tinham que parecer duas desgrenhadas patéticas.

Ao saírem do quarto, Tara, Ruby e Alexis as seguiram, espiando, claro.

— Ei, Hanna, posso falar com você um momento? — falou Tara com um sorriso afetado.

Iris virou-se rápido.

— Ela não quer falar com você.

— Hanna não consegue responder sozinha? — exigiu Tara. — Ou você fez lavagem cerebral nela também?

Elas haviam chegado aos assentos perto das janelas que davam para os jardins da parte de trás do hospital. Algumas caixas de lenços Kleenex com desenhos cor-de-rosa estavam perto das cadeiras. Aparentemente, este era um lugar de primeira para meninas que quisessem sentar e chorar. Hanna havia esnobado Tara. Ela estava obviamente furiosa, com ciúme e se sentindo rejeitada, e tentava colocar Hanna contra Iris. Não que Hanna acreditasse em uma palavra disso. *Por favor.*

— Estamos tentando ter uma conversa particular — atacou Hanna. — Gente esquisita não é permitida.

— Você não vai conseguir se livrar de nós assim tão fácil — retrucou Tara. — Nós também temos TG hoje.

A sala de TG era logo adiante, depois de uma grande porta de carvalho. Hanna revirou os olhos e se virou. Infelizmente, Tara estava certa. Todas as meninas do andar tinham TG naquela manhã.

Hanna não entendia por que tinham que fazer TG. Com terapia sozinha, particular, ela conseguia se virar. No dia anterior ela havia se encontrado novamente com sua terapeuta, a dra. Foster, mas só falara sobre as limpezas de pele que eram oferecidas na Preserve, como ela começara a namorar Mike Montgomery um pouco antes de ser internada e dos benefícios de sua amizade instantânea com Iris. Ela não mencionara Mona ou A, e não havia jeito de fazê-la contar qualquer de seus segredos para Tara e sua gangue de duendes.

Iris olhou para Hanna, percebendo sua expressão mal-humorada.

– TG é tranquilo – garantiu ela a Hanna. – É só sentar lá e franzir a testa. Ou dizer que está menstruada e que não está com vontade de falar.

A dra. Roderick, ou "dra. Felicia", como ela gostava que as meninas a chamassem, era a mulher animada, educada e impulsiva encarregada da TG. Ela enfiou a cabeça no corredor e sorriu.

– Entrem, entrem! – cantarolou ela.

As meninas entraram. Cadeiras acolchoadas e poltronas de couro estavam arrumadas em um círculo no centro da sala. Uma pequena fonte borbulhava no canto do cômodo, e havia uma longa fila de garrafas d'água e refrigerantes em um aparador de mogno. Havia mais caixas de lenços de papel nas mesas e uma grande cesta trançada perto da porta com aqueles espaguetes de espuma que Hanna, Ali e as outras costumavam brincar na piscina de Spencer. Um monte de tambores bongô, flautas de madeira e pandeiros estavam empilhados nas prateleiras no canto. Elas iam montar uma *banda*?

Depois que todas as meninas se sentaram, a dra. Felicia fechou a porta e também se sentou.

– Bem... – disse ela, abrindo uma enorme agenda de couro. – Hoje, depois de falarmos sobre como foi nossa semana, vamos jogar Campo Minado.

Todas fizeram variados grunhidos e gemidos. Hanna olhou para Iris.

— O que é isso?

— É um exercício de confiança — explicou Iris, revirando os olhos. — Ela espalha essa coisa pela sala, que deveria representar bombas e minas. Uma pessoa é vendada, e sua parceira a guia através das minas para que ela não se machuque.

Hanna fez uma careta. Era por *isto* que seu pai estava pagando mil dólares por dia?

A dra. Felicia bateu palmas para chamar a atenção das meninas.

— Certo, vamos conversar sobre como estamos. Quem quer começar?

Ninguém falou.

Hanna coçou a perna, pensando se deveria fazer as unhas ou uma hidratação no cabelo. Uma menina esguia de cabelos escuros do outro lado da sala, chamada Paige, roía as unhas.

A dra. Felicia colocou as mãos sobre os joelhos, suspirando cansada. Depois seu olhar recaiu em Hanna.

— Hanna! — gorjeou ela. — Bem-vinda ao grupo. Meninas, esta é a primeira vez de Hanna aqui. Vamos fazer com que ela se sinta segura e aceita.

Hanna dobrou os dedos dos pés dentro de suas botas pretas de cano curto Proenza Schouler.

— Obrigada — balbuciou ela de forma quase inaudível. A fonte borbulhava em seus ouvidos. Isso meio que a fazia querer ir ao banheiro.

— Você está gostando daqui? — A voz da dra. Felicia oscilava entre graves e agudos. Ela era uma dessas pessoas que nunca piscavam, mas sempre sorriam. Isso fazia com que parecesse uma animadora de torcida perturbada que tomava Ritalina.

— É demais – disse Hanna. – Bem, hum, tem sido bem divertido até agora.

A médica franziu a testa.

— Bem, divertido é bom, mas há alguma coisa que você queira discutir com o grupo?

— Na verdade, não – retrucou Hanna.

A médica Felicia fez biquinho, parecendo desapontada.

— Hanna é minha companheira de quarto, e ela parece bem – intrometeu-se Iris. – Ela e eu conversamos muito. Acho que este lugar está fazendo maravilhas por ela. Quer dizer, pelo menos ela não arranca o cabelo como Ruby.

Com isso, todas se viraram para Ruby, que, de fato, estava segurando o cabelo a meio caminho de arrancá-lo. Hanna deu um sorriso agradecido para Iris, apreciando que ela tivesse direcionado a atenção de Felicia para outro lugar.

Mas depois que a dra. Felicia fez algumas perguntas à Ruby, voltou-se para Hanna.

— E aí, Hanna, gostaria de nos contar por que está aqui? Você ficaria impressionada com o quanto uma conversa ajuda.

Hanna balançou o pé. Talvez, se ela ficasse sentada ali em silêncio por tempo suficiente, Felicia falaria com outra pessoa. Em seguida, ela ouviu alguém do outro lado da sala respirar fundo.

— Hanna tem problemas normais e banais – disse Tara, esganiçando, de maneira mordaz. – Ela tem problemas alimentares, como toda garota perfeita tem. O papai não a ama mais, mas ela está tentando não pensar a respeito. E, ah, ela teve uma ex-melhor amiga estúpida. Blá-blá-blá, nada que valha a pena falar a respeito.

Satisfeita, Tara recostou-se, cruzou os braços sobre o peito e deu uma olhada para Hanna, que dizia *Você pediu.*

Iris fungou.

– Nossa, Tara, bom para você. Você nos espionou. Você tem *orelhas*. E que orelhinhas de rato horrorosas elas são.

– Meninas, parem com isso – advertiu a dra. Felicia.

Hanna não queria dar essa satisfação a Tara, mas, quando revisou as palavras da garota, sentiu seu sangue congelar. Alguma coisa naquilo que Tara havia dito estava muito, muito errada.

– C-Como você sabe sobre minha melhor amiga? – gaguejou ela. O rosto de Mona apareceu em sua mente, seus olhos furiosos de raiva enquanto ela ligava o motor de seu SUV.

Tara piscou, pega de surpresa.

– É óbvio – intrometeu-se Iris, ácida. – Ela ficou com a orelha grudada na nossa parede a noite toda.

O coração de Hanna batia cada vez mais forte. Um caminhão de remover neve passou rugindo do lado de fora. O som de sua lâmina arranhando o asfalto a fez gemer. Ela olhou para Iris.

– Mas eu nunca disse nada sobre a sacana da minha ex-melhor amiga. *Você* se lembra de eu ter contado alguma coisa sobre ela?

Iris coçou o queixo.

– Bem, não. Mas eu estava cansada, então talvez eu já estivesse dormindo quando você falou.

Hanna passou a mão sobre a testa. O que diabos estava acontecendo? Ela tomara uma dose extra de Valium na noite passada para ajudá-la a dormir; será que isso a teria feito tagarelar coisas sobre Mona? Sua mente parecia um túnel escuro sem fim.

—Talvez você não quisesse falar dessa amiga, Hanna — interveio a dra. Felicia. Ela se levantou e andou até as janelas. — Mas, às vezes, nossas mentes e corpos têm um jeito de desabafar os problemas mesmo assim.

Hanna olhou para ela com ódio.

— Eu não tagarelo coisas. Eu não tenho síndrome de Tourette. E não sou *imbecil*.

— Vocês não precisam ficar agitadas — disse a dra. Felicia de modo gentil.

— Não estou ficando agitada! — rugiu Hanna, a voz ecoando nas paredes.

Felicia recuou, arregalando um pouco os olhos. Um murmúrio se elevou entre as outras meninas. Megan tossiu "*Louca*", cobrindo a boca com a mão.

A pele de Hanna pinicava.

A dra. Felicia voltou à sua cadeira e folheou seu caderno.

— Bem, vamos continuar. — Ela virou a página do caderno. — Ah... Gina. Você falou com sua mãe esta semana? Como foi?

Mas, enquanto a dra. Felicia perguntava às outras meninas como tinha sido a semana delas, a mente de Hanna não se acalmava. Era como se houvesse uma farpa em seu cérebro que precisava ser retirada de alguma forma.

Quando fechava os olhos, estava no estacionamento de Rosewood Day outra vez, o carro de Mona acelerava em sua direção. *Não*, ela gritou para si mesma. Ela não podia continuar com isso, não aqui, nem no futuro. Ela se esforçou para abrir os olhos. Os espaguetes de isopor no canto estavam borrados e pareciam tremer. Os rostos das meninas se retorciam e se esticavam, como se ela estivesse olhando para eles através de um espelho da casa maluca.

Não podendo mais suportar, Hanna apontou para Tara, com a mão tremendo.

— Você tem que me contar como sabe sobre Mona.

A sala ficou em silêncio. Tara ergueu sua sobrancelha curiosa.

— Como é que é?

— A contou alguma coisa a você sobre ela? — perguntou Hanna.

Tara balançou a cabeça lentamente.

— Quem é A?

A dra. Felicia se levantou, atravessou a sala e tocou no braço de Hanna.

— Você parece estar confusa, querida. Talvez devesse ir para o seu quarto e descansar.

Mas Hanna não se moveu. Tara a encarou de volta por algum tempo, depois revirou os olhos e deu de ombros.

— Eu não tenho ideia de quem seja Mona. Eu achei que sua melhor amiga estúpida fosse Alison.

A garganta de Hanna se fechou. Ela se afundou de volta na cadeira.

Iris levantou a cabeça.

— Alison? Aquela bandeira não era dessa menina? Por que ela é uma *ex*-melhor amiga?

Hanna mal a ouviu. Ela encarava Tara.

— Como você sabe sobre Alison? — sussurrou ela.

Relutante, Tara pegou sua bolsa de lona suja.

— Por causa disto aqui. — Ela jogou uma cópia da *People* que Hanna nunca tinha visto, no meio da sala. A revista derrapou até parar perto da cadeira de Hanna.

— Eu ia contar isso a você antes da TG. Mas você é muito *importante* para falar comigo.

Hanna pegou a revista e abriu na página marcada.

Estampada na capa estava a manchete *Uma semana de segredos e mentiras*. Logo abaixo, havia uma foto de Hanna, Spencer, Aria e Emily correndo do incêndio no bosque. O título dizia *As Belas Mentirosas*, e depois citava o nome de cada uma delas.

– Oh, meu Deus! – murmurou Hanna.

Em seguida, ela notou um quadro e um gráfico na parte inferior direita.

As Belas Mentirosas mataram Alison DiLaurentis?

Eles entrevistaram cem pessoas na Times Square. Quase todo o gráfico – 92 por cento – estava roxo. O que queria dizer *sim*.

– Por falar nisso, adoro o apelido de vocês – disse Tara de um jeito despreocupado, cruzando as pernas. – *Belas Mentirosas*. *Tão* bonitinho.

Todas as meninas se aglomeraram em volta da cadeira de Hanna para ler a matéria. Ela se sentiu impotente. Ruby engoliu em seco. Uma paciente chamada Julie estalou a língua. E Iris – bem, Iris parecia horrorizada e enojada. A opinião de todas sobre Hanna estava mudando instantaneamente. De agora em diante, ela seria *aquela menina*. A louca que todos achavam que matou a melhor amiga quatro anos atrás.

A dra. Felicia pegou a revista do colo de Hanna.

– Onde conseguiu isto? – A terapeuta repreendeu Tara. – Você sabe que revistas não são permitidas.

Tara se encolheu, tímida e envergonhada, agora que estava encrencada.

– Iris sempre se gaba de conseguir edições recentes da revista contrabandeadas aqui para dentro – balbuciou ela, tirando o rótulo de sua garrafa d'água. – Eu só queria ver um exemplar com meus próprios olhos.

Iris se levantou, quase derrubando um abajur cromado que estava perto dela. Ela se encaminhou para onde estava Tara.

– Esse exemplar estava no meu quarto, sua vadia! Eu nem tinha lido ainda! Você mexeu nas minhas coisas!

– Iris. – A dra. Felicia bateu palmas, tentando retomar o controle. Uma enfermeira espiou pela janela lateral da sala de TG, provavelmente tentando decidir se devia ou não intervir para ajudar a terapeuta. – Iris, você sabe que seu quarto fica trancado. Nenhum paciente pode entrar.

– Não estava em seu quarto – gritou Tara. Ela apontou para o outro lado do corredor. – Estava no assento perto da janela na entrada.

– Impossível! – gritou Iris, e se virou para encarar a dra. Felicia outra vez. Seus olhos iam e vinham da revista na mão da dra. Felicia para o rosto aflito de Hanna.

– E *você*. Você tentou parecer tão legal, Hanna. Mas é tão ferrada quanto todas as outras aqui.

– *Belas Mentirosas* – provocou uma das meninas, do outro lado da sala.

Um nó enorme se formou na garganta de Hanna. Agora todos os olhares estavam fixos nela mais uma vez. Ela queria se levantar e sair correndo da sala, mas parecia que seu traseiro estava costurado no assento.

– Eu não sou mentirosa – disse ela baixinho.

Iris fungou, examinando Hanna de cima a baixo com desdém, como se de repente montes de espinhas nojentas tivessem brotado em seu rosto e em seus braços.

– Que seja.

— Meninas, parem com isso! — A dra. Felicia puxou Iris pela manga. — E Iris e Tara, vocês duas violaram as regras e estão encrencadas. — Ela enfiou a *People* em seu bolso de trás, depois puxou Tara para que ela ficasse em pé, segurou o braço de Iris e acompanhou as duas meninas para fora da sala. Antes de saírem, Tara virou-se e deu um sorriso sarcástico para Hanna.

— Iris! — chamou Hanna às costas de Iris. — Não é o que você está pensando!

Quando chegou à porta, Iris encarou Hanna sem emoção, como se ela fosse uma desconhecida.

— Desculpe, mas eu não falo com loucas. — Em seguida, virou-se e seguiu Felicia pelo corredor, deixando Hanna para trás.

# 21

A VERDADE DÓI

Um ônibus enorme da empresa Greyhound entrou no estacionamento da rodoviária de Lancaster, exibindo seu destino: Filadélfia, em uma plaqueta no para-brisa.

Emily subiu a bordo, incerta, respirando o cheiro de estofamento novo e do material de limpeza do banheiro. Mesmo tendo passado apenas uns poucos dias com Lucy e sua família, o ônibus parecia algo estranhamente moderno, quase monstruoso.

Emily mal dissera uma palavra a Lucy depois que a garota lhe contara que Wilden era o antigo namorado de sua irmã. Lucy perguntara a Emily uma porção de vezes o que havia de errado, mas Emily disse que estava tudo bem e que ela só estava cansada. O que mais *poderia* dizer? *Conheço o antigo namorado da sua irmã. E acho que ele pode mesmo ter assassinado Leah. Ele pode ter jogado o corpo dela em um buraco no quintal dos fundos da casa de alguém.*

A cabeça dela girava a mil por hora desde que escutara o nome dele, esmiuçando lembrança após lembrança daquela época terrível. No dia seguinte ao desaparecimento de Ali, depois de conversarem com a sra. DiLaurentis, Emily e suas amigas tomaram direções opostas. Emily passou bem ao lado do enorme buraco onde, finalmente, seria encontrado o corpo.

Os trabalhadores da obra, ela se lembrava, encheram o buraco de concreto naquele mesmo dia. Os carros deles estavam estacionados no meio-fio, próximo ao gramado da casa dos DiLaurentis. Havia um no fim da fila que ela observara por um segundo ou dois, imaginando se já não o vira antes. Era um velho sedã, algo saído de um filme das décadas de 1960 ou 1970. Era o mesmo carro barulhento que rondara a escola no dia em que Ali se gabara na frente de todos garantindo que ela ia encontrar um pedaço da bandeira da Cápsula do Tempo. Depois de sua briga com Ian, Jason DiLaurentis havia escancarado a porta do passageiro daquele carro e pulado dentro dele. Era o mesmo carro barulhento que parara na frente da casa dos DiLaurentis no dia em que Emily e as outras garotas tentaram roubar o pedaço da bandeira de Ali. E lá estava ele de novo na memória dela, estacionado em frente à casa dos DiLaurentis no dia em que fora jogado o concreto que cobrira o corpo por tantos anos. Aquele carro pertencia a Darren Wilden.

O ônibus começou a se afastar alguns minutos depois, deixando para trás os campos verdes de Lancaster. Havia apenas mais quatro passageiros ali, então Emily tinha uma fileira só para si. Vendo que havia uma tomada próxima a seus pés, ela se inclinou, conectou seu celular, depois ligou o aparelho. A tela brilhou.

Emily tinha que fazer alguma coisa com a informação que acabara de receber, mas o quê? Se telefonasse para Spencer, Hanna ou Aria, elas lhe diriam que era uma louca por pensar que Ali estava viva *e também* por seguir as instruções de A e ir até a comunidade amish. Também não podia telefonar para os pais — eles pensavam que ela estava em Boston. E não podia ligar para a polícia — *Wilden era da polícia*.

Era inacreditável que Wilden já tivesse mesmo sido um amish. Emily sabia pouco sobre a vida dele, apenas que havia sido um rebelde em Rosewood Day e que depois reinventara a si mesmo como policial.

Provavelmente não daria muito trabalho descobrir quando Wilden deixara a comunidade amish e ingressara em Rosewood Day, e no dia em que falara com Emily e as outras meninas no hospital, ele mencionara o fato de ter vivido com seu tio enquanto cursava o ensino médio. De acordo com Lucy, Wilden convencera Leah, a irmã dela, a também abandonar a comunidade. Talvez ela tivesse se recusado, e ele ficara com raiva... e feito planos para acabar com ela de uma vez por todas.

Wilden poderia ter conversado com Ali sobre seu sonho secreto de ir embora, já que ele e Jason eram amigos. Wilden poderia até mesmo ter prometido a Ali que a ajudaria a fugir de Rosewood para sempre, escondendo-a e tirando-a da cidade sorrateiramente na noite em que ela desapareceu. Ele atirou um corpo no buraco aberto no quintal dos fundos da casa dos DiLaurentis, fazendo parecer que Ali tinha sido morta. Mas o corpo naquele buraco não pertencia a Ali, e sim à garota que partira o coração de Wilden.

Era terrível demais, mas tudo se encaixava. Explicava por que Leah jamais fora encontrada, por que Ali aparecera no bosque no sábado anterior e por que Wilden tentara dissuadir a polícia de investigar a possibilidade de Ali estar viva.

Se a polícia percebesse que não era dela o corpo encontrado no buraco, eles teriam que descobrir *a quem aquele corpo pertencia*. Era por isso que Wilden não acreditara na existência de A nem que Ian guardava uma informação secreta sobre o que acontecera naquela noite.

A estivera certa todo o tempo – *havia mesmo um segredo*. Mas não era sobre a morte de Ali. Era sobre quem fora morta *no lugar de Ali*.

Emily olhou para a pichação que alguém fizera na lateral do ônibus abaixo da janela. *Mimi luvs Christopher. Tina tem uma bundona*. Ao lado dessa segunda frase, havia um desenho bastante ilustrativo do fato.

Ali estava lá fora, em algum lugar, como ela sempre soube. Mas onde ela estivera durante todo esse tempo? Parecia improvável que uma garota do sétimo ano pudesse sobreviver sozinha. Talvez conhecesse alguém que cuidara dela durante aqueles anos. Por que ela não havia entrado em contato com Emily só para avisar que estava bem? Talvez não quisesse ter contato com ninguém. Provavelmente queria esquecer toda a sua vida em Rosewood, até suas quatro melhores amigas.

O celular de Emily emitiu um bipe, indicando que havia mensagens de texto não lidas.

Ela foi até sua caixa de entrada e mexeu no visor; havia duas mensagens de sua irmã, Caroline. O título de ambas era PESQUISA REVISTA PEOPLE. Aria também enviara um recado, cujo título era PRECISAMOS CONVERSAR. Uma senhora lá na frente tossiu. O ônibus passou por uma fazenda e o ar ficou com cheiro de estrume por algum tempo.

Enquanto Emily movia o cursor pela lista, tentando decidir o que ler primeiro, seu celular emitiu um novo bipe, avisando que uma nova mensagem de texto, de número desconhecido, havia chegado. *Tinha* que ser de A. E pela primeira vez, Emily mal podia esperar para ler o que dizia. Ela apertou a tecla LER imediatamente.

Era uma mensagem com foto.

A imagem mostrava uma mesa coberta de papéis. No documento de cima, podia-se ler:

DESAPARECIMENTO DE ALI DILAURENTIS:
LINHA DO TEMPO

O papel logo abaixo dizia:

Entrevista com Jessica DiLaurentis, 21 de junho, 22:30

Outro documento tinha o cabeçalho de um lugar chamado Preserve em Addison-Stevens, com o nome DiLaurentis no topo. Um carimbo vermelho em cada um dos papéis dizia:

PROPRIEDADE DO DEPARTAMENTO DE POLÍCIA.
EVIDÊNCIA.
NÃO MEXA.

Emily engasgou. Por fim, ela voltou sua atenção para uma folha de papel meio escondida no meio da confusão. Ela apertou os olhos até eles doerem.

RELATÓRIO DE DNA

Mas Emily não conseguiu ler os resultados.

– Não – murmurou ela, sentindo que ia explodir. O ônibus passou por uma lombada e ela notou que havia um texto acompanhando a foto.

> Quer ver por si mesma? A sala de provas fica nos fundos da delegacia de Rosewood. Deixarei a porta aberta. – A

22

ALI RETORNA... MAIS OU MENOS

Sexta-feira depois da escola, Noel pegou Aria na casa de Byron. Quando ela chegou ao carro, ele se debruçou e deu um beijinho no rosto dela. Apesar das borboletas em seu estômago, Aria sentiu um arrepio desagradável na espinha.

Eles dirigiram por ruas sinuosas de vários bairros, passando por velhas casas de fazenda e por um parque infantil da prefeitura que ainda tinha algumas árvores de Natal abandonadas nos fundos do estacionamento. Nem Aria, nem Noel disseram nada, mas aquele silêncio todo era confortável, não esquisito. Aria estava grata por não ter que se envolver em alguma conversinha sem sentido.

O telefone tocou quando estavam entrando na rua onde Ali vivera. *Número privado*, dizia a tela. Aria atendeu.

– Srta. Montgomery? – trinou uma voz. – Aqui quem fala é Bethany Richards, da *US Weekly*!

– Desculpe, não estou interessada – disse Aria rapidamente, xingando a si mesma por ter atendido.

Ela estava prestes a desligar o telefone quando a repórter suspirou brava.

— Eu só queria saber se você tem uma resposta ao artigo da *People*.

— Que artigo da *People*? — respondeu Aria, áspera. Noel olhou para ela preocupado.

— Aquele com a pesquisa que mostra que noventa e dois por cento das pessoas acreditam que você e suas amigas mataram Alison DiLaurentis! — A repórter parecia ser uma idiota.

— O quê? — engasgou Aria. — Isso não é verdade! — Ela apertou com raiva a tecla FINALIZAR e colocou o telefone na bolsa.

Noel olhou para ela parecendo ansioso.

— Há um artigo na *People* que diz que nós matamos Ali — sussurrou ela.

As sobrancelhas de Noel se juntaram formando um V.

— Jesus.

Aria pressionou a cabeça contra a janela, olhando distraída para uma placa verde do Viveiro de Hollis. Como alguém podia acreditar em tal absurdo? Só por causa daquele apelido estúpido? Porque elas não quiseram responder a nenhuma daquelas perguntas rudes e invasivas?

Eles estacionaram na antiga rua sem saída de Ali. Aria conseguia sentir o cheiro dos restos do incêndio mesmo com a janela do carro fechada. As árvores por ali estavam retorcidas e pretas, como membros podres, e o moinho dos Hastings era agora uma carcaça sem forma, incinerada. Mas o pior era o celeiro dos Hastings. Metade dele havia desmoronado, a construção não passava de um amontoado de tábuas pretas e despedaçadas no chão. O balanço da varanda, antes pintado de *branco-sujo*, estava sujo, cor de ferrugem, torto e pendurado por um lado só. Movia-se suavemente, como se um fantasma estivesse se balançando para a frente e para trás.

Noel mordeu o lábio inferior, observando o celeiro.

— Parece *A queda da casa de Usher*.

Aria olhou para ele, perplexa. Noel deu de ombros.

— Você sabe, aquele conto de Poe no qual o cara louco enterra a irmã naquela casa velha, assustadora e destruída, sabe? E por um tempo ele se sente muito inquieto e ainda *mais louco*, porque, na verdade, ela não está morta realmente?

— Não acredito que você conheça esse conto — disse Aria, encantada.

Noel pareceu magoado.

— Eu estou na turma de inglês avançado, a mesma que você. Eu *leio* de vez em quando.

— Não quis dizer isso — disse Aria, embora se perguntasse se realmente não queria.

Eles estacionaram na frente da casa dos DiLaurentis e saíram do carro. Os novos donos, os St. Germains, haviam se mudado de volta para lá depois que o circo da mídia montado por causa de Ali fora desfeito, mas não pareciam estar em casa, o que era um alívio. Ainda melhor, não havia uma única van das emissoras de televisão estacionada na calçada.

Nesse momento, Aria viu Spencer parada ao lado de sua caixa de correio, com uma pilha de envelopes na mão. Spencer notou Aria no mesmo instante. Seus olhos se moveram de Aria para Noel, parecendo um pouco confusa.

— O que vocês dois estão fazendo aqui? — perguntou ela.

— Oi. — Aria andou em sua direção, dando a volta em uma cerca arredondada e alta. Ela estava tão tensa que seus nervos estalavam. — Você soube que as pessoas acham que *nós* matamos Ali?

Spencer fez uma careta.

– Sim.

– Precisamos de uma resposta de verdade. – Aria fez um gesto na direção do antigo quintal de Ali, ainda isolado pela fita amarela da polícia. – Sei que você acha que o lance do fantasma de Ali é loucura, mas uma médium vai fazer uma sessão espírita onde ela morreu. Quer assistir?

Spencer deu um passo para trás.

– *Não!*

– Mas e se ela realmente entrar em contato com Ali? Você não quer saber o que aconteceu?

Spencer organizou os envelopes em suas mãos até que todos estivessem voltados para o mesmo lado.

– Esse negócio não é real, Aria. E você não devia se meter. A imprensa vai fazer a festa!

Uma rajada de vento atingiu Aria no rosto, e ela apertou o casaco em torno de si mesma.

– Nós não estamos fazendo nada de errado. Só vamos ficar *parados* lá.

Spencer bateu a porta da caixa do correio com força e se virou.

– Bem, não conte comigo.

– Tudo bem – disse Aria indignada, dando as costas para a amiga. Enquanto se apressava na direção de Noel, deu uma olhada para trás. Spencer ainda estava parada ao lado da caixa de correio, parecendo cheia de dúvidas e triste. Aria gostaria que Spencer baixasse a guarda e acreditasse no que não podia ser explicado. Era sobre *Ali* que estavam falando. Mas depois de um momento, Spencer ajeitou os ombros para trás e se dirigiu para a porta da frente.

Noel estava esperando por ela perto do memorial improvisado de Ali junto ao meio-fio. Como sempre, estava abarrotado de flores, velas e bilhetes impessoais que diziam coisas como *Nós vamos sentir sua falta* e *Descanse em paz*.

— Vamos para o quintal dos fundos? — perguntou ele.

Aria fez que sim, entorpecida, apertando seu cachecol contra o nariz — o cheiro dos restos do incêndio fazia seus olhos lacrimejarem. Em silêncio, eles andaram através do quintal gelado e duro até os fundos do que um dia fora a casa de Ali. Mesmo passando só um pouco das quatro da tarde, o céu já estava ficando escuro. Era estranho, mas havia neblina demais, e a névoa densa dançava em volta do velho deque do antigo quintal de Ali. Um corvo piava do fundo do bosque.

Crack.

Aria pulou de susto. Quando se virou, notou que havia uma mulher atrás dela, respirando em seu pescoço. Seus cabelos eram grisalhos e estavam desalinhados, tinha olhos saltados e a pele pálida tinha textura de papel. Os dentes eram amarelados e podres, e as unhas tinham pelo menos dois centímetros e meio. Ela parecia um cadáver saído de um caixão.

— Eu sou Esmeralda — disse a mulher numa voz fina e baixa.

Aria estava atemorizada demais para falar. Noel se adiantou.

— Esta é Aria.

A mulher tocou a mão de Aria, com dedos ossudos e gelados.

Esmeralda olhou na direção do buraco cercado com a fita da polícia.

— Venha. Ela estava esperando para falar com você.

O nó na garganta de Aria triplicou de tamanho. Elas se aproximaram do buraco. O ar parecia mais frio ali. O vento havia cedido até ficar parado, amedrontador, e a névoa estava ainda mais densa. Era como se o buraco estivesse no olho de uma tempestade, um portal para uma dimensão diferente. Quando Aria respirou fundo, teve a impressão de sentir no ar um cheirinho de sabonete de baunilha. *Isso não pode estar acontecendo*, pensou, tentando permanecer calma. *Ali não está aqui. Não é possível. Eu só estou me deixando levar pelo momento.*

— Agora... — Esmeralda pegou a mão de Aria e a levou para a beirada do buraco. — Olhe para baixo. Nós temos que alcançá-la juntas.

Aria começou a tremer. Ela nunca olhara dentro daquele buraco antes. Quando olhou desamparada para Noel, alguns passos atrás, ele acenou discretamente, apontando com o queixo para o buraco. Respirando fundo, ela esticou o pescoço e olhou para baixo. Seu coração disparou. Sua pele parecia fria. A parte interna do buraco era escura e cheia de pedaços de terra e de cimento quebrado. Algumas partes da fita da polícia haviam caído no fundo, cerca de três metros abaixo. Embora já fizesse algum tempo que o corpo de Ali tivesse sido retirado dali, Aria conseguia ver uma parte afundada de onde algo pesado tinha ficado por um período muito, muito longo.

Ela fechou os olhos. Ali tinha ficado lá por anos, coberta com cimento, apodrecendo lentamente na terra. Sua pele tinha caído dos ossos. Seu rosto bonito havia apodrecido. Ali era cativante, alguém que você não conseguia deixar de olhar, mas, na morte, ela se tornara silenciosa, invisível. Estivera escondida por anos em seu próprio quintal dos fundos. E levara com ela o segredo do que realmente havia acontecido.

Aria estendeu a mão para pegar na de Noel. Ele rapidamente envolveu seus dedos em volta dos dela e os apertou.

Esmeralda permaneceu na beirada do buraco por um tempo longo, respirando fundo enquanto fazia barulhos guturais, revirando o pescoço, balançando-se para a frente e para trás nos calcanhares. Em seguida, começou a se contorcer. Parecia que algo estava penetrando em seu corpo, escorregando para dentro de sua pele e se assentando ali. A respiração de Aria parecia presa na garganta. Noel não se moveu, aterrorizado. Quando o olhar de Aria deixou Esmeralda por um instante, ela percebeu uma luz na janela do quarto de Spencer na casa ao lado. Spencer estava parada na janela, olhando para eles.

Finalmente, Esmeralda ergueu a cabeça. De maneira impressionante, de algum modo, ela parecia mais jovem, e havia a insinuação de um sorriso sarcástico em seu rosto.

– Oi – disse Esmeralda com uma voz completamente diferente.

Aria arfou. Noel se encolheu também. Era a voz de *Ali*.

– Quer dizer que você queria falar comigo? – disse Esmeralda-Ali, parecendo entediada. – Você só tem uma pergunta, por isso pergunte a coisa certa.

Um cachorro uivou ao longe. Uma porta bateu do outro lado da rua, e quando Aria se virou, pensou ter visto o vulto de Jenna Cavanaugh passando na frente da janela em sua sala. E Aria até pensou que podia sentir um toque de sabonete de baunilha vindo lá do fundo do buraco. Será que Ali estava ali, olhando para ela através dos olhos dessa mulher? E o que Aria devia perguntar a ela? Havia tantos segredos que Ali havia guardado – sobre seu romance secreto com Ian, os problemas que tinha com seu irmão, a verdade sobre como Jenna ficara cega e a possibilidade de que não era mesmo tão feliz como todo mundo pensava. Mas, claro, uma pergunta se destacava das demais.

– Quem matou você? – perguntou Aria finalmente com uma voz baixa, quase sussurrando.

Esmeralda enrugou o nariz, como se essa fosse a pergunta mais idiota do mundo.

– Você tem certeza que quer saber?

Aria se inclinou para a frente.

– *Sim*.

A médium baixou a cabeça.

– Tenho medo de dizer em voz alta – disse ela de maneira brusca. – Tenho que escrever.

– Certo – disse Aria rapidamente.

– E depois vocês têm que ir embora – disse Esmeralda-Ali. – Não quero mais você aqui.

– Claro – respondeu Aria, ofegante. – O que você quiser.

Esmeralda enfiou a mão na bolsa e pegou um pequeno caderno de capa de couro e uma caneta esferográfica. Escrevendo rapidamente, ela dobrou o bilhete e o entregou para Aria.

– *Agora vão* – grunhiu ela.

Aria se afastou do buraco, quase tropeçando conforme andava. Ela nem sentia as pernas, quando alcançou o carro de Noel. Ele estava bem atrás dela, puxou-a para perto dele e a abraçou apertado. Por um momento, os dois estavam muito perplexos para falar. Aria olhou para o memorial de Ali de novo. Uma única vela iluminava a foto de Ali no sétimo ano. Seu sorriso largo e cheio de dentes e seus olhos vidrados de repente a fizeram parecer possuída. Aria pensou na história que Noel havia mencionado, *A queda da casa de Usher*. Bem como a irmã da história que havia sido enterrada naquela velha casa, o corpo de Ali ficara preso debaixo do concreto por três longos anos. As almas eram libertadas de seus corpos terrenos assim que a pessoa morria... ou bem depois? A alma de Ali tinha escapado daquele buraco logo depois de dar seu último suspiro... ou só depois de os trabalhadores terem escavado seu cadáver apodrecido?

O pedaço de papel que Esmeralda entregara a Aria ainda estava na palma de sua mão. Ela começou a desdobrá-lo devagar.

– Você quer ficar sozinha por um minuto? – perguntou Noel suavemente.

Aria engoliu em seco.

– Tudo bem. – Ela precisava dele ao seu lado. Estava com muito medo de olhar o bilhete sozinha. O papel fez barulho conforme ela o abriu. As letras eram arredondadas, *a caligrafia de Ali*.

Devagar, Aria leu as palavras. Havia apenas três, e elas a arrepiaram até o fundo de sua alma:

Ali matou Ali.

23

TUDO EM FAMÍLIA

Cerca de uma hora depois, Spencer estava sentada à escrivaninha em seu quarto, olhando para a grande janela. As luzes da varanda dos fundos conferiam um brilho amedrontador às ruínas do celeiro e ao bosque horroroso e retorcido. Toda a neve derretera deixando uma camada de lama no chão. Os jardineiros haviam cerrado os pés de amora com motosserras, deixando uma grande pilha de árvores mortas no gramado. Uma equipe de limpeza tinha dado uma geral no celeiro naquele dia, depositando a mobília remanescente perto da varanda. O tapete redondo em que Spencer e as outras meninas tinham sentado na noite em que Ali as hipnotizara estava colocado nos degraus do deque. Ele já fora branco, mas agora era um marrom marshmallow queimado. Aria e Noel não estavam ao lado do buraco. Spencer os havia visto da janela; todo o lance com a médium tinha durado cerca de dez minutos. Embora ela estivesse curiosa sobre o que Aria tinha descoberto com a ajuda da *Madame Linha Direta com o Além,* era orgulhosa demais para perguntar.

A médium era parecida demais com a mulher que andava no bosque da Universidade de Hollis, dizendo que conseguia falar com as árvores. Spencer esperava que a imprensa não percebesse o que Aria estava aprontando – só faria parecer que elas eram ainda mais loucas.

– Oi, Spence.

Ela pulou, seu pai estava parado em sua porta, ainda vestido com o terno escuro risca de giz do trabalho.

– Quer olhar uns sites sobre moinhos comigo? – perguntou ele. Seus pais decidiram substituir o moinho destruído pelo incêndio por um novo que ajudaria a gerar energia para a casa.

– Hum... – Spencer sentiu uma pontada de remorso. Quando tinha sido a última vez que o pai a chamara para tomar parte de uma decisão de família? E ainda assim, ela não conseguia nem olhar para ele. A carta que ela encontrara no disco rígido dele passava pela sua mente como as notícias no canal da CNN.

Cara Jessica, desculpe pelas coisas terem acabado mais cedo... não vejo a hora de estar sozinho com você de novo. Muito amor, Peter.

Não era difícil tirar conclusões horríveis. Ela ficava imaginando seu pai e a sra. DiLaurentis no sofá bege na sala de estar de Ali – o mesmo sofá em que Spencer, Ali e as outras sentavam quando assistiam a *American Idol* – dando beijinhos de esquimó do mesmo jeito que casais obcecados por demonstração pública de afeto faziam nos corredores de Rosewood Day.

— Eu tenho lição de casa — mentiu ela, a salada de frango grelhado do almoço revirando no estômago.

Seu pai pareceu desapontado.

— Certo, talvez mais tarde então. — Ele se virou e desceu as escadas.

Spencer deu um suspiro reprimido. Ela precisava falar com alguém sobre isso. Aquele segredo era muito pesado e intenso para lidar com ele sozinha. Ela pegou seu telefone e digitou o número de Melissa. Tocou e tocou.

— É Spencer — disse ela, trêmula depois do bipe. — Preciso falar com você sobre algo da mamãe e do papai. Ligue de volta.

Apertou o botão de desligar desesperada. *Onde está mamãe?*, perguntara Melissa ao pai na noite em que Ali desapareceu. *Precisamos encontrá-la.* De acordo com a carta de seu pai para a mãe de Ali, os dois haviam se encontrado naquela mesma noite. E se a mãe de Spencer os havia flagrado juntos e fosse *por isso* que ela não queria mais falar sobre aquela noite?

Aquela ideia tomou conta dela de novo. Seu pai... e a mãe de Ali. Ela estremeceu. Aquilo era impensável.

O bosque estava tão quieto, amedrontador. Um farfalhar à direita chamou a sua atenção, e ela se virou. Havia um brilho amarelo na janela do antigo quarto de Ali. Depois uma luz acendeu. Maya, a menina que morava lá, cruzou o quarto e deitou-se na cama.

O telefone de Spencer vibrou, e ela deu um gritinho de surpresa. Mas, em vez de uma ligação de Melissa, uma mensagem apareceu na tela. *É Spencer?* Ela olhou para o nome do remetente sem acreditar. *USCMidfielderRoxx.*

Era *Ian*.

Antes que Spencer pudesse decidir o que fazer, outra mensagem piscou em sua tela:

> Peguei seu endereço com Melissa. Tem problema eu mandar mensagens para você?

A cabeça de Spencer parecia embaralhada. Quer dizer que Ian e Melissa *estiveram* em contato.

> Não tenho certeza se quero falar com você, ela digitou rápido. Você estava errado a respeito de Jason e Wilden. E alguém tentou nos matar.

Ele escreveu de volta imediatamente:

> Sinto muito que isso tenha acontecido. Mas tudo o que contei a você é verdade. Wilden e Jason me odiavam. Eles estavam indo atrás de mim naquela noite. Talvez não tenham machucado Ali... mas eles ESTÃO escondendo algo.

Spencer deu um grunhido.

> Como posso TER CERTEZA de que VOCÊ não matou Ali e agora está tentando nos enganar para assumirmos a culpa? A polícia nos odeia agora. Toda Rosewood também.

E Ian respondeu:

Eu sinto muito sobre isso, Spencer. Mas não matei Ali, eu juro. Você tem que acreditar em mim.

As cortinas da janela de Maya farfalharam de novo. Spencer apertou o telefone com os dedos. Não podia mais colocar Ian na cena do momento em que Ali desapareceu. Nem podia pôr Melissa.

Então algo lhe ocorreu. Ian estivera com Melissa na noite em que Ali desapareceu – e na noite em que Melissa e seu pai brigaram. Ele devia saber alguma coisa sobre o que aconteceu.

Ela digitou rapidamente:

Tenho uma pergunta sobre outra coisa. Você se lembra de Melissa ter brigado com meu pai na noite em que Ali morreu? Ela o encontrou na porta e estava gritando com ele sobre alguma coisa. Ela falou sobre isso com você?

O cursor piscou. Impaciente, Spencer tamborilou os dedos sobre o papel de rascunho da Tiffany em sua mesa. Vinte longos segundos se passaram antes que Ian respondesse:

Eu acho que esse é um assunto que você devia discutir com seus pais.

Spencer mordeu o lábio com força.

Eu não posso, ela martelou no teclado. Se você sabe de alguma coisa, conte.

Houve outra longa pausa. Alguns corvos voaram do bosque incendiado, pousando em um poste telefônico distante. O olhar de Spencer vagou do celeiro destruído, arruinado, para o buraco cercado com fita no quintal dos fundos dos DiLaurentis. Seus nervos estavam à flor da pele. Em uma passada de olhos, ela pôde ver todos os lugares pelos quais Ali passou em suas últimas horas de vida.

Finalmente, uma nova mensagem apareceu:

Melissa e eu estávamos dormindo no escritório. Lembro que ela se levantou naquela noite e foi falar com seu pai. Quando voltou, estava mesmo chateada. Ela estava certa de que seu pai tinha um caso com a mãe de Ali. Ela também disse que sua mãe tinha acabado de descobrir. "Tenho medo de que ela faça alguma coisa idiota", foi o que ela disse.

Alguma coisa idiota como o quê?, respondeu Spencer, com o coração disparado.

Não sei.

— *Deus* — disse Spencer em voz alta. Onde sua mãe os teria flagrado?

Estariam seu pai e a sra. DiLaurentis na cozinha dos DiLaurentis se arriscando à vista de todos? Spencer pressionou os dedos contra a têmpora.

No dia seguinte ao desaparecimento de Ali, a mãe dela havia chamado as amigas da filha e perguntado se Ali havia feito algum comentário sobre algo que ouvira em sua casa — ela pensou ter visto Ali na porta. E se Ali também tivesse flagrado seus pais?

Talvez Ali tivesse entrado em casa pela porta dos fundos, passado pelo corredor e entrado na cozinha e flagrado os dois... juntos.

Se Spencer se deparasse com uma cena daquelas, ela sabia o que faria – daria meia-volta e sairia de novo.

Talvez Ali tenha feito isso também. E, em seguida, o que quer que tenha acontecido com ela... aconteceu.

O celular de Spencer deu sinal de vida outra vez.

E, Spence, odeio ser eu a lhe dizer isso, mas eu já sabia do caso deles antes que ela me contasse. Eu vi seu pai e a mãe de Ali juntos duas semanas antes daquela noite. E, sem querer, contei a Ali o que estava acontecendo. Eu não queria, mas ela sabia que eu estava escondendo alguma coisa dela. Ela me obrigou a falar.

Spencer afastou o celular para ler melhor. Ali *sabia*?

– Jesus – sussurrou ela.

Outra mensagem de texto chegou:

Nunca contei para você por que Jason brigou comigo na noite em que Ali desapareceu. Eu esperava que não fosse preciso. Mas foi por isso, porque contei a Ali sobre o caso que a mãe dela estava tendo. Ela ficou realmente mal com aquilo, e Jason pensou que eu tivesse contado a ela por maldade. Ele e Wilden me odiavam por uma série de motivos, mas aquilo foi a gota d'água.

Antes que Spencer tivesse a chance de processar tudo que Ian acabara de dizer, mais palavras surgiram na tela de seu celular.

E tem mais uma coisa que eu acho esquisita. Você já reparou como Melissa, Ali e você são parecidas? Talvez seja por isso que eu gosto de vocês todas.

Spencer franziu a testa, sentindo-se tonta. A insinuação de Ian estava dando um nó em seu cérebro. Era *mesmo muito esquisita* a forma como Ali não se parecia *em nada* com o pai dela. Ela não herdara o cabelo dele, armado e ondulado, nem seu nariz adunco. Acontece que ela também não herdara o nariz pontudo e comprido da mãe, como Jason havia herdado. Em vez disso, Ali fora abençoada com um nariz que era um botãozinho, com a ponta virada para cima. Parecia um bocado com o nariz de seu pai, quando se prestava atenção. E, o que era mais assustador ainda, com o dela mesma.

Ela pensou sobre o que os pais lhe disseram: que apesar de Olivia ter carregado Spencer, ela era o produto de seu pai e de sua mãe. Se o que Ian sugeria fosse verdade, Spencer e Ali eram... *parentes*. Irmãs.

Subitamente, Spencer lembrou-se de mais uma coisa.

Ela se levantou e olhou em volta, procurando algo em seu quarto. Em seguida, correu até o escritório do pai. Pegou o Livro do Ano de Yale da estante e o segurou de cabeça para baixo. A antiga foto de polaroide caiu sobre o tapete oriental. Spencer pegou a foto do chão e a examinou. As imagens estavam um pouco borradas, mas aquele rosto em formato de coração era inconfundível. Spencer devia ter reconhecido antes. Aquela foto não mostrava Olivia. Era uma foto de Jessica DiLaurentis – uma Jessica explodindo de grávida.

Tremendo, Spencer virou a foto e olhou a data escrita no verso: 2 de junho, quase dezessete anos atrás. Poucas semanas antes de Ali nascer.

Ela segurou o estômago, tomada por um enjoo fortíssimo. Se a mãe dela sabia sobre o caso, estava explicada sua raiva por Ali. Provavelmente a coisa toda a deixara louca, saber que a prova incontestável de que seu casamento era uma farsa estava viva e quicando logo ali ao lado – e, pior ainda, era a menina que todos amavam. A garota que tinha toda e qualquer coisa que quisesse.

De fato, se as suspeitas da mãe de Spencer tivessem sido confirmadas naquela noite terrível, a última noite do sétimo ano, ela podia ter alcançado o limite de sua sanidade. Ela podia ter sido levada a fazer algo impensável, não planejado, algo que ela precisasse desesperadamente encobrir.

Não vamos mais falar sobre aquela noite, dissera sua mãe. E no dia seguinte à noite em que as meninas passaram juntas no fim do sétimo ano, logo depois de terem sido questionadas pela sra. DiLaurentis, Spencer viu a mãe sentada à mesa da cozinha, tão distraída que nem escutou Spencer dizer seu nome. Talvez porque estivesse cheia de culpa. Horrorizada consigo mesma, pelo que acabara de fazer com a meia-irmã de suas filhas.

– Ah, meu Deus – choramingou Spencer. – Não!

– Não o quê?

Spencer se virou. Sua mãe estava parada à porta do escritório, usando um vestido preto de seda e sapatos Givenchy prateados de salto.

Spencer produziu um barulhinho agudo. Os olhos da mãe foram do Livro do Ano de Yale aberto sobre a escrivaninha para a polaroide na mão da filha. Spencer imediatamente a enfiou no bolso, mas uma nuvem cruzou o rosto da mãe.

Rapidamente, a mãe atravessou a sala e tocou o braço de Spencer. Suas mãos estavam geladas. Quando Spencer olhou em seus olhos, sentiu uma ponta de medo.

– Ponha seu casaco, Spence – disse a sra. Hastings numa voz estranhamente calma. – Vamos dar um passeio.

24

OUTRA CRISE DE NERVOS NA PRESERVE

Hanna abriu os olhos e viu que estava em um pequeno quarto de hospital. As paredes eram verde-ervilha. Junto a ela, havia um grande buquê de flores e, perto da porta, flutuava um balão com uma carinha sorridente, com braços e pernas, e uma mensagem que dizia *Fique boa logo*. Estranhamente, era o mesmo balão que seu pai havia lhe mandado depois que Mona atropelara Hanna com sua SUV. E, pensando bem, as paredes daquele quarto também eram da mesma cor esverdeada. Quando ela virou o pescoço para a direita, viu uma bolsa prateada em cima do travesseiro ao seu lado. Quando usara *aquilo* pela última vez? E aí Hanna se lembrou: na noite do aniversário de dezessete anos de Mona. Na noite do acidente.

Ela emitiu um som de surpresa e se ergueu de uma vez, percebendo o gesso em seu braço. Teria viajado de volta no tempo? Ou nunca teria deixado aquele quarto? Teriam os últimos meses sido apenas um terrível pesadelo?

Em seguida, uma figura familiar se aproximou dela.

— Oi, Hanna — cantarolou Ali. Ela parecia mais alta e mais velha, seu rosto mais anguloso, seus cabelos um tom mais escuro de louro. Havia uma mancha de fuligem em seu rosto, como se tivesse acabado de sair do bosque incendiado.

Hanna piscou.

— Eu estou morta?

Ali riu.

— Não, boba. — Ela inclinou a cabeça, tentando ouvir algo a distância. — Eu preciso ir embora logo. Mas escute. Ela sabe mais do que você pensa.

— O quê? — gritou Hanna, lutando para se levantar.

Uma expressão sonhadora passou pelo rosto de Ali.

— Nós fomos melhores amigas um dia — disse ela. — Mas você não pode confiar nela.

— Quem? Tara? — balbuciou ela, perplexa.

Ali suspirou.

— Ela quer machucar você.

Hanna se esforçou para livrar os braços das cobertas.

— O que você quer dizer? Quem quer me machucar?

— Ela quer machucar você, como já me machucou. — Lágrimas rolavam pelo rosto de Ali, salgadas e límpidas e, em seguida, grandes e sangrentas. Uma delas caiu bem no meio da face de Hanna, quente como ácido corroendo sua pele.

Hanna se levantou, respirando com dificuldade. Tocou seu rosto, mas ele não ardia mais. As paredes ao seu redor eram de um azul pálido. A luz da lua entrava pela grande janela. Não havia flores em sua mesa de cabeceira, nem balões no canto do quarto. A cama a seu lado estava vazia, os lençóis esticados. O pequeno calendário no lado do quarto que pertencia a Iris ainda estava marcando sexta-feira. Hanna devia ter adormecido.

Iris ainda não havia voltado para o quarto que compartilhavam desde aquele terrível incidente na terapia de grupo. Hanna se perguntou se ela estava em outra parte da instituição, enfrentando seu castigo por contrabandear revistas. Hanna se sentira envergonhada demais para ir até a cantina almoçar, sem querer dar a Tara a satisfação de saber que havia tomado a única amiga dela. As únicas pessoas que ela vira foram Betsy, a enfermeira que trazia os medicamentos, a dra. Foster, que se desculpara com Hanna pelo comportamento das colegas, e George, um dos zeladores, que viera buscar as revistas *People* de Iris, jogando-as em uma grande lata de lixo cinza.

O quarto de Hanna estava tão silencioso que ela podia ouvir o zumbido agudo gerado pela lâmpada fluorescente no abajur sobre a mesa de cabeceira. Seu sonho lhe parecera tão real, como se Ali tivesse mesmo estado ali. *Ela sabe mais do que você pensa*, dissera Ali. *Ela quer machucar você, como já me machucou.* Ela devia estar falando sobre Tara e o que ela fizera durante a terapia de grupo. Para uma perdedora feia e gorda, Tara era muito mais maliciosa do que Hanna pudera imaginar.

Uma chave girou na fechadura, e a porta se abriu.

– Oh. – Iris fez uma careta quando viu Hanna. – Oi.

– Onde você estava? – perguntou Hanna, sentando-se rapidamente. – Você está bem?

– Divina, meu bem – disse Iris, seca. Ela foi até o espelho e começou a examinar seus poros.

– Eu não sabia que ia meter você em encrenca – disse Hanna. – Sinto muito por Felicia ter confiscado suas revistas.

Os olhos de Iris encontraram os de Hanna no espelho. Seu rosto estava cheio de decepção.

— Não é por causa das revistas, Hanna. Eu lhe contei tudo sobre *mim*, mas tive que descobrir tudo a seu respeito em uma revista estúpida. Tara ficou sabendo antes de mim.

Hanna jogou as pernas para fora da cama.

— Eu sinto muito.

Iris cruzou os braços sobre o peito.

— Pedir desculpas não adianta. Pensei que você fosse normal. E você não é.

Hanna pressionou os polegares contra os olhos.

— Então, um monte de merda aconteceu comigo — disse ela. — Você ouviu uma parte na terapia. — Ela começou uma longa explicação sobre a noite em que Ali desapareceu, sua transformação, A e como Mona tentara matá-la. — Todos ao meu redor são loucos, mas eu sou normal, juro. — Hanna deixou as mãos caírem sobre o colo e encarou Iris através do espelho. — Eu queria lhe contar, mas não sabia mais em quem confiar.

Iris ficou parada por um longo tempo, ainda de costas para Hanna. O purificador de ar ligado na tomada, com aroma de baunilha, emitiu um *pffff*. O cheiro fazia Hanna se lembrar de Ali.

Finalmente, Iris se voltou para ela.

— Meu Deus, Hanna. — Ela respirou fundo. — Isso parece *horrível*.

— E foi mesmo — admitiu Hanna.

E aí vieram as lágrimas, quentes e rápidas. Hanna teve a impressão de que toda a tensão e o medo que ela reprimira durante meses entravam em erupção. Por tanto tempo ela pensara que, se fingisse ter superado Mona, Ali e A, tudo iria finalmente se dissipar. Mas *não estava* se dissipando. Ela estava tão zangada com Mona que aquilo a feria fisicamente. Estava aborrecida com Ali, por ser tão cruel com Mona que ela se transformara na maldosa e sem coração A. E estava furiosa consigo mesma, por ter se deixado levar pela amizade de Mona e também pela de Ali.

— Se eu não tivesse me tornado amiga de Ali, nada disso teria acontecido — chorou Hanna, soluçando tanto que seu peito tremia incontrolavelmente. — Queria que ela nunca tivesse entrado na minha vida. Gostaria de jamais tê-la *conhecido*.

— Shhhh. — Iris acariciou os cabelos de Hanna. — Você não está falando sério.

Mas Hanna *estava* falando sério. Tudo o que Ali lhe dera foram alguns meses de felicidade e, em seguida, muitos anos de dor.

— Teria sido a pior coisa do mundo se eu continuasse sendo uma perdedora feia e gorda? — perguntou ela. Pelo menos assim ela não teria magoado tantas pessoas. Pelo menos assim as pessoas não a teriam magoado. — Talvez eu tenha merecido o que Mona fez comigo. Talvez Ali tenha merecido o que fizeram com ela, também.

Iris se encolheu, como se Hanna a tivesse beliscado. Hanna percebeu tarde demais o que suas palavras provavelmente pareciam. Mas aí Iris se levantou e endireitou a saia.

— Os funcionários estão nos fazendo assistir ao filme *Uma garota encantada*, na sala de cinema. — Ela revirou os olhos e fez uma careta. — Vou dizer a eles que você está doente, se quiser. Talvez precise de algum tempo sozinha. Vou entender se não quiser ver Tara e as outras por enquanto.

Hanna já ia concordar, quando seu estômago deixou escapar um ronco. Ela endireitou os ombros. Era verdade, ela *não queria* enfrentar Tara e as outras pacientes, agora que todos sabiam a verdade. Mas, de repente, ela não se importava mais. Todos ali tinham seus problemas. Ninguém era melhor do que ela.

— Estarei lá — decidiu ela.

Iris sorriu.

— Leve o tempo que precisar. — A porta bateu quando ela saiu.

Hanna sentiu seu coração começar a desacelerar. Ela enxugou os olhos com lencinhos de papel, calçou os chinelos Ugg e foi até o espelho. Disfarçar os olhos inchados iria exigir muita maquiagem. Então, ela percebeu que a bolsa Chanel de couro preto de Iris estava sobre a penteadeira e que a ponta de uma revista estava aparecendo. Hanna a puxou, mal acreditando no que estava vendo. Era a última edição da *People*. A edição que trazia a matéria sobre Hanna. Uma sensação de alarme a percorreu. As enfermeiras não haviam confiscado todas as revistas? Freneticamente, Hanna procurou a página em que a matéria sobre ela começava. *Uma semana de segredos e mentiras*. Seus olhos percorreram o texto. Havia detalhes sobre sua amizade com Alison. Sobre o envolvimento das meninas com Mona-que-era-A. Sobre encontrar o corpo de Ian Thomas e escapar por pouco do incêndio. Havia um gráfico que dizia que 92 por cento da população do país achava que Hanna e as outras haviam matado Ali. E aí Hanna percebeu uma manchete especial. A manchete, com letras em negrito, dizia:

E onde está Hanna Marin? Você jamais irá acreditar!

Abaixo, havia uma foto dela entrando na Preserve. O sangue de Hanna congelou nas veias.

Havia uma lista dos medicamentos que Hanna estava tomando, as pílulas para dormir e o Valium. Havia uma descrição de como ela passava seus dias, desde o que ela comia no café da manhã até quanto tempo ela corria na esteira e com que frequência escrevia em seu diário encadernado com couro. Sob o artigo havia uma foto borrada de Hanna, usando leggings e uma camiseta, mostrando a língua para a câmera, a pichação nas paredes do quarto secreto no sótão às suas costas. O dedo médio levantado de Hanna havia sido coberto por uma tarja preta, assim como a outra garota na foto.

– Oh, meu Deus – sussurrou Hanna.

Ela olhou para a revista, a náusea lhe revirando o estômago. No grupo, Hanna havia culpado Tara. Mas algo não se encaixava. Mesmo que Tara tivesse, de algum modo, encontrado a câmera descartável de Iris, alguns daqueles detalhes eram específicos demais. Havia coisas que só alguém que passasse cada minuto ao lado de Hanna poderia saber.

Pouco antes de Hanna atirar a revista para o outro lado do quarto, ela viu algo mais na foto. Atrás de sua cabeça, bem ao lado do desenho que Iris fizera do poço dos desejos, havia outro desenho, no mesmo estilo e na mesma cor. O desenho mostrava uma garota, com um rosto em forma de coração, lábios arqueados e olhos grandes, azuis. Hanna aproximou a revista dos olhos, olhando para ela até ficar vesga. Aquela era a imagem de uma menina que Hanna conhecia muito, muito bem. Uma menina que ela pensara ter visto no bosque, na semana anterior. E, de repente, a voz de Ali soou em seus ouvidos. *Ela quer machucar você, como já me machucou.*

Ali não estava falando de Tara, de jeito nenhum. Estava falando de *Iris*.

25

ARIA SE DESPEDE

Uma hora depois de seu encontro com Esmeralda, Aria estacionou o carro junto aos portões do cemitério St. Basil. Os mausoléus e as lápides majestosos estavam iluminados pela luz prateada da lua. Algumas lâmpadas altas, de estilo antigo, iluminavam a trilha de tijolos. Havia uma brisa suave balançando as árvores ainda sem folhas.

Aria conhecia cada passo do caminho até a sepultura de Ali, mas aquilo não tornaria sua visita mais fácil. *Ali matou Ali.* Era chocante... e inacreditável... e enchia Aria de uma culpa penetrante, terrível. Que alguém tivesse assassinado Ali era uma coisa verdadeiramente trágica. Mas Ali se matar? Aquilo podia ter sido evitado. Ali poderia ter procurado ajuda. E, ao mesmo tempo, Aria estava cética, sem crer que Ali pudesse ter feito uma coisa assim. Ela parecia tão feliz, tão *livre*.

Mas no dia em que a sra. DiLaurentis as questionara sobre o paradeiro de Ali, e Aria e as amigas tomaram caminhos diferentes, Aria caminhara pela calçada da casa dos DiLaurentis e percebera que a tampa de uma de suas latas de lixo havia caído. Abaixando-se para colocá-la de volta no lugar, ela viu um vidro vazio de comprimidos em cima dos sacos de lixo. A receita era para Ali, mas o nome do medicamento fora apagado. Naquela época, Aria não dera muita atenção ao fato, mas, agora, reexaminou a lembrança de forma mais cuidadosa. E se os comprimidos fossem para tratar depressão ou ansiedade? E se Ali tivesse tomado um punhado deles na noite da festa do pijama do sétimo ano, abalada demais para seguir em frente? Ela podia ter entrado naquele buraco de propósito, cruzado as mãos sobre o peito e esperado que as drogas fizessem efeito. Mas não havia modo de provar tudo aquilo, o corpo de Ali estava tão decomposto quando os trabalhadores o encontraram que não havia como fazer testes que comprovassem uma overdose.

Vc está me evitando? Ali havia mandado mensagens de texto para Aria naquelas últimas semanas em que esteve viva. *Eu quero conversar.* Mas Aria ignorara quase todas as mensagens; havia um limite para as provocações sobre o caso amoroso de Byron que ela podia suportar. Mas e se Ali tivesse precisado conversar sobre outra coisa? Como Aria podia ter deixado passar algo tão importante?

Embora ela tivesse visto Noel apenas uma hora antes, Aria apanhou o telefone e ligou para ele, que atendeu imediatamente.

– Estou no cemitério – disse ela. Em seguida, fez uma pausa, imaginando que Noel saberia o motivo.

– Vai ficar tudo bem – disse Noel. – Vai fazer você se sentir melhor, eu prometo.

Aria mexeu na embalagem de celofane que envolvia o buquê de flores que ela comprara no supermercado, alguns minutos antes. Ela não tinha certeza do que diria a Ali naquele lugar ou de que respostas teria. Mas, àquela altura, estava disposta a fazer qualquer coisa para se sentir melhor. Ela engoliu em seco, apertando o telefone contra o ouvido.

– Ali pode ter tentado conversar comigo, mas eu a ignorei. Tudo isso é minha culpa.

– Não, não é – consolou-a Noel. O outro lado da linha estava cheio de estática. – Também me sinto assim com o meu irmão, às vezes... mas você não deve. Não é algo que eu pudesse ter evitado, e nada que você pudesse ter impedido, também. E não é como se você fosse a única amiga de Ali. Ela podia ter procurado Spencer, ou Hanna ou o pai dela. Mas não procurou.

– Eu falo com você mais tarde, tudo bem? – disse Aria, a voz embargada pelas lágrimas. Então desligou, apanhou as flores, abriu a porta do passageiro e começou a caminhar pela trilha. A grama estava molhada e fazia barulho quando ela pisava. Em alguns minutos, ela estava subindo o morro e se aproximando da lápide de Ali. Alguém tinha colocado flores frescas perto da base, e havia uma foto de Ali na pedra.

– *Aria?*

Aria deu um pulo. Um arrepio lhe percorreu a espinha.

Jason DiLaurentis estava parado a poucos metros de distância, sob um grande plátano. Ela se preparou, pronta para ser alvo da sua raiva, mas ele simplesmente ficou ali, olhando de um lado para outro. Jason usava uma jaqueta preta pesada, com um capuz grande e forrado, calça e luvas pretas. Por um segundo enlouquecedor, Aria imaginou que ele fosse assaltar um banco.

– O-Oi – gaguejou ela, finalmente. – Eu só... queria conversar com Ali. Tudo bem para você?

Jason encolheu os ombros.

– Claro.

Ele começou a se afastar, descendo o morro, dando a Aria algum espaço.

– Espere! – chamou ela.

Jason parou, apoiando a mão em uma árvore, e olhou para ela.

Aria pensou nas palavras que ia dizer. Apenas uma semana antes, quando eles ainda estavam saindo juntos, Jason a encorajara a falar de Ali com ele e lhe dissera que todos pareciam desconfortáveis demais só de dizer o nome dela na presença dele. Ela limpou as mãos no jeans.

– Nós descobrimos muitas coisas sobre Ali que não sabíamos – disse ela, finalmente. – Muitas coisas dolorosas. Tenho certeza de que tem sido difícil para você, também.

Jason chutou um tufo solto de grama.

– É.

– E às vezes a gente simplesmente não sabe o que está passando pela cabeça das pessoas – completou Aria, pensando em como Ali dera piruetas pela grama na última noite do sétimo ano, parecendo feliz por estar com suas melhores amigas. – As pessoas sempre parecem tão perfeitas, na superfície… Mas… nem sempre é o caso. Todos têm algo a esconder.

Jason chutou mais um pouco de terra solta.

– Mas não é culpa sua – continuou Aria. – Não é culpa de ninguém.

E, de repente, ela realmente acreditou naquilo. Se Ali tinha, de fato, cometido suicídio, e se ela soubesse daquilo antecipadamente, Aria podia não ter sido capaz de fazer nada para impedi-la. O fato de não ter percebido nada lhe partia o coração, e era horrível que ela não soubesse por que Ali tinha feito aquilo... mas talvez Aria tivesse apenas que aceitar, enfrentar a dor e seguir em frente.

Jason abriu a boca, como se fosse dizer algo, mas um barulho agudo atravessou o ar. Ele colocou a mão no bolso e apanhou o telefone.

– Preciso atender – disse ele, olhando para a tela, num tom de desculpas. Aria acenou para ele, que se virou e desceu o morro, em direção às sombras.

Em seguida, ela olhou para a lápide de Ali.

Alison Lauren DiLaurentis.

Nada mais. Teria Ali sabido que a noite da festa do pijama seria a última que passaria na face da terra ou teria tudo sido algo impulsivo, do tipo *Não posso mais suportar?* Na última vez que Aria vira Ali com vida, ela estava tentando hipnotizá-las, mas Spencer dera um pulo, tentando abrir as persianas. *Está muito escuro aqui*, dissera Spencer. *Tem que estar escuro*, argumentara Ali, fechando as persianas. *É assim que funciona.*

E aí, quando Ali se virara, Aria dera uma boa olhada em seu rosto. Ela não parecera manipuladora ou dominadora, mas frágil e assustada. Segundos mais tarde, Spencer mandara Ali sair... e Ali o fizera. Ela recuara, coisa que jamais fizera antes, como se sua determinação tivesse evaporado.

Aria se ajoelhou na grama, tocando o mármore frio da lápide de Ali. Lágrimas quentes lhe encheram os olhos.

– Ali, eu sinto muito – murmurou ela. – O que quer que estivesse acontecendo, eu sinto muito.

Um avião atravessou o céu com um barulho ensurdecedor. O buquê de rosas perfumado ao lado da sepultura de Ali fazia o nariz de Aria coçar.

— Sinto muito — repetiu ela. — Lamento tanto, tanto...

— Aria? — chamou uma voz aguda.

Aria deu um pulo.

Havia uma luz ofuscante bem em seu rosto. Suas mãos tremeram e, por um instante, ela teve certeza de que era Ali. Mas, então, a luz mudou de direção. Uma policial, usando óculos escuros e um boné com o símbolo do departamento de polícia de Rosewood, se ajoelhou ao lado dela.

— Aria Montgomery?

— S-Sim? — gaguejou Aria.

A policial tocou o braço dela.

— Você precisa vir comigo.

— Por quê? — Aria riu, aflita, desvencilhando o braço. O rádio comunicador no cinto da policial emitiu um bipe.

— Seria melhor se você viesse conversar com os rapazes, na delegacia.

— O que está acontecendo? Eu não fiz nada!

A policial curvou os lábios em um sorriso que não lhe chegou aos olhos.

— Por que você lamenta tanto, Aria? — Ela olhou para a sepultura, obviamente tendo ouvido tudo o que Aria acabara de dizer. — É porque você tem escondido provas de nós?

Aria balançou a cabeça, sem entender.

— Provas?

A policial lhe dirigiu um olhar condescendente.

— Um certo anel.

A garganta de Aria ficou instantaneamente seca. Ela apertou a bolsa de pele contra o peito. O anel de Ian ainda estava no bolsinho interno. Ela andava tão ocupada tentando entrar em contato com Ali que não pensara nele havia dias.

— Eu não fiz nada de errado!

— Hã-rã — murmurou a policial, nem interessada, nem impressionada. Tirou um par de algemas do cinto e olhou para Jason, parado apenas a alguns metros de distância.

— Obrigada pela sua ligação, informando que ela estava aqui.

O queixo de Aria caiu. Ela se virou, olhando para Jason também.

— *Você* disse a eles que eu estava aqui?! — exclamou ela. — Por quê?

Jason balançou a cabeça, os olhos arregalados.

— O quê? Eu não...

— O sr. DiLaurentis disse ao policial na delegacia tudo o que sabia — interrompeu a policial. — Ele está apenas cumprindo seu dever cívico, srta. Montgomery. — Ela puxou a bolsa das mãos de Aria e colocou as algemas em seus pulsos. — Não fique zangada com ele pelo que *você* fez. Pelo que vocês todas fizeram.

A realidade do que a policial dizia estava chegando a Aria lentamente. Ela podia realmente estar insinuando o que Aria imaginava? Aria se virou para Jason.

— Você está inventando tudo isso!

— Aria, você não compreende — protestou Jason. — Eu não...

— Vamos — disse a policial. Os braços de Aria estavam dobrados às suas costas. Ela podia ver os lábios de Jason se movendo, mas não conseguia identificar as palavras.

— E desde quando a polícia aceita conselhos de loucos? – explodiu ela com a policial. – Vocês não sabem que Jason tem entrado e saído de hospitais psiquiátricos por anos?

A policial inclinou a cabeça, parecendo perplexa. Jason emitiu um som estrangulado.

— Aria... – A voz dele se quebrou. – *Não*. Você entendeu tudo errado.

Aria fez uma pausa. Jason soava horrorizado.

— O que isso quer dizer? – perguntou ela, rispidamente.

A policial agarrou o braço de Aria.

—Vamos, srta. Montgomery. Precisamos ir.

Mas os olhos de Aria ainda estavam fixos em Jason.

— O que foi que eu entendi errado? – Jason olhou para ela, com os lábios separados. – Me diga! – implorou ela. – O *que foi que eu entendi errado?* – Mas Jason ficou parado ali, olhando enquanto a policial puxava Aria morro abaixo, em direção ao carro da polícia.

26

A EVIDÊNCIA NÃO MENTE

A viagem de Lancaster para Rosewood devia levar no máximo duas horas, mas Emily cometera o erro de escolher um ônibus que fazia paradas em autênticas fazendas holandesas da Pensilvânia durante o trajeto. Depois disso, o ônibus a deixou na Filadélfia, o que significou que ela teve que pegar *outro* ônibus para Rosewood, que permaneceu parado na estação por 45 minutos *antes* de ficar preso em um congestionamento na via expressa Schuylkill. Quando o Greyhound finalmente chegou a Rosewood, Emily já tinha roído todas as unhas e feito um buraco gigante no assento do ônibus. Já eram quase seis da tarde, e uma chuva misturada com granizo, horrorosa e congelante, começou a cair. As portas do ônibus foram abertas, e Emily disparou escada abaixo. A cidade estava quieta, morta. As luzes dos sinais de trânsito mudavam de vermelho para verde, mas nenhum carro passava por ali. A lanchonete Ferra's Cheesesteaks ainda tinha uma plaqueta na vitrine que dizia ABERTO, mas não havia clientes lá dentro. Do Unicorn Café saía o mais delicioso cheiro de café torrado e moído, mas o lugar estava fechado.

Emily começou a correr, derrapando na calçada molhada, tomando cuidado para não cair por causa de suas finas e pouquíssimo flexíveis botas amish. A delegacia ficava apenas a alguns quarteirões dali. Havia luzes no edifício principal, onde Emily e as outras meninas tinham ido quando se deram conta de que Mona Vanderwaal era a antiga A. A parte dos fundos do complexo, onde a nova A lhe dissera para ir, não havia janelas, o que tornava impossível dizer se havia alguém lá ou não. Emily engasgou ao se deparar com uma enorme porta de metal mantida entreaberta por uma caneca de café. A deixara a porta aberta, como tinha prometido.

Um corredor longo se estendia à frente de Emily. O piso tinha um cheiro forte de material de limpeza e, ao fim dele, brilhava um sinal indicando SAÍDA. Havia um zumbido fraco e irritante das luzes fluorescentes acima de sua cabeça, e Emily podia ouvir a própria respiração.

Ela correu os dedos ao longo das paredes conforme andava, parando na frente da porta de cada sala para ler as placas com o nome ou a função que tinham. ARQUIVO. MANUTENÇÃO. SOMENTE FUNCIONÁRIOS. Quatro escritórios depois, seu coração acelerou. SALA DE PROVAS.

Emily espiou pela janelinha na porta metálica. A sala era comprida e escura, uma confusão de prateleiras, pastas, caixas de provas e arquivos de metal. Ela pensou na papelada que vira na foto enviada por A. A entrevista com a mãe de Ali. A linha do tempo que cobria o desaparecimento de Ali. O estranho relatório sobre a tal Preserve em sabe-se lá onde, um nome que lembrava um desses condomínios metidos a besta. E, não menos importante, o relatório de DNA, claro, que certamente diria que o corpo encontrado no buraco não pertencia a Ali, e sim a Leah.

De repente, ela sentiu a mão de alguém em seu ombro.

– O que pensa que está fazendo?

Emily se afastou da porta num salto e olhou em volta. Um policial de Rosewood segurava seu braço sem um mínimo de polidez, com olhos soltando faíscas.

O sinal indicando a saída acima dele lançava sombras avermelhadas sobre seu rosto.

– Eu... – balbuciou ela.

Ele franziu a testa.

– Você não devia estar aqui embaixo! – O guarda a encarou fazendo uma cara feia. E de repente ele a reconheceu. – Eu conheço você!

Emily tentou se afastar dele, mas ele a segurou com mais força. Ele estava de queixo caído.

– Você é uma das garotas que pensam ter visto Alison DiLaurentis. – Os cantos dos lábios dele se curvaram em um sorriso, e ele aproximou seu rosto do dela. Seu hálito cheirava a cebola. – Estivemos procurando por você.

Uma onda de pânico atravessou o corpo de Emily.

– É Darren Wilden que vocês deviam estar procurando! O corpo naquele buraco não pertence a Alison DiLaurentis! É o corpo de uma garota chamada Leah Zook! Wilden a matou e depois a jogou ali! Ele é o culpado!

Mas o policial apenas riu e, para o horror de Emily, algemou as mãos dela nas costas.

– Queridinha – disse o policial enquanto a levava de volta pelo corredor –, a única culpada aqui é você.

27

É O AMOOOOOR!

A sra. Hastings se recusou a dizer a Spencer aonde elas estavam indo, só explicou que era uma surpresa. As casas grandes e altas como torres da rua delas passaram voando por seus olhos, seguidas pelo labiríntico Springton Farm e depois pelo caríssimo Gray Horse Inn.

Spencer tirou todo o dinheiro de dentro de sua carteira e rearrumou as cédulas de acordo com seu número de série. Sua mãe sempre fora uma motorista tranquila, completamente focada no trajeto e no trânsito, mas havia algo diferente agora, e aquilo estava deixando Spencer nervosa.

Elas dirigiram por quase meia hora. O céu estava negro, todas as estrelas brilhavam, e havia luzes nas varandas de todas as casas. Quando Spencer fechava os olhos, revivia a terrível noite do desaparecimento de Ali. Na semana anterior, sua memória enevoada conjurara uma imagem de Ali parada na orla da floresta ao lado de Jason. Mas a imagem ficara embaralhada, e quando Spencer conseguiu identificar as formas de novo, Jason havia se transformado em alguém menor, mais magro, mais feminino.

Quando foi que a mãe dela tinha finalmente voltado para casa?

Será que ela confrontara o sr. Hastings com o que ele havia feito? E revelado o que *ela* fizera? Talvez esse fosse o motivo para que ele tivesse doado uma quantia exorbitante de dinheiro para o Fundo de Resgate de Alison DiLaurentis. Claro que a família que havia doado tanto dinheiro para o fundo de auxílio à busca da garota não poderia estar envolvida em seu assassinato.

O celular de Spencer apitou, e ela se assustou. Engolindo em seco, pegou o telefone dentro da bolsa.

Uma nova mensagem, estava escrito na tela.

Sua irmã conta com você para fazer a coisa certa, Spence. Caso contrário, haverá sangue em suas mãos também. – A

– Quem era? – A mãe de Spencer parou o carro no sinal vermelho. Ela tirou os olhos da SUV parada na frente delas e olhou para Spencer.

Spencer colocou a mão sobre a tela do celular.

– Ah, ninguém.

O sinal abriu, e Spencer fechou os olhos de novo.

Sua irmã. Spencer gastara muito tempo de sua vida se ressentindo com Ali, mas tudo aquilo tinha desaparecido agora. Ali e ela dividiam o mesmo pai, o mesmo sangue. Ela perdera mais que uma amiga naquele verão – perdera um membro da família.

A mãe dela entrou na avenida principal e embicou a Mercedes no Otto, o restaurante mais antigo e refinado de Rosewood. Uma luz dourada brilhava dentro do aconchegante salão do restaurante, e Spencer quase conseguia sentir o cheiro de alho, azeite de oliva e vinho tinto do ambiente.

– Nós vamos jantar fora? – perguntou Spencer, tremendo.

– Não apenas jantar – respondeu a mãe, franzindo os lábios. – Vamos lá.

O estacionamento estava repleto de carros. Lá nos fundos, Spencer viu dois carros do departamento de polícia de Rosewood. E logo depois, gêmeas louras desceram da SUV preta, ambas usando jaquetas acolchoadas, gorros brancos de lã e calças de moletom combinando, nas quais era possível ler, em letras garrafais, nas pernas: EQUIPE DE HÓQUEI DO COLÉGIO KENSINGTON. Às vezes, Ali e Spencer também usavam juntas seus moletons do time de hóquei. Ela se perguntou se alguém havia olhado para elas e pensado que eram gêmeas. Ela ficou sem ar.

– Mamãe? – disse com um fio de voz.

A mãe se virou para ela.

– Sim?

Diga alguma coisa, gritou a voz dentro da cabeça de Spencer. Mas ela não disse nada.

– Aqui está ela!

Dois vultos iluminados pelos refletores do estacionamento acenavam sem parar para elas.

O sr. Hastings trocara o terno de trabalho por uma camisa polo e uma calça cáqui. Ao lado dele, dando um sorriso afetado, estava Melissa, usando um vestido azul e carregando uma bolsinha de festa.

– Desculpe não ter retornado sua ligação – disse a irmã quando Spencer se aproximou –, eu estava com medo de falar com você e estragar a surpresa!

— Surpresa? — Spencer piscou sem entender nada nem prestar muita atenção. Olhou na direção dos carros de polícia mais uma vez. *Diga alguma coisa*, insistiu a voz em sua cabeça. *Sua irmã está contando com você.*

A sra. Hastings fez menção de se encaminhar para a porta de entrada.

— Bem, o que vocês me dizem? Vamos entrar?

— Claro que sim! — concordou o sr. Hastings.

— Esperem! — gritou Spencer.

Todo mundo parou e se virou. O cabelo da mãe parecia brilhante debaixo da luz fluorescente. As bochechas do pai estavam vermelhas por causa do frio. Os dois sorriam para ela. E, de repente, Spencer se deu conta de que a mãe não fazia ideia do que ela queria dizer. Ela não vira a foto da sra. DiLaurentis que Spencer pegara no escritório. Ela não sabia das mensagens de texto trocadas por Spencer e Ian. Pela primeira vez na vida, Spencer sentiu pena dos pais. Queria guardá-los em um casulo, protegê-los de toda essa história. Desejou jamais ter descoberto tudo, para começo de conversa.

Mas ela descobrira.

— Por que vocês fizeram isso? — perguntou baixinho.

A sra. Hastings deu um passo à frente, e o salto de seu sapato fez um sólido "cloc!", ao bater contra o chão de pedra.

— Por que nós fizemos o quê?

Spencer notou que os policiais estavam sentados dentro de seus carros. Ela baixou a voz e disse para a mãe:

— Eu sei o que aconteceu na noite em que Ali morreu. Você descobriu sobre o caso entre papai e a sra. DiLaurentis. Você os viu juntos na casa de Ali. E você descobriu que Ali era... era... filha do meu...

A sra. Hastings jogou a cabeça para trás como se tivesse levado um tapa.

— O quê?

— *Spencer!* – gritou o sr. Hastings, horrorizado. - Mas o que é isso?

Pronto. Estava dito. Ela mal percebia o vento gelado que pinicava sua pele.

— Começou quando vocês estavam juntos na faculdade de direito, papai? É por isso que você nunca nos contou que o sr. DiLaurentis estudou com você em Yale, porque algo aconteceu entre você e Jessica naquela época também? É por isso que vocês nunca falaram com a família de Ali?

Outro carro da polícia entrou no estacionamento do restaurante. O pai não respondeu. Ele só ficou ali, parado no meio do estacionamento, balançando para a frente e para trás como um joão-teimoso.

Melissa derrubou sua bolsinha e abaixou para apanhá-la. Estava de queixo caído, com os olhos apáticos.

Spencer se virou para a mãe.

— Como você pôde machucá-la? Ela era *minha* irmã. E papai, como pôde encobrir o que ela fez com a sua filha?

Os ossos no rosto da sra. Hastings pareciam ter virado cinzas. Ela piscou várias vezes, e seus olhos pareciam pesados, como se tivesse acabado de acordar. Ela olhou para o marido.

— Você e... *Jessica?*

O pai de Spencer abriu a boca para falar, mas só conseguiu produzir sons sem sentido.

— Eu sabia – sussurrou a sra. Hastings. A voz dela soou calma e sem emoção. O músculo em seu pescoço estremeceu.

— Eu perguntei um milhão de vezes, e você negava e negava,

toda vez. – No segundo seguinte, ela foi para cima do marido e começou a esmurrá-lo com sua bolsa Gucci. – E você costumava ir à casa dela? Quantas vezes fez isso? O que há de errado com você?

Pareceu que todo o ar fora drenado do estacionamento.

Os ouvidos de Spencer zuniam, e ela via tudo acontecer em câmera lenta. Nada ali parecia certo. Sua mãe estava agindo como se não soubesse de nada. Ela pensou de novo nas mensagens de texto de Ian. Seria possível que sua mãe não soubesse nada sobre aquilo, que fosse a primeira vez que ela ouvia aquela história... na vida dela?

Finalmente, a mãe desistiu de agredir o pai. Ele recuou, engasgando. Gotas de suor escorriam por seu rosto.

– Admita. Uma vez na vida, diga a verdade – soluçou ela.

Os segundos seguintes duraram uma eternidade.

– Sim – admitiu ele, de cabeça baixa.

Melissa guinchou. O sr. Hastings deixou escapar um gemido estridente.

O pai parecia agitado, sem saber o que fazer em seguida.

Spencer fechou os olhos por um segundo. Quando ela os abriu de novo, Melissa havia desaparecido. A sra. Hastings se dirigiu ao marido mais uma vez.

– Por quanto tempo isso aconteceu? – exigiu saber ela. Sua testa estava cheia de veias enormes. – E *ela* era *sua*?

O corpo do sr. Hastings estava tomado por soluços. Um som fraco, gutural, saiu do fundo de sua garganta. Ele cobriu o rosto com as mãos.

– Eu não soube das crianças até muito depois.

A sra. Hastings recuou, seus dentes à mostra, os punhos cerrados.

— Quando eu chegar em casa, quero que você já esteja fora de lá — rugiu ela praticamente.

— Veronica...

— Vá!

Depois de uma pausa, o pai fez o que a mãe de Spencer mandou. Em seguida, pôde-se ouvir o barulho do motor de seu Jaguar e ele saiu do estacionamento, deixando a família para trás.

— Mamãe... — Spencer tocou o ombro da mãe.

— Me deixe em paz! — respondeu a mãe, recuando até a parede de pedra. Acordes alegres de um acordeão escaparam pelos alto-falantes externos e as alcançaram. Lá dentro, alguém deu uma gargalhada escandalosa.

— Pensei que você soubesse — disse Spencer, desesperada. — Pensei que tivesse descoberto tudo na noite em que Ali desapareceu. Você parecia tão distraída no dia seguinte, agindo como se tivesse feito algo terrível... Pensei que fosse por isso que nós não pudéssemos mais falar sobre o que aconteceu naquela noite.

A mãe se virou, os olhos em chamas, o batom borrado.

— Você acreditou mesmo que eu pudesse ter *assassinado* aquela garota? — sibilou ela. — Acha mesmo que sou assim tão monstruosa?

— Não! — guinchou Spencer — Eu só...

— Você "só" coisa nenhuma! — rosnou a mãe sacudindo um dedo no rosto de Spencer com tanto ódio que a menina recuou apavorada e invadiu o canteiro de flores. — Quer saber por que eu pedi a você para não falar mais sobre aquela noite, Spencer? Porque sua melhor amiga havia desaparecido! Porque o desaparecimento de Ali tomou conta da sua vida e você precisa seguir em frente. *E não porque eu a matei!*

— Desculpe! — choramingou Spencer. — É que... Quero dizer, Melissa não conseguia encontrar você naquela noite, e ela parecia tão...

— Eu tinha saído com uns amigos — disse a mãe. — Fiquei na rua até tarde. E a única razão pela qual eu me lembro disso é porque a polícia me perguntou sobre isso mais de cinquenta vezes nos dias que se seguiram ao desaparecimento dela!

Alguém tossiu. Melissa estava encolhida perto de um arbusto. Spencer a agarrou pelo braço.

— Por que você disse ao papai uma porção de vezes que precisava encontrar a mamãe?

Melissa balançou a cabeça sem entender nada.

— O quê?

— Vocês estavam perto da porta naquela noite, e você não parava de dizer "Precisamos encontrar a mamãe. Precisamos encontrar a mamãe".

Melissa olhou embasbacada para Spencer, sem saber o que dizer. Mas em seguida arregalou os olhos, a lembrança voltando para ela.

— Está falando de quando eu pedi ao papai uma carona para o aeroporto para pegar meu voo para Praga? — A voz dela não passava de um fiapo. — Eu sabia que estaria de ressaca, mas o papai me disse que era problema meu. Que eu devia ter pensado nisso antes de tomar um porre. — Ela piscou, confusa.

Uma família com uma garotinha saiu de uma minivan. O marido e a mulher estavam de mãos dadas, sorrindo um para o outro. A garotinha olhou curiosa para Spencer, chupando o dedo, antes de seguir os pais para dentro do restaurante.

— Mas... — Spencer estava tonta. O cheiro de azeite de oliva que saía do restaurante de repente parecia rançoso. — Você não estava brigando com papai porque a mamãe descobrira sobre o caso? Você não correu até Ian e disse "Meu pai está tendo um caso com a sra. DiLaurentis, e acho que minha mãe fez algo horrível"?

— *Ian?* — interrompeu Melissa com cara de espanto. — Eu nunca disse isso. Quando foi que ele disse isso para você?

Spencer ficou paralisada.

— Hoje. Ele disse que também estava enviando mensagens de texto para você.

— O quê? — explodiu Melissa.

Spencer colocou as mãos na cabeça, sentindo-se desorientada. As palavras de Ian, de Melissa e de sua mãe se misturaram em um redemoinho incontrolável que varreu o cérebro dela, até que ela não tivesse mais ideia do que era verdade.

Será que era mesmo com Ian que ela havia trocado todas aquelas mensagens de texto, afinal? Ela estivera escrevendo para alguém que dizia ser Ian, mas podia ter certeza?

— Mas e os sussurros entre mamãe e você durante a semana inteira? — perguntou Spencer, desesperada para que algo naquela história toda fizesse sentido, para que algo justificasse o que ela acabara de fazer.

— Estávamos planejando um jantar especial para você.

A mãe ergueu os olhos, subitamente sem forças. Melissa deixou escapar um suspiro de desgosto e se afastou.

— Andrew e Kirsten Cullen estão lá dentro. Nós íamos assistir a uma montagem de *A importância de ser prudente* no teatro Walnut Street.

Spencer estava toda arrepiada. Havia um nó em seu estômago. Sua família tentara demonstrar o quanto a amava, e olhe só o que ela fizera.

Lágrimas rolavam sem parar por seu rosto. Claro que sua mãe não matara Alison. Sua mãe não sabia sequer sobre o caso do pai. Quem quer que tivesse enviado mensagens de texto para ela mentira.

Uma sombra caiu sobre ela. Quando se virou, viu um policial de Rosewood grisalho e de feições duras. A arma dele brilhava no coldre.

— Srta. Hastings — disse o policial muito solene —, a senhorita terá que vir comigo.

— O-O quê? — gritou Spencer.

— Vai ser bem melhor se a senhorita não gritar — murmurou o policial.

Sem dizer mais nada, ele se adiantou, passando pela mãe dela. Depois, algemou Spencer com as mãos nas costas, fazendo-a sentir o metal frio nos pulsos.

— Não! — gritou Spencer.

Tudo estava acontecendo depressa demais. Ela olhou para trás. A mãe apenas se deixou ficar ali, o rímel escorrendo pelo rosto, a boca entreaberta de susto.

— Por que está fazendo isso? — perguntou Spencer ao policial.

— Comunicar-se com um criminoso foragido é um crime sério — disse ele. — *Cumplicidade após o fato*. E nós temos as mensagens de texto para provar.

— Mensagens de texto? — repetiu Spencer, seu coração dando saltos-mortais. As mensagens de texto de Ian. Algum daqueles policiais ouvira a discussão que sua família acabara de ter? Será que Melissa havia corrido até eles e contado tudo? — Você não entende! — implorou ela. — Eu não estava conspirando com ninguém. E acredito que as mensagens de texto nem mesmo eram de Ian!

Mas o policial não estava prestando mais atenção.

Ele abriu a porta de trás do carro da polícia, colocou a mão na cabeça de Spencer e a empurrou para dentro.

Depois, entrou no carro, bateu a porta e deixou o estacionamento do restaurante, sirenes ligadas, luzes acesas, direto para a delegacia de Rosewood.

28

QUEM É A LOUCA AGORA?

Hanna corria pelos corredores da Preserve, derrapando ao passar pelo refeitório, e chegou à entrada do esconderijo secreto de Iris.

— Me deixe entrar! – rosnou ela, pressionando o ouvido na porta. Não havia sons vindos do andar de cima.

Hanna estava procurando Iris fazia meia hora, mas parecia que a garota havia desaparecido. Não estava na sala de cinema assistindo a *Uma garota encantada* com as outras pacientes. Não estava na sala de jantar, na academia ou no spa. Havia alguns rabiscos no batente da porta. No canto esquerdo, estava o nome *Courtney*, a antiga companheira de quarto de Iris. Perto do nome de Courtney havia o desenho de uma carinha sorridente. Hanna estava morrendo de vontade de voltar para o sótão e ver o desenho de Ali – não tinha ideia de como não percebera quando esteve lá. Hanna tinha certeza de que Iris conhecia Ali, só não sabia como. Por causa de Jason, talvez? Iris dissera que ficara em diferentes hospitais, além desse; talvez tivesse ficado no Radley, onde Jason fora tratado. Ela podia ter conhecido Ali numa das visitas que a menina fazia ao irmão, instantaneamente começando uma amizade que se tornaria um caso patológico de ciúme. No dia seguinte ao desaparecimento de Ali, a mãe dela as encheu com perguntas que elas não sabiam responder. *Ali disse alguma coisa sobre alguém a estar importunando?*

Certamente ninguém de Rosewood importunaria Ali... mas alguém internado em um hospital psiquiátrico sim. Quando Hanna e Ali experimentaram roupas em seu closet e Ali recebeu aquele trote, talvez fosse Iris gemendo do outro lado da linha. Talvez Iris tivesse ficado furiosa por Ali poder entrar e sair do hospital, enquanto ela estava condenada a ficar presa lá dentro. Ou talvez Iris estivesse simplesmente com ciúme porque Ali era *Ali*.

Iris é doida de pedra, Tara avisara alguns dias atrás. *Não faça nada para deixá-la brava.* Hanna devia ter escutado. E talvez... apenas talvez... Iris tivesse matado Ali. Iris havia contado a Hanna que estivera fora do hospital na época exata em que Ali sumira. Hanna pensou na carta com o corte na bandeira da Cápsula do Tempo de Ali – podia ter sido um *J*, mas também um *I*. De *Iris*. A teria mandado Hanna para a Preserve para que ela descobrisse sobre Iris... ou Iris seria A, e conduzira Hanna direto para sua armadilha?

Ela quer machucar você, dissera Ali.

Hanna correu pelo corredor, suas rasteirinhas Tory Burch batendo contra as solas dos pés. Ao virar a esquina, uma enfermeira a fez parar.

– Sem correr, querida.

Hanna parou, sem fôlego.

—Você viu Iris?

A enfermeira balançou a cabeça.

— Não, mas ela provavelmente está assistindo ao filme com as outras meninas. Por que você não vai assistir também? Tem pipoca!

Hanna queria arrancar o sorriso do rosto da enfermeira a tapas.

— Nós temos que encontrar Iris! É sério.

O sorriso da enfermeira murchou um pouco. Havia um toque de medo por trás de seus olhos, como se Hanna fosse uma maníaca homicida. Então, Hanna viu um telefone vermelho na parede.

— Posso usar? — implorou Hanna. Ela poderia ligar para a delegacia de Rosewood e contar tudo a eles.

— Desculpe, meu bem, mas aquele telefone fica desligado até as quatro da tarde de domingo. Você conhece as regras. — A enfermeira gentilmente segurou o cotovelo de Hanna e começou a guiá-la de volta para a ala dos quartos das pacientes. — Por que não descansa um pouco? Betsy pode trazer uma máscara de aromaterapia para os olhos.

Hanna se desvencilhou.

— Eu. Tenho. Que. Achar. Iris. Ela é uma *assassina*. Ela quer me machucar também!

— Querida... — O olhar da enfermeira foi para o botão vermelho de emergência na parede. Os funcionários podiam apertá-lo para pedir ajuda diante de qualquer distúrbio causado pelos pacientes.

— Hanna?

Hanna virou-se. Iris estava a uns dez passos de distância, apoiada casualmente no bebedouro. Seu cabelo louro brilhava, seus dentes tão brancos que quase pareciam azuis.

— Quem é você? — sussurrou Hanna, andando na direção dela.

Iris fez biquinho com os lábios ultravermelhos.

— O que você quer dizer? Sou Iris. E sou fabulosa.

Uma descarga de eletricidade atingiu o peito de Hanna quando Iris repetiu como papagaio o velho mantra de Ali.

— Quem é você? — repetiu ela, ainda mais alto.

A enfermeira avançou rapidamente e ficou entre as duas.

— Hanna, meu bem, você parece muito alterada. Vamos nos acalmar.

Mas Hanna não escutou. Ela olhava dentro dos olhos brilhantes e esbugalhados de Iris.

— Como você conheceu Alison? — gritou ela. — Você estava no hospital com o irmão dela? Você a *matou*? Você é A?

— Alison? — gorjeou Iris. — Aquela sua amiga que foi assassinada? Aquela que você me disse que queria ver morta? Aquela que você achou que recebeu o que merecia?

Hanna se afastou, completamente ciente de que a enfermeira ainda estava parada bem ali atrás dela. Alguns segundos se passaram.

— Eu só estava... conversando. Não é *verdade*. Eu disse aquilo a você como confidência. Quando achei que éramos *amigas*.

Iris jogou a cabeça para trás e deu uma gargalhada cruel.

— Amigas! — uivou ela, como se fosse o fim de uma piada.

Sua risada fez as mãos de Hanna tremerem. Aquilo era dolorosamente familiar. Ali ria exatamente assim quando provocava Hanna por comer demais. Mona rira assim em sua festa de dezesseis anos, quando o vestido apertado que Hanna usava descosturou na pista de dança. Hanna era o alvo de todo mundo. A menina que todas adoravam ferir.

— *Conte como você conheceu Alison* — grunhiu Hanna.

— Quem? — provocou Iris.

— Conte como você a conheceu!

Iris gargalhou.

— Não tenho ideia de quem você está falando.

Algo dentro de Hanna remexeu, lutou e aí se libertou. Bem na hora que Hanna deu uma guinada na direção de Iris, houve um estrondo atrás dela. Um monte de enfermeiras e guardas correram pela porta, e dois braços fortes agarraram Hanna por trás.

— Levem-na daqui — gritou uma voz.

Alguém arrastou Hanna pelo corredor e a pressionou contra a parede do fundo. A dor em seu ombro era de cortar a respiração.

Hanna chutava em todas as direções, lutando para se soltar.

— Me soltem! O que está acontecendo?

Um segurança apareceu na frente dela.

— Já chega — rosnou ele. Houve um clique, e Hanna sentiu algemas duras de metal em volta de seus pulsos.

— Não sou eu que vocês querem! — gritava Hanna freneticamente. — É Iris! Ela é uma assassina!

— Hanna! — repreendeu-a a enfermeira.

— Por que ninguém está me ouvindo? — berrava Hanna.

Os guardas começaram a empurrá-la pelo corredor. Todas as pacientes daquela ala estavam paradas do lado de fora da sala de cinema, assistindo à confusão. Tara parecia eletrizada. Alexis mordia os nós dos dedos. Ruby mediu Hanna de cima a baixo, gargalhando.

Hanna se torceu para trás e olhou para Iris.

— Como você conheceu Alison?

Mas Iris só deu um sorriso misterioso.

Os guardas marcharam com Hanna por uma porta e um corredor desconhecido. Os pisos de vinil estavam encardidos, as luzes fluorescentes de cima faziam barulho e zumbiam. Havia um estranho cheiro no ar, também, como se algo nas paredes estivesse apodrecendo.

Um vulto alto em um uniforme de polícia apareceu no campo de visão de Hanna bem no fim do corredor. Ele ficou olhando calmamente enquanto os guardas arrastavam Hanna em sua direção. Conforme chegaram perto, Hanna percebeu que era o delegado de polícia de Rosewood. Seu coração se alegrou. *Finalmente* alguém que iria ouvi-la!

– Olá, srta. Marin – disse o delegado.

Hanna deu um suspiro de alívio.

– Eu ia ligar para o senhor – disse ela, aliviada. – Graças a Deus o senhor veio. A assassina de Ali *está* aqui. Posso levá-lo direto até ela.

O delegado riu com ar de reprovação, parecendo quase se divertir.

– Levar-me até ela? Essa é muito boa, srta. Marin. – Ele se inclinou até seu rosto ficar na mesma altura que o dela. Sua pele brilhava em vermelho debaixo da placa de neon que indicava a saída. – Considerando que a senhorita está presa.

29

O MESTRE DAS MARIONETES

Quando chegaram à delegacia de Rosewood, o policial tirou as algemas de Aria e a jogou em uma salinha de interrogatório escura.

– Cuido de você depois.

Aria estremeceu, seu quadril bateu contra a quina afiada da mesa de madeira. Devagar, seus olhos se ajustaram à escuridão. A sala era pequena, não tinha janelas e cheirava a suor. Havia quatro cadeiras em volta da mesa. Aria se jogou em uma delas e começou a chorar em silêncio.

A porta foi escancarada e outra pessoa entrou na sala. Era uma garota com cabelo ruivo comprido e pernas magricelas. Usava calça de ioga, uma camiseta listrada de manga comprida e rasteirinhas douradas. Aria olhou para o rosto dela.

– *Hanna?* – gritou ela.

Hanna ergueu a cabeça devagar.

– Ah... – disse ela com uma voz entorpecida, branda. – Oi.

Os olhos dela estavam vidrados. Havia um pequeno corte perto de sua boca. Seus olhos corriam pela sala escura.

— O que está *fazendo aqui*? – perguntou Aria, incrédula.

Hanna abriu a boca devagar e deu um sorriso sarcástico.

— A mesma coisa que você. Ao que tudo indica, somos parte de uma grande conspiração para matar Ali. Ajudamos Ian a fugir e obstruímos a justiça.

Aria colocou as mãos na cabeça. Aquilo podia mesmo estar acontecendo? Como os policias podiam acreditar numa história daquelas?

Antes que ela pudesse pensar em respostas, a porta foi aberta mais uma vez. Duas outras pessoas foram jogadas dentro da sala. Spencer usava um vestido verde e sapatos pretos de salto alto, enquanto Emily estava com um vestido com ar antigo, sapatos de couro e uma touquinha branca. Aria engasgou, surpresa ao vê-las. Elas a encararam também. Por um momento, ninguém disse nada.

— Eles acham que fomos nós! – sussurrou Emily, indo na direção da mesa. – Eles pensam que matamos Ali.

— A polícia descobriu sobre as mensagens de texto de Ian – admitiu Spencer. – Falei com ele pela internet hoje, mais cedo. E eles acham... bem, eles acham que estamos em algum tipo de conspiração juntos. Mas, meninas, eu não tenho certeza de que era com Ian que eu conversava! Acho que era A. O tempo todo era A.

— Mas você jurou que era Ian! – disse Aria.

— Eu pensei mesmo que fosse! – disse Spencer na defensiva. – Só que agora não tenho mais tanta certeza. – Ela apontou para Aria. – Os policiais disseram que sabiam sobre o anel de Ian. Você o entregou para eles?

– Não! – gritou Aria. – Mas talvez devesse ter feito isso. Eles pensaram que eu estava escondendo um enorme segredo.

– E como foi que ficaram sabendo sobre o anel de Ian, então? – perguntou-se Hanna em voz alta, os olhos fixos em uma mancha negra sobre o linóleo.

– Jason DiLaurentis estava no cemitério – disse Aria. – A policial disse que ele ligou para a polícia, mas Jason jurou que não tinha sido ele. E agora não sei o que pensar. Não tenho a menor ideia de como Jason podia ter descoberto sobre o anel. – Ela pensou na outra coisa que Jason disse depois que ela mencionara saber que ele era paciente psiquiátrico: *Você entendeu tudo errado.* O que ela entendera errado?

– Talvez Wilden tenha contado a ele – sussurrou Hanna. – Ele pode ter escutado a nossa conversa no hospital. Estava *do lado de fora* do quarto.

Aria desabou em sua cadeira e ficou observando enquanto uma aranha escalava a parede de concreto cinza.

– Isso não faz o menor sentido – intrometeu-se Spencer. – Wilden é um policial. Ele não diria nada a Jason... Cuidaria das coisas do jeito dele.

– E por que Wilden esperou alguns dias para nos apanhar? – acrescentou Aria. – Além disso, eu acredito que Wilden estivesse do nosso lado.

Emily emitiu um som demonstrando descrença.

– Rá. Certo.

Aria olhou para Emily, dando-se conta da roupa esquisita que ela usava.

– O que, em nome de Deus, você está vestindo?

Emily mordeu o lábio.

— A me mandou para uma comunidade amish e me disse para procurar por um relatório de DNA na sala de provas da polícia. — Seus olhos verdes estavam arregalados. — Um policial me encontrou antes que eu conseguisse entrar.

Aria apertou os olhos. *Não era de admirar* que os policiais tivessem certeza de que elas eram culpadas. Eles provavelmente tinham imaginado que Emily estava adulterando provas.

— Mas, meninas, Wilden *está mentindo* sobre o DNA do corpo encontrado no buraco — continuou Emily. — Não é de Ali. É de uma garota amish. O nome dela era Leah Zook.

O queixo de Spencer caiu.

— Você *ainda* acredita que Ali esteja viva?

— Eu a *vi*! — disse Emily, encostando-se contra a parede. — Sei que parece loucura, mas eu a vi, Spencer. Não posso fingir que não. Tentei dizer aos policiais, mas eles não me ouvem.

Spencer riu.

— Claro que eles não ouvem você, Emily.

Aria franziu o nariz.

— Emily, é o corpo de Ali naquele buraco, com certeza. Ali se matou. A me ajudou a entender isso.

Spencer se virou e encarou Aria.

— Foi isso que aquela médium disse a você?

— Pode bem ser verdade — protestou Aria. — É uma teoria tão boa quanto qualquer outra.

— Não, não, uma garota pirada chamada Iris matou Ali — intrometeu-se Hanna falando alto, tentando entender aquilo tudo. — A me enviou direto para ela.

Todas as meninas olharam na direção de Spencer, esperando para ouvir qual era a teoria dela.

Spencer estava toda arrepiada.

— A me disse que minha mãe havia matado Ali porque... Bem, porque meu pai teve um caso com a mãe de Ali. Ali era minha irmã.

— *O quê?* — engasgou Aria.

Emily só arregalou os olhos.

Hanna parecia enojada, como se a qualquer minuto fosse vomitar no cesto de lixo de metal colocado num dos cantos da sala.

— Mas minha mãe não fez isso — explicou Spencer. — Ela nem sabia do caso. Eu provavelmente arruinei o casamento dos meus pais. A estava apenas... bagunçando a minha cabeça. Bagunçando a cabeça de todas nós.

As garotas ficaram tensas. A compreensão atingiu Aria como um soco no rosto com uma luva de boxe. A confundira todas elas. A estava por trás de tudo aquilo. Jason não tinha contado à polícia sobre o anel de Ian, fora A. Talvez A tivesse até mesmo deixado o anel na floresta para que Aria o encontrasse.

A mandara Emily procurar pelo relatório de DNA na sala de provas, só para entregá-la ao policial de plantão. A também contara para a polícia sobre as mensagens de texto de Ian, fazendo com que parecesse que elas haviam conspirado com ele.

Durante todo aquele tempo, A brincara com elas, manipulara suas vidas, como se elas não passassem de marionetes.

E agora elas estavam na cadeia por um assassinato que não cometeram.

Aria olhou em volta para as outras garotas. Pelo olhar assombrado em seus rostos, parecia que elas haviam chegado à mesma conclusão.

— A é nosso pior inimigo! — sussurrou ela.

Ela procurou por seu celular no bolso.

Com certeza A enviara a elas uma mensagem de texto, apenas para mostrar como eram ingênuas e estúpidas.

Provavelmente diria algo como *Peguei vocês!* ou algo como *Quem é que está rindo agora?*.

Mas foi aí que Aria lembrou que os policiais haviam confiscado os seus celulares. Se A enviasse uma mensagem, elas não a receberiam.

30

LIVRES, FINALMENTE

Cerca de trinta minutos depois, houve uma batida à porta da sala. Todas as meninas deram um pulo.

O coração de Emily foi catapultado para a garganta. Era agora. Elas seriam interrogadas... e, em seguida, iriam para a cadeia.

Uma policial colocou a cabeça para dentro da sala. Havia olheiras profundas em seu rosto e uma mancha de café no peito da camisa do seu uniforme.

– Peguem suas coisas, meninas. Vocês vão ser liberadas.

Todas ficaram em silêncio, atônitas. Emily foi invadida por uma onda de alívio.

– *Mesmo?*

– Vocês encontraram A? – perguntou Aria.

– O que aconteceu? – disse Hanna, ao mesmo tempo.

A expressão da policial era inflexível.

– Todas as queixas contra vocês foram retiradas. – Mas havia um ar desconfortável no rosto dela, como se quisesse dizer algo mais. – Digamos apenas que as circunstâncias mudaram.

Emily seguiu as outras para fora da sala, remoendo as palavras em sua mente. *As circunstâncias mudaram?* Aquilo só podia significar uma coisa. Seu coração deu um pulo.

— Aquele corpo na vala não era o de Ali, não é? – gritou ela. – Vocês a encontraram! – Quer dizer que eles *estavam* ouvindo quando ela lhes disse que Wilden era um assassino!

Spencer cutucou Emily nas costelas.

— Será que você pode *parar de falar* sobre isso?

— Não! – estourou Emily. A poderia tê-las mandado para a cadeia, mas a teoria de Emily ainda estava correta. Ela sabia disso, no fundo de seu coração. Ela se virou para a policial, que estava andando rapidamente pelo corredor. – Ali está bem? Ela está a salvo?

— Vocês, meninas, estão indo para casa – respondeu a policial. Suas chaves tilintavam no cinto. – E isso é tudo o que eu posso lhes dizer.

Elas receberam seus itens pessoais de outra policial, na recepção.

Emily checou o telefone imediatamente, pensando que talvez Ali tivesse lhe enviado uma mensagem, mas não havia novas mensagens. Nem uma nota sarcástica de A rindo porque Emily caminhara diretamente para a armadilha.

A policial apertou um botão e as portas duplas se abriram para o estacionamento. O lugar estava cheio de carros da polícia e vans das emissoras de TV. Emily não via tanta comoção desde o incêndio no bosque.

— Emily! – chamou uma voz.

Darren Wilden corria na direção delas, atravessando o estacionamento escuro, a jaqueta do uniforme da polícia abrindo-se com o vento.

— Ótimo. Eles as deixaram sair. Sinto muito por tudo isso.

Emily se encolheu, o coração pulando para a garganta. Por que Wilden estava *ali*? Ele não devia ser preso?

— O que está acontecendo? — perguntou Aria, parando perto de um carro de patrulha vazio. — Por que eles nos soltaram de repente?

Wilden as guiou para longe da multidão, sem responder.

— Fiquem felizes por estarem fora dessa confusão. Vamos chamar uns caras para escoltá-las para casa.

Emily fincou o pé.

— Eu sei o que você fez — sibilou ela para Wilden, em voz baixa. — E vou me certificar de que todo mundo também fique sabendo.

Wilden se virou, olhando fixamente para ela. Seu radiotransmissor fez um ruído, mas ele o ignorou. Por fim, ele suspirou.

— O que você está pensando não é verdade, Emily. Eu sei que você foi a Lancaster. E sei em que você foi levada a acreditar. Mas eu não machuquei Leah. Eu nunca faria isso.

O sangue sumiu do rosto de Emily.

— O quê? Como você sabe onde eu estava?

Wilden olhou para as linhas brilhantes que separavam as vagas do estacionamento.

— Vocês estavam certas sobre a tal nova A. Eu devia ter ouvido. Nós sabemos de tudo, agora.

Aria bateu o pé.

— Ah, agora vocês acreditam em nós? Por que não nos ouviram na semana passada, talvez antes de todas sermos quase assadas vivas em um incêndio florestal?

— E antes de A me mandar para a Preserve, em Addison-Stevens! — gritou Hanna. — Eu fui trancada com um monte de gente louca!

Emily levantou a cabeça rapidamente. *A Preserve, em Addison-Stevens*. Aquele nome estava nos arquivos de provas do processo de Ali. Era um *hospital psiquiátrico*?

— Sinto muito por não ter acreditado em vocês — estava dizendo Wilden, passando por uma cerca de metal. Atrás dela, estavam carros da polícia fora de uso e um grande ônibus escolar branco. — Foi um erro. Mas sabemos de tudo, agora. Temos todas as mensagens que ele mandou para vocês.

As meninas pararam, como que paralisadas.

— Ele? — guinchou Spencer.

— Quem é *ele*? — sussurrou Hanna. — Ian?

Naquele momento, outro carro da polícia entrou no estacionamento, com a sirene ligada. Policiais correram e ajudaram alguém a sair do banco de trás. Houve gritos, em seguida um chute e um vislumbre de dentes.

Os policiais finalmente conseguiram tirar quem quer que fosse do carro e começaram a empurrá-lo na direção da delegacia. Quando houve um breve intervalo na ação, Emily viu um homem alto e magro, com cabelos louros oleosos e um bigode.

O estômago dela se revirou.

Havia uma ruga de preocupação entre os olhos de Spencer.

— Por que ele parece familiar? — murmurou ela.

— Eu não sei — sussurrou Emily, sua mente trabalhando devagar.

Membros da imprensa correram na direção dos policiais e começaram a tirar fotos.

– Por quanto tempo o senhor planejou tudo isso, sr. Ford? – gritavam eles. – O que o levou a fazer isso?

E finalmente ouviu-se, por sobre todo o barulho:

– Por que o senhor matou Alison?

Aria agarrou a mão de Emily e a apertou com força. Os joelhos de Emily ficaram fracos.

– *O que* eles disseram?

– Ele matou Alison – murmurou Spencer. – Aquele cara matou a Alison.

– Mas quem *é* ele? – balbuciou Hanna.

– Vamos – disse Wilden com voz rouca, levando-as para longe da cena. – Vocês não deviam estar vendo isso.

Nenhuma das meninas conseguiu se mover.

O cadarço desamarrado do sapato do homem se arrastava pelo chão, enquanto os policiais o empurravam na direção da delegacia. Sua cabeça estava abaixada, expondo a careca.

Emily correu as unhas pelos lados dos braços. Ali estava... *morta*?

E quanto a Leah?

E quanto à garota que Emily vira no bosque?

Os repórteres continuaram gritando, suas vozes se misturando incoerentemente.

Em seguida, um repórter gritou mais alto do que os outros.

– E quanto ao corpo que acabou de ser encontrado? Você é responsável por esse crime também?

Hanna se virou para Wilden.

– Outro assassinato?

— Oh, meu Deus. — As entranhas de Emily viraram geleia.

— Meninas — disse Wilden com severidade. — Vamos.

Naquela altura, o suposto assassino de Ali estava nos degraus da frente, apenas a uns vinte passos de distância de Emily. Ele notou a presença dela e sorriu de um jeito malicioso, revelando um dente de ouro.

Uma centelha elétrica percorreu o corpo de Emily. Ela *conhecia* aquele sorriso. Quase quatro anos antes, os trabalhadores começaram a despejar concreto dentro de um buraco no quintal dos DiLaurentis, um dia depois de Ali desaparecer. Wilden estivera lá... assim como vários outros sujeitos.

Depois que a sra. DiLaurentis as interrogara, Emily atravessara o quintal de Ali para chegar ao bosque. Um dos trabalhadores se virou e olhou de forma lasciva para ela. Ele era alto e magro e, quando sorriu, tinha aquele mesmo dente de ouro horrível na frente.

Emily se virou para Spencer, horrorizada.

— Aquele cara era um dos pedreiros que estavam enchendo o buraco do gazebo, no dia seguinte ao desaparecimento de Ali. Eu me lembro dele.

Spencer estava muito pálida.

— Eu o vi há alguns dias. *Na minha rua.*

31

COISAS MUITO BOAS, COISAS MUITO RUINS

Quatro policiais novatos de Rosewood chegaram para escoltar Spencer e as outras. Spencer entrou no carro que a levaria para casa e ficou enjoada com o cheiro de couro falso, vômito e suor. Um policial de cabelos escuros tomou o assento do motorista, ligou o motor e dirigiu-se para a saída.

Do lado de fora da janela, a imprensa gritava na porta da delegacia de polícia, faminta por outra visão do assassino. Spencer olhou fixamente para as janelas da frente da delegacia. Todas as cortinas estavam totalmente fechadas. Aquele cara podia ter feito aquilo? Ele era um total estranho, um forasteiro. Tudo parecia tão inesperado. Ela segurou as barras de metal que separavam os bancos da frente do banco de trás.

— Quem mais esse cara matou? — perguntou Spencer. O policial não respondeu. — Como vocês descobriram que ele matou Ali? — insistiu.

Ele simplesmente aumentou o volume do rádio.

Frustrada, Spencer chutou as costas do banco dele com força.

—Você é surdo?

O policial lhe lançou um olhar gélido pelo espelho retrovisor.

— Minhas ordens são de levá-la para casa. Isso é tudo.

Spencer soltou um pequeno gemido de frustração. Ela não tinha muita certeza de que *queria* ir para casa. Qual seria o estado de sua casa, naquele momento? Seu pai ainda estaria lá? Teria fugido para ficar com a sra. DiLaurentis? Tudo era tão surreal e impensável. Spencer tinha certeza de que, em alguns minutos, ela acordaria em sua cama, percebendo que tudo fora apenas um sonho.

Mas outro minuto se passou. E mais outro, e ela ainda estava ali, vivendo seu pior pesadelo. De repente, percebeu algo. Quando sua mãe implorara a seu pai que admitisse a verdade, ele dissera: *Eu não soube das crianças até muito depois.* Ele dissera *crianças*, não *criança*. Teria aquilo sido um erro... ou uma confissão? Seria *Jason* filho de seu pai e meio-irmão de Spencer, também?

Eles passaram pelo centro de Rosewood, um pitoresco distrito de compras pavimentado com tijolos, cheio de lojas de móveis, antiquários e sorveterias artesanais. Spencer colocou a mão dentro de sua bolsa Kate Spade dourada e encontrou o Sidekick no fundo. Surpreendentemente, não havia novas mensagens de A.

Ela ligou para casa. O telefone tocou e tocou, e não houve resposta. Em seguida, digitou o endereço do site da CNN. O oficial Boca-Fechada podia não lhe dizer nada, mas o noticiário diria.

E, de fato, a notícia principal era sobre uma nova prisão no caso do assassinato de Alison DiLaurentis. *Belas Mentirosas livres de todas as acusações*, dizia a manchete. Spencer clicou rapidamente em uma transmissão de vídeo ao vivo. Uma repórter de cabelos escuros estava em frente ao memorial de Ali, com a coleção de fotos, velas, flores e bichinhos de pelúcia na esquina da antiga casa dos DiLaurentis. As luzes dos carros da polícia piscavam atrás dela. Seus olhos estavam vermelhos, como se tivesse chorado.

— A saga do assassinato de Alison DiLaurentis finalmente terminou — anunciou a repórter bem séria. — Um homem acaba de ser preso pelo assassinato de Alison, sob a alegação de provas irrefutáveis.

Uma foto borrada, em preto e branco, do homem de cabelos louros apareceu na tela. Ele estava parado no estacionamento de uma loja de conveniência, tomando uma cerveja em lata. Seu nome era Billy Ford.

Como Emily suspeitava, ele fazia parte da equipe que cavara o buraco para o gazebo dos DiLaurentis, quase quatro anos antes. Os investigadores agora pensavam que ele a estava perseguindo.

Spencer fechou os olhos, tomada pela culpa. *Graças a Deus os trabalhadores não estão aqui*, dissera Ali quando elas passaram pelo buraco semiaberto, na noite da festa do pijama do sexto ano. *Eles me incomodam.* Naquela época, Spencer pensara que Ali estivesse se exibindo: *Rá, rá, até os caras mais velhos me acham atraente.* Enquanto isso...

— Depois que outro corpo foi encontrado, nesta noite — estava dizendo a repórter —, a polícia recebeu uma informação de que as mortes podem estar ligadas. A investigação os levou ao sr. Ford, e eles encontraram fotos da srta. DiLaurentis em um laptop no caminhão dele. Também havia no laptop fotos do quarteto agora conhecido como Belas Mentirosas: Spencer Hastings, Aria Montgomery, Hanna Marin e Emily Fields. – Spencer mordeu o punho com força. – No carro, também foram encontrados registros de correspondência, na forma de mensagens de texto, de foto e instantâneas, com o pseudônimo USCMidfielderRoxx – continuou a repórter.

Spencer pressionou a testa contra o vidro frio da janela, observando as árvores passarem rapidamente.

USCMidfielderRoxx era o nome de usuário de Ian.

A lembrança enevoada da noite em que Ali fora assassinada invadiu sua mente. Depois que Spencer e Ali brigaram do lado de fora do celeiro, Ali correra na direção do bosque. Ouvira-se uma gargalhada característica, sons abafados, e aí Spencer vira duas formas distintas. Ali... e outra pessoa. *Eu vi duas pessoas louras no bosque*, Ian havia dito a Spencer quando a enfrentara na porta da casa dela, jurando que era inocente. Spencer olhou para a foto do homem, na pequena tela de seu celular. Billy tinha cabelos louros. E ele era a nova A mandando a cada uma das meninas mensagens que culpavam Jason, Wilden e até mesmo a mãe de Spencer.

Mas como ele sabia tanto sobre elas?

Quem *era* ele? E por que se importava?

A tela do celular piscou.

Nova mensagem de texto.

Spencer mexeu no teclado e apertou "ler". Era uma mensagem de Andrew Campbell, namorado dela.

Fiquei sabendo da prisão... e que vocês foram libertadas.

Você está bem? Está em casa? Você sabe o que está acontecendo na sua rua?

Spencer se recostou no assento, enquanto as luzes da rua passavam rápidas pela janela. O que ele queria dizer com na *rua* dela? Outro texto apareceu na caixa de entrada. Desta vez, a mensagem era de Aria.

O que está acontecendo? Sua rua está fechada. Há carros da polícia por toda parte.

Uma ideia horrível começou a se formar na mente de Spencer. O rádio dizia que houvera outro assassinato.

O carro de polícia fez uma curva aberta à esquerda e entrou na rua dela. Havia pelo menos dez carros atravessados no meio do caminho, com as luzes azuis piscando. Os vizinhos estavam em seus jardins, parecendo indiferentes. Oficiais de polícia se moviam por entre as sombras. Eles estavam parados bem na frente da casa de Spencer.

Melissa.

– Ah, meu Deus! – gritou Spencer. Ela abriu a porta do carro e saiu correndo.

– Ei! – gritou o policial que a trouxera. – Você não tem permissão de sair do veículo até que eu estacione dentro de sua propriedade!

Mas Spencer não escutou. Ela disparou na direção das luzes que piscavam, com as pernas tremendo. A casa dela estava logo ali na frente.

Passou pelo portão e subiu a longa rampa que levava até a porta de entrada. Todos os sons desapareceram. Formas borradas surgiram em seu campo de visão. Ela podia sentir a bílis na garganta.

Em seguida, viu um vulto na varanda da frente, parecendo atordoado com o brilho das luzes da rua. Seus joelhos viraram geleia. Uma exclamação de alívio brotou em sua garganta. Ela caiu sobre a grama.

Melissa correu na direção dela e a envolveu em um abraço.

– Ah, Spence, isso é tão horrível!

Spencer estremeceu. O som das sirenes invadia seus ouvidos. Alguns cães da vizinhança uivavam por causa do barulho, desorientados e assustados.

– É tudo tão terrível. – Soluços de Melissa no ombro de Spencer. – Aquela pobre garota.

Spencer se afastou um pouco. O ar estava gelado, cortante. O cheiro do incêndio ainda era pungente e sufocante.

– Que garota?

Melissa ficou perplexa. Ela pegou a mão de Spencer.

– Ah, Spence, você ainda não *sabe*?

Ela fez um gesto na direção da calçada. A polícia não estava cercando a casa delas, e sim a casa da família Cavanaugh, do outro lado da rua. A fita amarela da polícia cercava todo o quintal dos fundos dos Cavanaugh. A sra. Cavanaugh estava parada na entrada de sua casa, gritando desesperadamente. Um pastor-alemão de colete azul estava perto dela, farejando o solo. Um pequeno memorial havia se iniciado junto ao meio-fio, cheio de fotos, velas e flores. Quando Spencer viu o nome escrito em giz verde-claro na calçada, ela pulou para trás.

– Não! – Spencer olhou para Melissa como que implorando, esperando que tudo aquilo não passasse de um sonho. – Não!

Foi quando Spencer entendeu.

Poucos dias atrás ela vira, do janelão de seu quarto, um homem de cabelos oleosos vestido como um encanador, parado na entrada da casa dos Cavanaugh.

Ele dera um olhar de predador na direção de uma menina bonita, e Spencer percebera que ele tinha um dente de ouro. Mas a menina bonita para quem ele olhava não viu nada.

Ela nunca via nada. Nunca.

Horrorizada, Spencer se virou para Melissa.

– *Jenna?*

Melissa fez que sim, enquanto lágrimas lavavam seu rosto.

– Eles a encontraram jogada em uma vala no quintal dos fundos, quando encanadores reparavam um cano rompido – disse ela. – Ele a matou exatamente da mesma forma que matou Ali.

O QUE ACONTECE DEPOIS...

Pobre, pobre Jenna Cavanaugh. Eu me sinto mal, mas o que está feito está feito. *Finito*. Fim de papo. Pode cutucá-la o quanto quiser, ela está mesmo morta. Será que isso me faz parecer uma pessoa desalmada? Ah, que seja!

Naturalmente, as *Belas Mentirosas* vão sofrer com isso tudo.

Aria vai desejar ter perguntado a Jenna sobre os desagradáveis problemas de Ali com seu irmão. Emily vai chorar porque, bem... Emily sempre chora. No funeral, Hanna vai usar um vestido preto que a faça parecer magra. E Spencer... bem, ela vai apenas ficar feliz por sua irmã estar viva.

E aí, aonde vamos daqui? Um corpo foi encontrado.

DNA foi coletado.

Uma prisão foi feita, uma foto para fichamento na polícia foi tirada.

Mas é a *minha* foto?

Será que sou o grande, feio, mau e ameaçador Billy Ford... ou alguém completamente diferente?

Bem, você vai ter que ficar atento, porque estou guardando um último segredinho.

Por enquanto, pelo menos.

Beijocas – A

AGRADECIMENTOS

Impiedosas foi outro livro difícil de acertar, mas eu tive muita ajuda.

Meus editores brilhantes na Alloy: Lanie Davis, Sara Shandler, Josh Bank e Les Morgenstein foram ainda mais eficientes do que de hábito. O que eu poderia ter feito sem eles? E Farrin Jacobs e Kari Sutherland na Harper deram contribuições notáveis e sugestões que transformaram um segundo rascunho digno em um terceiro rascunho estelar. Sério, o time Pretty Little Liars tem a melhor equipe editorial que eu poderia querer. Obrigada também a Andy McNicol e Anais Borja, na William Morris, por torcerem tanto pelo livro. Amor ao meu marido, Joel, fonte de tanta felicidade, e aos meus pais, Shep e Mindy, pela fantástica festa que fizeram para o livro em junho, com bebidas especiais e baile madrugada adentro (onde dei o melhor de mim). Muito obrigada a Libby Mosier e suas filhas Alison e Cat, por fazerem uma linda festa Pretty Little Liars em St. Davids, com jogos de adivinhação e gincana. Beijos a todos os meus leitores, também, por todas as cartas, mensagens no twitter, no Facebook, no YouTube, adaptações de cenas cruciais do Pretty Little Liars e várias outras formas de dizer o quanto vocês amam a série. Vocês são os melhores.

E, finalmente, este livro é dedicado a minha avó, Gloria Shepard, que foi uma leitora voraz de Pretty Little Liars desde o início, e a meu falecido tio, o sempre animado, sempre inspirador Tommy Shepard, o maior fã das músicas de Michael Jackson e *Guerra nas estrelas* que eu já conheci. Muito carinho.

Impresso na Gráfica JPA Ltda., Rio de Janeiro – RJ.